금서를
빌려드립니다

*일러두기
  본문 대부분의 주석은 모두 옮긴이가 달았습니다.
  주석자가 옮긴이가 아닌 경우는 따로 표기했습니다.

우리문고 29
금서를 빌려 드립니다   2022년 9월 20일 처음 펴냄 | 2023년 5월 1일 2쇄 펴냄 | 지은이
데이브 코니스 | 옮긴이 한원희 | 펴낸이 신명철 | 편집 윤정현 | 영업 박철환 | 관리 이춘보 | 디자인 최희
윤 | 펴낸곳 (주)우리교육 | 등록 제 313-2001-52호 | 주소 03993 서울특별시 마포구 월드컵북로
6길 46 | 전화 02-3142-6770 | 전송 02-6488-9615 | 홈페이지 www.urikyoyuk.modoo.at

ISBN 979-11-978762-2-6 43840

금서를
빌려드립니다

데이브 코니스 지음 | 한원희 옮김

우리교육

클라라에게
영광스럽게(그리고 자랑스럽게)도 내가
주인공 이름으로 택한
사람이 되어 준 것에 감사하며

내가 감히 우주를 뒤흔들 수 있을까?

−로버트 코마이어, 《초콜릿 전쟁》······이라고 할 수 있지만
엄밀히 따지면 T. S. 엘리엇이 한 말이다.

차례

형광펜 올나이트

4년.

48개월.

1,461일.

35,064시간.

2,103,840분.

126,230,400초.

내가 가장 좋아하는 루카스 게브하르트 작가의 신작《날 짓밟지 마》출간까지 학수고대하며 기다린 시간이다.

부연 설명을 하자면, 게브하르트 작가가 마지막으로 쓴 책《목재 창이 있는 집》을 읽었을 때가 중학교 졸업할 즈음이었다. 그 책은 작가에게 직접 사인까지 받았다. 매일 그 멋진 작가가 쓴 글을 읽으며 벅찬 감동을 받는 것도 모자라, 마침내 책의 모습을 한《날 짓밟지 마》가 내 손안에 들어온 것이다! 책을 읽기도 전에 차에서 내려 집까지 가야 하나 진지하게 고민했지만, 시동이 켜진 차 안보다 소파가 더 끌렸다. 어떻게 그럴 수 있냐고? 내 말이 그 말이다.

집 안으로 들어가며 나는 "날 짓밟지 마, 날 짓밟지 마, 날 짓밟지 마."라고 주문을 외듯 읊조렸다. 경이로움과 짓궂음, 마력과 완벽, 저주를 푸는 주문, 다양한 문화, 달콤한 사랑 이야기, 주제를 벗어난 지혜, 어리석음과 교훈의 교향곡, 또렷한 현실, 그리고 어둠 속 빛나는 기적의 땅에서 막 빠져나오는 길이었다. 동네 책방 말이다.

시계는 10시를 가리키고 있었다. 엄마 아빠의 모습이 보이지 않았다. 아침형 인간들이라 필시 잠자리에 들었을 것이다. 그게 제일 중요했다. 나는 부모님께 숨기는 게 거의 없지만 9학년*부터 시작한 '에번스 형광펜 올나이트' 전통은 비밀이었다. 이 행사는 내 반항의 정점이었다. 평일 밤(새 학기 시작 전날 밤)에 밤새워 책을 읽으며 통째로 과일주스를 마시는 것이다. 반항 청소년 안전 진단표에 따르면 나는 수치가 너무 높아서 판단 불가였다.

아무리 바보 같은 비밀이라도 비밀은 비밀이다.

어차피 《날짓마》를 읽어야 했다. 내가 오랫동안 활동한 북클럽('퀘소…… 다음엔 뭐 읽지?')에서 《날짓마》 앞부분을 주제로 토론하기로 했기 때문이다. 채 스물네 시간이 남지 않았다. 토론 준비를 마쳐야 한다. 물론 완독할 필요는 없지만. 하지만 중요한 건 그게 아니잖아?

나는 냉장고에서 형광펜 올나이트 공식 음료인 망고 주스를 꺼냈다.

그런 다음 거실로 나가 주머니에서 오렌지색 형광펜을 여러 자

---

* 미국 고등학교는 9학년부터 12학년까지의 4년 체제다.

루 꺼낸 뒤 (노란색 형광펜은 과대평가된 경향이 있다) 납작한 부분을 바닥으로 해서 기둥처럼 세웠다. 이 시간과 오늘 밤을 받쳐 주기라도 할 것처럼. 졸음이 몰아쳐도 나아갈 방향을 알려 줄 등대처럼.

나는 소파에 풀썩 주저앉았다.

준비 완료.

《날 짓밟지 마》 앞날개에 수록된 줄거리

　　16세 소년 리바이는 제2차 남북전쟁의 중립지대에서 군에 납품할 환금작물을 재배하며 살아간다. 그러던 중 마을이 서부군 국경에 편입되자 그는 모든 것을 뒤로한 채 최전방으로 향한다.

　　조스는 17년 평생 동부 지방, 딕시 밖 세상을 알지 못했다. 그가 태어난 집은 메이슨―딕슨 전선에 있었고, 그는 오랫동안 잊힌 국가를 복원해야 한다는 사명을 지닌 군인으로 자랐다. 할아버지는 장군이었고 아버지는 고위 의무병이었다. 그 역시 얼마 전 소위로 임명되었다.

　　전쟁의 잔인한 불의가 주도한 첫 만남에서 두 소년은 죄 없는 민간인을 살해해야 하는 상황에 부닥친다. 더 나은 방안이 있으리라는 신념 아래 두 소년은 탈영을 감행한다. 감시가 삼엄한 중립 지대 북부의 탈영병 회랑을 지나던 두 소년은 우연히 오래된 석회석 광산을 발견한다. 총탄이 처음 발사되기 전부터 전쟁 지역이라는 편견 없는 그곳에 그들은 도서관을 짓는다. 그리고 그곳 지하 유물상들로부터 구한 문헌과 문화재들을 한자리에 모은다.

　　갈기갈기 찢긴 세상을 다시 봉합하기 위해 리바이와 조스는 새로운 운동에 앞장선다. 그들을 따르는 군사가 결집하면서 두 사람은 전쟁 양

쪽의 적이 되고 만다. 중립지대 해제가 선언되고 새로운 전선들로 인해 그들의 노력이 모두 허사가 될 위기에 처한다. 두 사람은 목숨을 걸고 도서관과 그것이 상징하는 모든 것을 지킬지 결정해야 하는 운명과 마주한다.

찬사

"불안의 시기에 용감하게 공통점을 찾은 사람들이 위안을 준다."
　　　　-콜트 캑스. 뉴욕타임스 베스트셀러 《이상한 천체물리학》 저자

"루카스 게브하르트는 이 책에서 미국의 피 흘리는 심장을 통렬하게 묘사하고 있다."
　　　　　　　-이시마엘 애번투. 《도둑들을 위한 나라》 저자

"고전을 처음 읽는 것에 견줄 만한 것은 없다."
　　　　　　　-케리 리몬하우스. 《청색 단화》 저자

뒷장에 적힌 작가 소개

루카스 게브하르트는 나미비아에서 태어났고 현재 텍사스주 휴스턴에 살고 있다. 하버드 대학에서 철학 박사 학위를 받았다. 휴스턴 대학에서 철학과 교수로 재직 중이다.

느낌, 시간, 그리고 《날 짓밟지 마》

10:34 p.m.

표지—디자인이 끝내준다. 《날 짓밟지 마》 본문에 등장한 깃발을 토대로 한 디자인이다. 다이아몬드 패턴의 방울뱀 가죽에 '루카스 게브하르트'라는 글씨가 새겨져 있다. 방울뱀은 클립아트라기보다 손으로 그린 스케치에 가깝다. 1775년에 디자인된 원래 로고가 왜 클립아트처럼 보였는지는 모르겠다. 그때는 클립아트가 지금처럼 발달하지 않았을 텐데.

10:35 p.m.

감사의 말(나는 항상 이 부분을 먼저 읽는다) — 좀 실망스럽다. 내 이름이 한 번도 나오지 않았다. 확인차 여러 번 읽었지만 내 이름은 없었다.

10:37~10:51 p.m. ㅣ 1~13쪽

남북전쟁. 멋모르고 전쟁에 뛰어든 똑똑하고 정 많은 소년. 벌써 가슴이 미어진다.

10:52~11:08 p.m. ㅣ 13~34쪽

애달픈 기분은 가라앉았지만, 여러 가지 감정이 솟구쳤다. 너무나도 어두운 세계. 《화씨 451》을 연상시키지만 그보다 더 많은 일이 벌어지고 드라마적 요소가 적다.

11:08~11:53 p.m. ㅣ 34~66쪽

맙.

소사.

역시 루카스 게브하르트다. 형광펜이 잠시도 쉬지 않고 격정적으로 움직였다. 테트리스 게임처럼 오렌지색 블록이 산재해 있다. 예를 들면 이렇다. "갑자기 그런 느낌이 찾아왔다. 나는 톱니 하나도 되지 않았다. 시계 문자판 위의 숫자였다. 기계를 제외하면 나에게는 어떤 형체도 남아 있지 않았다. 모든 것이 파넴 에트 키르켄세스panem et circenses, 행복 왕국의 공식인 빵과 서커스였다. 음식과 유희. 유희와 음식. 그것은 나의 영양분인 동시에 두려움이었다. 어떻게든 이곳을 떠날 방법을 알게 된다면, 나는 그저 대기 속으로 사그라질 것이다. 바람의 입자가 되어."

12:05~12:20 a.m. ㅣ 66~78쪽

섬뜩하다. 섬뜩하다. 섬뜩하다. 나는 책을 읽으며 방 안을 서성거렸다. 지금껏 이 책 없이 어떻게 살았을까?

뭐……?

[망고 주스 리필을 위한 중간 휴식 시간]

12:24~1:08 a.m. ｜ 80~102쪽

아직 78~80쪽 충격에서 헤어나지 못하고 있다. 망고 주스를 더 가져온 것에 죄책감이 느껴진다. 나도 빵과 서커스 장단에 놀아나는 느낌이 든다. 나도 끊임없이 음식과 유희를 갈구하나? 치즈가 놓인 접시가 눈에 들어왔다. 그다음에는 새로 채운 망고 주스가 담긴 컵. 나는 곰곰이 생각했다. 저걸 안 마시면 나는 사라질까? 도대체 나는 무엇으로 만들어진 거야? 세상에, 이 책은 치즈를 탐구하게 만들었어. 나는 읽고 있던 페이지에 책갈피를 끼운 뒤 책을 탁자 위로 던져 버렸다. 책이 나를 죽이기라도 할까 봐 빤히 쳐다보았다. 계속 읽으면 정말로 그렇게 할 것만 같았다. 이대로 계속 읽어야 하나?

1:09~2:06 a.m. ｜ 102~200쪽

입이 떡 벌어진다. 《헝거 게임》 이후로 이토록 혁명에 몰입하기는 처음이다. 게브하르트 작가님, 존경합니다.

2:06~3:30 a.m. ㅣ 200~300쪽

눈물이 왈칵 쏟아질 것만 같다. 느낄 수 있다. 치즈 먹는 중.

3:30~4:53 a.m. ㅣ 300~488쪽

치즈와 크래커가 담겨 있던 접시는 부스러기만 남았고, 아니나 다를까, 내 안에는 눈물만 남았다. 우와.

빵과 서커스

한바탕 소란을 피워라.

−모리스 샌닥, 《괴물들이 사는 나라》

나는 침묵했다. 고등학교 마지막 해의 첫 등교였다. 차를 몰고 럽튼 아카데미로 향했다.

보통 때 같으면 휴대폰에 저장된 '모닝 드라이브' 믹스를 들으며 나한테도 음악성이 있다고 믿기 위해 가사를 흥얼거렸을 텐데, 오늘은 그럴 수 없었다. 루카스 게브하르트의 책을 읽은 대가다. 작가는 말을 가져다주는 대신 눈물과 상심을 요구한다.

나는 만신창이에다 절망감에 휩싸인 채 갈기갈기 찢어졌다. 내 영혼은 태풍이 되었다. 허리케인 클라라. 등급: '감정적 혼미'.

사실 새벽 다섯 시까지 깨어 있었던 게 지금 상태에 어느 정도 영향을 끼쳤을 수 있다. 어쨌든…… 작년 이후로 책을 읽고 이렇게 충격을 받은 것은 처음이다. 그건 다시 말해 《날짓마》가 올해의 '인생을 바꾼 책' 후보작이라는 뜻이다.

나는 핸들을 꺾어 보틀러 애비뉴에 진입한 뒤 연철로 만들어진 아치 아래를 지나갔다. 럽튼 아카데미에 도착했다는 지표다.

보틀러 애비뉴를 쭉 따라가기만 하면 캠퍼스가 나온다. 커브 길도, 언덕도 없다. 길을 양측으로 분리하는 중앙선이 전부였다. 경기장, 체육관, 관리사무소 건물을 지나 길 끝자락에서 우회전한 뒤 교직원과 졸업반만 전용으로 사용하는 주차장으로 들어갔다.

럽튼 아카데미 경계선 중에 오래된 기찻길이 있다. 그 기찻길을 사이에 두고 '지구식료품'이 입점한 고급 쇼핑몰과 마주하고 있다. 졸업반이 아니면 지구식료품 뒤편에 있는 공터에 차를 대고, 학교 뒤쪽의 인도로 이어지는 작은 풀밭을 가로질러야 했다.

LA는 비좁기로 유명했기에 주로 '럽튼 아카데미' 대신 'LA'라는 별칭으로 불렸다. 학교가 자리 잡은 곳은 채터누가*의 노스쇼어 지역 중심에서 두 번화가가 만나는 지점이다. 교정을 최대한 확장하는 가운데 부지에 인접한 가정집 열다섯 채와 사업장 세 곳(고물상, 재활용 센터, 임대 창고 시설)을 매입하지 않아 문제가 되었다. LA가 자신들의 공간을 장악한 것에 뿔난 집주인과 사업주들이 학교가 부지를 더 필요로 하는 것을 알고 똘똘 뭉쳐 '스트링어 피어리스 연맹SPA'을 결성한 뒤 총 6,750만 달러약 887억 원를 요구하고 나섰다. 1950년대에 지어진 방 두 개, 욕실 두 개짜리 주택에 각각 350만 달러, 사업장에 500만 달러씩이었다. 학교는 정체 상태에 빠졌다. 그만한 돈이 있을 리 없었고 SPA도 한 발짝도 물러서지 않

---

* 미국 테네시주에서 네 번째로 큰 도시.

왔기 때문이다.

교정은 여름 동안 더욱 무성해져 초록빛으로 물들었고, 언제나처럼 정말 아름다웠다. 주차장을 삥 둘러싼 관목과 화초들은 전문가들이 자르고 가지치기를 해서 원예 잡지에 화보로 나가도 손색이 없을 정도였다. 배수구에는 쓰레기 한 점 없었다. LA와 SPA 부지를 나란히 두고 줄지어 선 채진목은 가지치기를 마치고 뒤얽힌 나뭇잎으로 두툼한 초록색 울타리를 이루고 있었다. 가을이 되면 초록 잎들은 화염으로 변했다.

나는 시동을 끄고 자리에 앉아 커피를 마시며 생각에 잠겼다. 너무 일찍 도착한 데다 교정에는 이제 막 아침 이슬에 젖은 매미의 하품 소리가 울려 퍼지기 시작했다.

시작 장면인 넘실대는 옥수수밭부터 마지막 장면인 컴컴한 동굴까지, 《날 짓밟지 마》의 모든 요소를 머릿속에서 되풀이했다. 성급하게 결론 내리고 싶지 않았지만 이 책은 역대 내가 가장 감명 깊게 읽은 책이 될 것이다. 다른 이점들을 차치하고 '빵과 서커스' 개념만으로도 내가 미처 필요하다고 생각하지 못한 안경이 씌워진 기분이었다. 나는 새로운 시력에 적응하는 중이다.

차에서 내려 '교내 주차장'이라는 왕국 위로 팔을 쭉 뻗고 한 바퀴 빙 돌았다. 이제 실감 났다. 바로 이거다. 지구식료품 공터에서 하급생 전용 도로로 걸어오는 일과는 이제 안녕이다. LA 사서인 케이웰 선생님 밑에서 하는 봉사 활동도 올해가 마지막이다.

다시 오지 않을 마지막 첫 등교.

그래서 모든 것을 담고 싶었다.

잔디 건너편에 있는 배롱나무에서 새가 지저귀는 소리에 귀를 기울이며 마지막 첫 등교 내음을 깊숙이 들이마셨다. 상쾌하고 싱그러운 촉촉함 끝에 오래된 습기가 느껴졌다. 전자는 아침에 스프링클러가 돌아가고 난 뒤 남은 이슬 잔향이고, 후자는 약 1.5킬로미터 정도 떨어진 테네시강에서 이따금 불어오는 냄새였다. 그 뒤 도시의 코오롱이라고 할 수 있는 휘발유 냄새와 지구식료품에서 풍기는 향긋하고 맛있는 빵 냄새, 음식 냄새, 층층이 쌓인 비누와 향신료 냄새가 코를 찔렀다. 다행히도 햇볕에 달구어진 두꺼운 아스팔트 냄새는 희미하게만 느껴졌다.

갑자기 오늘이야말로 드디어 바람이 오색으로 물들 날이 될 것이라는 예감이 들었다. 코카콜라 병을 재활용 해 만든 LA 문들이 지문 하나 없이 반짝반짝 빛나고, 체로키 대로를 지나는 차들이 빵빵거리는 대신 노래를 부르는 날이 될 거라고. 나는 알 수 있었다.

아름다운 하루가 될 거라는 걸.

아름다운 한 해가 될 거라는 걸.

"한바탕 소란을 피워라."

나는 천진난만하게 혼잣말을 했다. 나는 가끔 생각한다. 만일 그날 내가 다른 문장을 인용했더라면 내 졸업반의 한 해는 다르게 흘러갔을까? 그해 정말 한바탕 소란이라고밖에 할 수 없는 일이 벌어졌다.

어느 별에서 뚝 떨어졌을 가능성

LA의 본관인 럽튼홀 중앙 계단에서 열다섯 발짝 떨어진 곳에 내 두 번째 집인 LA 도서실이 있다. 도서실이 있는 럽튼홀 정면은 채터누가 시민들이 노스쇼어를 지나다닐 때 이용하는 대로변을 향해 있다.

윗부분이 동으로 된 식민지 시대풍 돔 사이로 빛이 쏟아져 들어왔다. 2년 전 도서실 보수 공사 때 케이웰 선생님과 내가 직접 설계한 널찍한 공간이 환해졌다. 도서실 내부는 깨끗하고 잘 정돈되어 있었다(케이웰 선생님 책상 뒤편에 있는 문 너머 자료실만 빼면 말이다). 흰 벽에는 포스터 한 점 없었다. 도서실 이용객 중에 커뮤니티 게시판이 아닌 다른 곳에 포스터를 붙이려는 낌새까지 내가 철저하게 막아낸 결과였다.

짙은 황갈색으로 착색된 의자와 책장이 가지런히 줄 서 있고, 빈티지풍의 검은색 펜던트 조명(과거 이 건물이 공장이었을 때부터 걸려 있었)이 탁자와 컴퓨터 책상 위에 매달려 있었다.

곳곳에 화초가 있었는데 그 수가 꽤 많았다. 무화과나무, 양치식물, 떡갈잎 고무나무, 스파티필름 등등……. 학생 부모님 중 교외에서 대형 묘목장을 운영하시는 분이 전부 기부하셨다. 도서관에 두기에는 분수에 넘치는 감이 없잖아 있지만 그래서 케이웰 선생님과 나는 더 마음에 들어 했다. 화초, 컴퓨터, 편안한 의자, 책, 커피, 와이파이…….

여기서 뭘 더 바랄 수 있을까?

도서실에 오면 예상할 수 있는 게 두 가지 있다. 주법에 따라 넘치도록 비치된 건강 관련 팸플릿과 책상에 앉아 있는 케이웰 선생님이다. 하지만 그날은 팸플릿만 제자리에 있고 케이웰 선생님은 보이지 않았다.

"케이웰 선생님?"

불러도 아무런 대답이 없었다.

책상 뒤쪽에 있는 자료실에 들어가 보았다. 좁은 사각형의 청소 도구 보관 창고인데 기증 도서, 낡은 장식품, 잡지, 누렇게 변한 신문을 포함해 알 수 없는 잡동사니가 잔뜩 쌓여 있었다.

"케이웰 선생님? 여기 계세요? 루카스 게브하르트 신작 얘기해야죠. 어디 계세요?"

뒤꿈치를 찍고 빙글 돌자 열린 자료실 문 사이로 선생님의 컴퓨터가 보였다. 화면이 켜져 있고, 선생님의 이메일이 열려 있었다.

나는 어느 별에서 뚝 떨어지지 않았다. 적어도 내 기억으로는 그렇다. 다섯 살 이전의 삶은 기억나지 않지만 다른 사람의 이메일을 훔쳐봐서는 안 된다는 것쯤은 확실히 알고 있다. 그것은 '쓰레기 같은 인간이 되지 않기 위해 보편적으로 해야 하는 일' 목록 세 번

째에 있었다. '살인하지 말지니라'와 'SNS에 인기 TV 프로그램 스
포하지 말지니라' 다음이었다.

그래서 선생님 컴퓨터에 이메일이 열려 있는 것을 봤을 때, 맹세
하건대 나는 시선을 다른 데로 돌렸다.

바로 그때 머릿속에서 이런 소리가 들렸다. 얘, 클라라, 저 이메
일에 틀림없이 '기밀'이라고 되어 있었어. 그러니 가서 확인해 봐.
어느 별에서 뚝 떨어지지 않았을 가능성이 95퍼센트인데도 불구하
고 나의 나약한 의지가 소리 내서 이렇게 답했다.

"그러지 뭐."

사라진 케이웰 선생님의 컴퓨터에
열려 있는 이메일

파트 A : 문제의 이메일

받는 사람 : 전체 교직원

보낸 사람 : m.walsh@luptonacademy.edu

제목 : FW : 기밀—운영 방침 업데이트

존경하는 교직원 여러분,

여름 방학 동안 열린 다수의 이사회를 통해 학교 운영 방침과 절차에 다음과 같은 변경 사항이 있어 알려드립니다. 이사회가 공표를 승인할 때까지 변경 사항을 기밀로 유지해 주시기 바랍니다.

a) 조퇴 시 지구식료품 풀밭을 지나는 것을 제외하고 수업 시간 중에 기차선로를 넘는 행위는 엄격하게 금지되어 있다고 학생들에게 전달해 주십시오. 아울러 기차 노선이 폐지되었지만 선로 위에 눕거나, 허가 없이는 죽는시늉을 포함하여 어떠한 장면도 촬영이 불가하다는 사실도 전달 바

랍니다. 학교 위치를 고려하여, 실제로 살인 사건이 벌어졌다는 오해가 생기지 않도록, 인근 주민이 참여하는 정식 절차를 통과했을 경우에만 촬영이 가능하다는 사실을 반드시 고지해 주십시오.

b) 운동 경기 중 캠퍼스가 혼잡해지는 상황을 완화하기 위해 매점 운영 시간이 변경되었습니다. 앞으로 경기 시작 30분 전부터 음식 주문이 가능해집니다. 볼케이노스 화이팅!

c) 럽튼 아카데미는 사립학교로서 설립이래 '집중, 지식, 영향'이라는 핵심 원칙을 준수해 왔습니다. 집중은 지식으로, 지식은 영향으로 이어져 우리 학생들에게, 궁극적으로 전 세계로 퍼져나갈 것입니다. 우리의 핵심 원칙을 이어나가기 위해 제한된 매체 목록을 확대하기로 했습니다. 교내에서 해당 매체를 소지하거나 그것에 관해 논의할 경우 학칙에 의거, 3회 적발 시 정학 처분을 받게 될 것입니다.

파트 B : 뒤이은 내 반응

B.1. : 생각

'제한된 매체'? 딱히 악의가 느껴지지 않지만, 격식에 얽매여 있다는 느낌을 지울 수 없었다. '제한하다'의 동의어는 '금지하다', '매체'의 동의어는 '책', '영상', '게임', '보드게임' 등이다. LA가 카드 게임 때문에 전쟁을 시작할 리는 만무하고, 학생들이 학교에서 TV를 본다는 것도 말이 안 되니, 남은 게 뭐지?

프라이버시 침해를 좀 더 강행하여 이메일에 첨부된 PDF 파일을 열었다. 그러자 50권이 넘는 '제한된' 도서 목록이 죽 펼쳐졌다.

《호밀밭의 파수꾼》 '부적절한 언어 사용'.

《빌러비드》 '생생한 폭력, 성적 요소 및 언어'.

《앨저넌에게 꽃을》 '정신 장애가 있는 인물에 대한 거북한 묘사'.

그리고 걸작.

최후의 한방.

《날 짓밟지 마》에는 '분열을 초래하는 내용 및 동성애'를 비롯해 말도 안 되는 형식적이고 구차한 헛소리가 적혀 있었다.

"럽튼 아카데미, 이럴 거면 그냥 마켓 스트리트 다리에서 뛰어내려."

B.2. : 다른 생각

젠장젠장젠장젠장젠장젠장젠장젠장젠장젠장젠장젠장젠장젠장젠
장젠장젠장젠장젠장젠장젠장젠장젠장젠장젠장젠장젠장젠장젠장젠
장젠장젠장젠장젠장젠장젠장젠장젠장젠장젠장젠장젠장젠장젠장젠
장젠장젠장젠장젠장젠장젠장젠장젠장젠장젠장젠장젠장젠장젠장젠
장젠장젠장젠장젠장젠장젠장젠장젠장젠장젠장젠장젠장젠장젠장젠
장젠장젠장젠장젠장젠장젠장젠장젠장젠장젠장젠장젠장젠장젠장젠
장젠장젠장젠장젠장젠장젠장젠장젠장젠장젠장젠장젠장젠장젠장젠

장젠장젠장젠장젠장젠장젠장젠장젠장젠장젠장젠
장젠장젠장젠장젠장젠장젠장젠장젠장젠장젠장젠
장젠장젠장젠장젠장젠장젠장젠장젠장젠장젠장젠
장젠장젠장젠장젠장젠장젠장젠장젠장젠장젠장젠
장젠장젠장젠장젠장젠장젠장젠장젠장젠장젠장젠
장젠장젠장젠장젠장젠장젠장젠장젠장젠장젠장젠
장젠장젠장젠장젠장젠장젠장젠장젠장젠장젠장젠
장젠장젠장젠장젠장젠장젠장젠장젠장젠장젠장젠
장젠장젠장젠장젠장젠장젠장젠장젠장젠장젠장젠
장젠장젠장젠장젠장젠장젠장젠장젠장젠장젠장젠
장젠장젠장젠장젠장젠장젠장젠장젠장젠장젠장젠
장젠장젠장젠장젠장젠장젠장젠장젠장젠장젠장젠
장젠장젠장젠장젠장젠장젠장젠장젠장젠장젠장젠
장젠장젠장젠장젠장젠장젠장젠장젠장젠장젠장젠
장젠장젠장젠장젠장젠장젠장젠장젠장젠장젠장젠
장젠장젠장젠장젠장젠장젠장젠장젠장젠장젠장젠
장젠장젠장젠장젠장젠장젠장젠장젠장젠장젠장

조바심 난 클라라 에번스

부당한 일인지도 모른다. 하지만 며칠 동안, 때로는 심지어 단 하루 만에 일어나는 일이 인생 전체의 흐름을 바꾸기도 한다…….

-할레드 호세이니,《연을 쫓는 아이》

"뭐야, 이게?"

나는 스크린을 노려보았다. 족히 몇 시간이 흐른 것 같았다. 하지만 종 치는 소리를 듣지 못했으니 그렇게 긴 시간이 지났을 리 없다. 너무 화가 치밀어 올라 그 소리를 못 들었을 수도 있지만. 이건 내가 본래 알아서는 안 되는 사실이다. 그러니 다른 사람하고 의논조차 할 수 없다. 나는 외롭고 비통하게 죽을 것이다. 내 고등학교 졸업반을 망친 비밀을 간직한 채.

"왔니, 클라라? 오랜만이구나. 방학은 잘 보냈고?"

소리를 듣고 고개를 들었다. 케이웰 선생님이었다. 보통 사람이라면 "선생님, 안녕하세요. 진짜 오랜만이네요."라고 인사한 뒤, 상대방이 여름은 어떻게 보냈는지 물어보는 게 정상일 것이다. 하지만 나는 어느 별에서 뚝 떨어졌으니까 그렇게 하지 않았다. 그저 입을 쩍 벌리고 선생님을 바라보았다.

한동안 내 대답을 기다리다 선생님이 대신 답했다.

"잘 보냈어요, 케이웰 선생님. 너무 좋아서 끝나지 않길 바랐죠.' 하! 그나저나 이제 너도 졸업반이니 여기서 1년만 더 버티면 되는구나."

선생님은 다시 내 흉내를 냈다.

"여긴 절대 못 잊을 거예요. 선생님 덕에 인생이 바뀌었어요. 선생님의 가르침을 토대로 수백만 달러를 벌 거예요. 그런 다음 선생님이 남은 임기 동안 도서 구매비 걱정하지 않게 학교에 익명으로 기부할게요."

나는 아무 말도 하지 않았다.

선생님은 인상을 쓰다가 내가 책상 앞에 있는 걸 눈치챘다.

"이메일 봤구나."

나는 고개를 끄덕였다.

"클라라!"

"알아요, 알아요. 다른 사람 이메일 보면 안 된다는 거."

선생님이 황급히 책상 앞으로 와서 브라우저를 내렸다. 그런다고 해서 본 게 안 본 게 될 것도 아닌데.

"다른 사람들한테 얘기하면 안 된다. 말하면 내가 곤란해져. 네가 알아선 안 된단 말이다."

"학교가 책 50권을 금서로 지정할 거라는 이 엄청난 뉴스를 혼자만 알고 계시려 했단 말씀이세요? '클라라, 책장에서 이 50권의 책을 전부 빼 버려라.' 하면 끝이에요?"

"진정해. 그래, 그럴 셈이었다. 네가 여기 직원이라도 되니?"

"그 월든인가 하는 외래 강사님보다야 제가 더 직원에 가깝죠."

선생님은 이의를 제기하려고 손가락을 들었다가 이내 고개를 끄덕였다.

"이제 어떡하죠? 이건 정말…… 《헝거 게임》을 금지하려고 했을 때랑 똑같잖아요."

"금지'하려고' 했을 때?"

선생님이 되물었다.

"《헝거 게임》은 아예 금지됐었다. 《허클베리 핀의 모험》, 《컬러 퍼플》도 마찬가지고. 그런데 이 두 권은 네가 학교에 없을 때 이야 기야."

선생님은 행여 누가 들을까 주위를 두리번거렸다.

"나도 반기를 들 생각이야. 50권은 말이 안 돼. 네가 내 메일함을 함부로 뒤지는 사이 내가 자리를 비운 것도 그 때문이야. 교장 선생님을 찾으러 갔었어."

"그래서 찾았어요?"

선생님이 고개를 끄덕였다.

"간신히."

"그런 다음에는요?"

"세세한 내용은 알려 줄 수 없어. 넌 몰라야 한다고."

"선생님, 그러시기예요? 컴퓨터 책상에 고장 난 콘센트 고친 사람이 누구죠?"

선생님은 아무런 말씀이 없으셨다.

"그린트리 가구점과 접촉해 책장을 기부하게 만든 사람은요?"

선생님이 어이없다는 듯 눈을 치켜뜨시더니 책상 옆에 있는 카트에서 새 책을 집어 책장에 꽂기 시작했다. 나는 선생님을 졸졸 따라다녔다.

"태블릿에 클라우드 용량 업그레이드하고, 폰 래밋 씨 부부를 설득해서 컴퓨터마다 포토샵 깔고, 선생님 책상을 깨끗이 치우는 사람은요?"

"클라라, 그런다고 될 일이 아니야. 그만해."

나는 팔짱을 꼈다.

"올해 자료실 정리할 사람이 누구죠?"

선생님이 나를 보셨다.

"넌 그걸 안 할 수 없을걸."

"전 여기서 봉사하는 거예요. 아무 일 안 해도 된다고요."

"넌 절대 여길 그만두지 못할 거다."

내가 눈을 치켜뜨자 선생님이 한숨을 쉬셨다.

"알겠어. 그런데 이 얘기는 절대로 밖으로 새 나가면 안 된다. 무슨 말인지 알지?"

나는 고개를 끄덕였다.

"소리 내서 따라 해. '나, 클라라 에번스는 이 사실을 누구에게도 발설하지 않을 것이며, 발설할 시 도서실 출입을 삼가겠습니다.'"

"설마 그렇게까지 하시려고요."

선생님이 눈을 치켜뜨셨다.

"알았어요, 알았다고요. 나, 클라라 에번스는 이 사실을 누구에게도 발설하지 않겠습니다."

"발설할 시."

"다 알아들었어요. 진짜예요."

"발설할 시."

나는 한숨을 쉬었다.

"발설할 시 도서실 출입을 삼가겠습니다."

"예수님의 이름으로, 아멘."

"예수님의 이름으로, 아멘."

"이사회랑 교장 선생님이 도서실에서 금지 도서를 전부 치우라고 하셨어."

"《헝거 게임》도 치우라고 하지 않았어요? 그런데 아직 있잖아요. 맞죠?"

"세 권 전부 '불가사의하게' 책장에서 자취를 감췄지. 검색하면 《헝거 게임》, 《컬러 퍼플》, 《허클베리 핀》이 전부 있다고 나오지만, 찾을 순 없을 거다."

"정말요? 어떻게 내가 그걸 몰랐지?"

"글쎄다. 신경 안 쓰면 어떻게 알겠니? 누가 대출해 갔거나 분실됐다고 생각하겠지."

"선생님은 왜 그냥 보고만 있으셨어요?"

선생님이 허허 웃었다. 나는 전혀 짐작할 수 없는, 어떤 의미가 담긴 웃음이었다.

"할 수 있는 일은 다 했어. 그런데 가장 큰 문제는 여기가 사립 학교라는 거다. 난 이사회와 행정실이 하라는 대로 하는 수밖에 없어. 이의라도 제의했다간 여길 그만둬야 할 거다. 차라리 학생들에게 대안을 제시해 주거나 채터누가 도서관에서 빌려 보라고 말해 주는 게 낫다고 생각해. 경기하다 보면 누군가가 만든 규칙에 따라야 할 때도 있는 거야. 그리고 그 규칙이 선수에게 도움이 되지 않을 때도 있지. 그런데 중요한 건, 그렇다고 아예 경기를 포기해 버리면 다른 사람이 이기는 것도 도울 수도 없게 된다는 거야."

나는 할 말을 잃고 선생님 의자에 풀썩 주저앉았다.

리바이.

조스.

가이 몬태그. 캣니스 에버딘.

클라라 에번스.

가혹한 행정부의 역사가 바로 코앞에서 재현되고 있었다. 그런데도 나는 전혀 눈치채지 못했던 것이다.

꼬맹이 도서관

수많은 사람이 침묵을 두려워하지만 내 경험에 의하면 침묵 속에서 가장 탁월한 생각이 피어난다. 동굴 앞에 서 있었을 때도 마찬가지였고, '우리가 아무도 경계선을 찾지 않던 때로 되돌아갈 수 있게 세상을 이어붙이면 어떨까?', '도서관을 시작하면 어떨까?' 하는 생각을 할 때도 마찬가지였다.

-루카스 게브하르트, 《날 짓밟지 마》

"열이 뻗쳐서 기찻길에서 살해 장면이라도 촬영하고 싶은 심정이에요."

"동네 주민을 놀라게 해선 안 되지."

선생님은 책상 밑에서 키세스 초콜릿이 들어 있는 노란색 금속 양동이를 꺼내 내 앞에 내밀었다.

"이거 먹으면 공모자 되는 거예요? 도대체 학교는 앞으로 얼마나 더 금서를 지정해야 속이 후련하대요? 《비밀의 숲 테라비시아》, 《에덴의 동쪽》, 《투명 인간》, 게브하르트 작가 책 두 권 다 금서가

됐잖아요. 심오한 의미가 담긴 책들은 전부 사라졌다고요. 그 책들은 내 인생을 바꾼 책들이란 말이에요. 어떻게 그런 책을 금지할 수 있죠? 세상에. 그렇게 마음대로 해도 되는 거예요? 아무도 신경 쓰지 않네요. 빵과 서커스가 따로 없어요."

나는 키세스를 한 움큼 집어 세 개를 까서 한꺼번에 입안에 털어 넣었다.

창밖을 흘깃 바라보니 학교 초입에 줄지어 선 거대한 목련 나무가 눈에 들어왔다. 나무들을 보니 불과 20분 전에 밖에 서 있을 때 기분이 되살아났다. 그때만 해도 자연이 만들어내는 교향곡에 심취해 있었는데……. 지금 내 귀에는 혈압 오르는 소리만 들릴 뿐이었다.

"으…… 쥔짜 짜증 나여."

"자, 내가 그 책들을 없애지 않을 거라는 사실을 위안 삼으렴. 지금까지와 별반 다르지 않을 거다. 아무 말 하지 않고 그냥 두는 거지. 그럼 아무 말 없이 사라진단다. 기증 도서가 들어오면 다시 아무 말 없이 꽂아두고. 다시 아무 말 없이 사라지지만."

아무 말 없다.

침묵.

가장 탁월한 생각이 피어나는 곳.

그렇게 머릿속으로 어떤 생각이 조금씩 흘러들었다.

"좋은 생각이 떠올랐어요. 금서를 전부 뺀 뒤에 무슨 일이 생길 때까지 제가 보관하고 있을게요."

선생님이 인상을 찌푸리셨다.

"아무 일이 안 생길 수도 있어. 그럴 가능성이 더 크지. 너도 이제 깨달아야지."

"그렇게 하게 해 주세요. 괜찮아요. 아무도 모르게 학교 밖에 가져다 둘게요. '꼬도관'에 분산해서 놓으면 돼요."

"꼬도관?"

"꼬맹이 도서관요. 절 설립자 장학금 최종 후보로 만들어 주고, 나아가 밴더빌트 대학*에 진학하게 해 줄 프로젝트인데, 모르셨어요?"

"설립자 장학금 최종 후보에 올랐니? 몰랐어. 정말 잘 됐구나. 축하한다, 클라라. 그건 보통 일이 아니지! 내 동생도 오래전에 같은 장학금을 받았단다."

나는 그 끔찍한 이메일을 보고 난 후 처음으로 미소 지었다.

"고맙습니다."

"장하다. 그 얘긴 나중에 자세히 하기로 하고……. 책을 갖고 가서 네 도서관에 두겠다고? 총 몇 권이나 있는데?"

"글쎄요, 단체가 관리하고 있어서……."

"단체?"

"선생님, 방학 때 제가 보낸 이메일 안 보셨어요?"

케이윌 선생님이 얼굴을 찌푸렸다.

---

* 미국 테네시주 내슈빌에 있는 남부를 대표하는 명문 사립대학 중 하나다.-편집자 주

나는 짐짓 심각한 표정을 지었다.

"제가 시작한 '문학의 집'이라는 비영리단체에서 기증 도서를 받고 꼬맹이 도서관을 운영하면서 필요한 학교에 양질의 책이 기부될 수 있도록 다양한 활동을 하고 있어요. 얼마 전에 오퍼슨 재단에서 보조금도 받은걸요."

"정말 대단하구나. 그런 초인적인 힘이 어디서 나는 거니?"

나는 어깨를 으쓱했다.

"방학에 별로 할 일이 없었거든요."

"내가 네 나이였을 때는 방학에 할 일이 없으면 친구들이랑 쏘다녔는데 말이다."

"저도 지역사회에 도움이 되는 일을 할까, 친구들이랑 쇼핑몰 돌아다닐까 사이에서 고민했는걸요."

케이웰 선생님이 한참 만에 입을 뗐다.

"어차피 사라질 책들이라면 사용될 수 있는 곳으로 가는 게 좋겠지. 좋은 아이디어구나, 클라라. 이렇게까지 해야 하는 게 안타깝다만 아무리 생각해도 그게 가장 좋은 방법 같구나. 멋진 생각이야."

"네, 저도 알아요."

몇 초간 침묵이 흘렀다.

"이유가 뭐야?"

선생님이 물었다.

"이유라니요?"

"왜 비영리 도서 단체를 시작했어? 친구들이랑 어울리지 않고?"

"말씀드린 대로……."

"아니."

선생님이 다 안다는 웃음을 띠고 말을 자르셨다.

"그거 말고. 진짜 이유를 말해 봐."

"사실…… 예전에 부모님이 절약 정신이 투철하셨어요. 지금도 그러시지만. 그래서 그런지 도서관에서 빌린 책을 제때 반납하지 않아 연체료가 발생하면 기겁하셨어요. 전 책을 정말 좋아했고, 부모님은 연체료는 감당할 수 없으셨죠. 그래서 도서관에 가서 책을 읽되 대출은 안 하기로 합의했어요. 우린 도서관에 정말 자주 갔어요. 그때가 제 기억에서 가장 행복했던 추억으로 남아 있어요. 근데 합의를 했는데도 제가 늘 집으로 책을 가지고 오고 싶어 한 게 문제였어요."

선생님이 고개를 끄덕이셨다.

"그렇게 하고 싶은 게 당연하지. 그래서 몰래 가지고 나온 적 있어?"

나는 '헉' 하고 놀라는 척했다.

"제가 설마 그런 이단 행위로 십진분류법을 모독하겠어요?"

선생님이 팔짱을 꼈다.

"뭐, 얼마간은 방충망이 없던 유일한 1층 창문 밖으로 책을 던져서 몰래 가지고 나오기도 했어요. 그 일에 관해서는 아직도 죄책감을 느끼고 있어요. 그런데 어느 날 모르는 사람의 대출 카드를 주웠는데, 그 뒤 그걸로 대출했어요. 한 번도 들킨 적 없어요. 한 번도 연체료가 발생한 적도 없고요. 물론, 제가 슬쩍한 카드 주인에게 한 번도 발생한 적 없단 말이에요. 어쨌든, 제가 하고 싶은 말은 아무리 읽고 싶다고 해도 책을 창문 밖으로 떨어뜨린 건 좋은 생각이 아니었다는 것과 다른 아이들은 나처럼 집에서 책을 읽는 게 힘들지 않으면 좋겠다고 생각했다는 거예요. 그래서…… 그 일을 시작했어요."

"설마 아직도 그 대출증을 사용하는 건 아니겠지?"

"아니에요. 작년에 겨우 내 이름으로 된 대출증을 발급받았어요. 우리 아빠에게 성경을 걸고 맹세하는데 혹여 연체료가 나왔어도 어떻게든 냈을 거예요."

선생님이 고개를 끄덕이시더니 쌓여있는 책을 향해 손짓하셨다.

"그럼 저거 가져가거라. 근데 빨리 가져가는 게 좋을 거다. 내가 그냥 둘 거라는 걸 교장 선생님이 아시기 때문에 사람들에게 명령했을 거야."

나는 고개를 끄덕인 뒤 선생님 이메일을 다시 띄우고 '인쇄하기'를 눌렀다.

"어어! 그러기야? 내 개인 메일함이라고."

"목록이 있어야 무슨 책을 빼 갈지 알죠!"

"그렇다면야……. 끝나면 꼭 파쇄하던가 해."

나는 프린터에서 목록을 집어 들고 행동에 착수했다.

"우선은 어디에 가져다 둘 생각이냐?"

43

선생님이 물어보셨지만 이내 다시 말씀하셨다.

"아니다. 모르는 게 낫겠어."

선생님은 자리에서 일어나 책상 앞에서 물러나셨다.

"난 이제 화장실에 들렀다가 교장 선생님을 찾아가서 책을 다 없애 버릴 거라고 말씀드리고 오마. 그러면 교장 선생님이 당분간 이리로 올 일은 없을 거다."

선생님은 말을 잠시 멈추고 필요 이상으로 큰 소리로 말씀하셨다.

"뭘 해도 좋다만 금지 도서들은 손대지 말아라."

나는 미소를 지은 후, 똑같이 필요 이상으로 큰 소리로 대답했다.

"옛~썰!"

금지 도서 수서 작전

차로 책 무더기를 옮기기에는 시간이 부족했는데 마침 근처에 사물함이 있었다. 딜레마였다. 책들을 학교에 두었다가 나중에 빼내는 위험을 감수했냐고? 답은 당연히 '그렇다'다. 나는 금서 유통에 일가견이 있으니까. 인생에서 책을 빼돌린 적이 자주 있었지만 문제가 된 적은 한 번도 없었다.

복도는 이제 사람들로 북적댔다. 아이들은 사물함에서 그날 필요한 책과 준비물을 꺼내는 등 평범한 학생들이 하는 행동을 하고 있었다. 곧 학교 도서실에서 금지될 책을 몰래 빼돌리는 짓 따위를 하는 사람은 없었다. 시간이 얼마 없는 걸 알기에 나는 복도 중간 모퉁이에 있는 내 사물함을 향해 내달렸다. 올해 처음으로 사물함을 열고 나는 곧장 그 안에 책을 쌓기 시작했다.

그런 다음 선생님들과 마주치지 않길 기도하며 다시 도서관으로 달음박질친 뒤 금지된 책들을 더 꺼냈다. 다행히 지금까지 도서관에서 보낸 시간 덕에 수월하게 책을 찾을 수 있었다. 내부 수리하느라 책을 싸고, 이후 상자를 하나하나 풀면서 제자리에 꽂아넣은 덕에 나는 알파벳 한 자 한 자를 아는 것처럼 서가를 훤히

꿰고 있었다.

　책 대여섯 권을 뽑아 들고 달려가 사물함에 밀어 넣은 뒤 더 가지러 돌아갔다. 네 번을 왔다 갔다 한 끝에 내 사물함은 이제 한 권도 더 들어갈 자리 없이 꽉 차고 말았다. 나는 세 칸 떨어진 단짝 리퀴의 사물함(리퀴는 사물함을 사용하지 않는다)을 열고 그 안을 채우기 시작했다. 목록의 4분의 3쯤 채웠을 때 정신을 차리고 보니 복도에는 나 말고는 아무도 없었다. 때마침 힘든 한 해를 예고하듯 종이 울렸다.

　나는 짧은 탄식을 내뱉고 리퀴의 사물함에 쌓인 책에 머리를 찧었다.

　긴 한숨과 함께 나는 마지막으로 한번 더 남은 책을 가지러 도서관으로 향했다. 오늘 일진이 여기서 더 나빠질 수 있을지 궁금했다.

그 대답

그렇다.
그것은 가능했다.

4년, 다섯 권의 책, 15분 지각

내가 책벌레인 건 누구나 다 아는 사실이다. 후한 장학금을 받고 채터누가의 명문 럽튼 아카데미에 입학할 수 있었던 건 학업 성취를 향한 내 열망을, 그림책 작가 겸 삽화가 에릭 칼이 쓴 《배고픈 애벌레》의 주인공의 식성과 비교해 장황하게 작성한 입학 수기 덕택이었다.

나는 평생(비교적 짧은 생이긴 하지만) 책과 함께했다. 친구가 없어서가 아니라 글을 읽기 시작한 이래 책은 내 연도를 구분했기 때문이다. 학년으로 연도를 규정하는 사람도 있겠지만 나는 그해 나를 가장 변화시킨 책으로 연도를 규정했다. 고등학교에 올라와서부터는 다음과 같다.

9학년 : 《스피크》
10학년 : 《월플라워》
11학년 : 《호밀밭의 파수꾼》
12학년 : 좀 아슬아슬하지만…… 《날 짓밟지 마》

이 책들이 나를 만들었다. 한 장 한 장이 나를 조금씩 완성해 나갔다.

책의 파급 효과를 간단히 짚고 넘어가겠다. 중학교 졸업반 때 채터누가 도서관의 유색인 작가 목록에서 《목재 창이 있는 집》을 발견했다. 그 책을 읽고 난 뒤 도서관에서 일하고 싶어졌고, 고등학교에 들어와 자원봉사를 시작했다. 도서실에서 일했기 때문에 케이웰 선생님으로부터 《스피크》를 추천받을 수 있었다. 신입생이었던 그 당시에 나는 괴롭힘을 당하고 위화감을 느끼며 학교를 그만둘 생각을 하고 있었다. 하지만 《스피크》 덕분에 나는 LA에 남아서 감상적인 책들을 닥치는 대로 읽어 내려갔다. 그리고 얼마 지나지 않아 《월플라워》를 만났다. 《월플라워》는 나 혼자 아픈 것이 아니라 모든 사람이 자기만의 슬픔에 뒤범벅되어 있다는 사실에 눈뜨게 해 주었다. 나는 그제야 세상을 다른 방식으로 이해하게 되었다. 케이웰 선생님께 말씀드리자, 선생님은 《월플라워》 주인공 찰리가 기본적으로 '홀든 콜필드의 차가운 버전'이라고 열변을 토하셨고, 그 바람에 《호밀밭의 파수꾼》을 읽게 되었다. 《월플라워》에 《호밀밭의 파수꾼》이 더해져 '문학의 집'에 관한 아이디어가 떠올랐고, 그 덕분에 나는 설립자 장학금 최종 후보에 올랐다. 책 한 권이 도미노가 되어 일어난 일들이다.

내 인생 사소한 부분까지 책이 인도해 주는 대로 따랐고, 그 여정은 쉼 없이 계속되었다. 특히 부모님을 포함해 그 누구도 그게 잘못되었다든지, 책은 나쁜 것이라든지, 선별해서 책을 읽어야 한다든지 하는 말을 한 적 없다.

LA가 그 세월을 간과했다는 걸 이해하기 힘들었다. 어떻게 이 책들이 좋은 책이 아니라든가, 어떤 이유에서건 책 내용이 '부적절'하다고 말할 수 있을까? 그게 아니더라도 읽지 않는 편이 더 낫고, 책이 하는 말이 유용하긴커녕 해가 될 것이라고 말할 수 있느냐는 거다. 나는 그저 어린애일 뿐이겠지. 그저 스트리밍 방송, 프렌치 키스, 신조어, 휴대폰 말고는 아무것도 이해하지 못하는 작은 뇌를 가진 십 대 청소년.

나는 어떻게 럽튼의 어른들이 '너도 이제 책임을 져야 하는 어른이니까 그에 걸맞게 행동해. 교복 입고 등교하고 수업에 집중해'라고 말하는 동시에 '사실 너는 강간, 게이라서 왕따당하는 아이들, 복잡 난해한 인간의 상태, 인종차별주의를 논하는 책을 읽기에는 너무 어려'라고 말할 수 있는지 이해할 수 없었다. 어른들이 자기 기분에 따라 '넌 아직 어린 애야'와 '너도 이제 다 컸어'를 손바닥 뒤집듯 바꾸는 것은 피곤하고 화 나는 일이었다.

새 학기 첫 수업에 지각한 건 아이러니하게도 내가 책벌레였기 때문이다. 이사회에서 용인하지 않는 이동 방법인 달리기로 문학 고급반 교실로 향했다. 고교 신입생 때부터 꿈꾸던 수업이었다. 명작을 읽으며 받는 교육이라니! 하지만 내가 손꼽아 기다려온 수업조차 어떤 식으로든 금서 지정에 영향을 받을 터였다. 어쩌면 내가 앞으로 배우게 될 책조차 더러운 건지도.

15분이나 늦게 교실에 도착했다. 로런 크로프트(툼레이더 라라

크로프트와 종종 헷갈린다) 선생님이 이번 학기에 맨 처음 읽을 조라 닐 허스턴의 《그들의 눈은 신을 보고 있었다》에 대해 설명하고 계셨다. 우연히, 하지만 놀랍지 않게도, 내 사물함에 있는 책이었다.

나는 신입생 때 크로프트 선생님의 국어 과목을 들은 적 있다. 만약 LA 교직원 중에 정말로 툼레이더가 존재한다면 그건 크로프트 선생님일 것이다. 매우 깐깐하고 활력이 넘치는 분이다. 첫 40분간 느긋하게 수업을 진행하다 10분쯤 남았을 때 진도가 뒤처진 것을 깨닫고 채터누가 청소년들 사이에 정맥류를 일으키는 주된 원인이 된다는 것도 모른 채 다다다다 정보 전달만 하는 선생님들과 차원이 달랐다.

선생님은 자신감이 넘치는 분이셨고 그래서 참 무서웠다. 그 당시 수업과 별개로 선생님이 찾는 책이 있을 때마다 이메일을 주고받았기 때문에 선생님은 나를 알고 있었다. 나는 아무 학생이 아니었다. 동네 책방인 북키 앞에서도 마주치곤 했는데 그때는 더티 차이 라테를 마시며 숙제 검사를 하고 계셨다.

어떤 불량아가 15분이나 지각했는지 보려고 선생님이 뒤를 돌았다. 선생님의 눈빛을 보는 순간 나는 문학이 싫고 선생님과 내가 책으로 쌓은 동지애가 와르르 무너지는 느낌이었다.

"죄송합니다."

나는 용서를 구한 뒤 빈자리를 찾았다. 공교롭게도 남아 있는 자리라고는 애슈턴 브릭스와 잭 로든하우어 옆자리뿐이었다. 두 사람은 '설립자 자녀들'이었다. 설립자 자녀란 역대 채터누가 부호들의 증손이란 뜻이다. 쭉쭉 뻗어 나가는 그들의 가계도는 채터누가의 주요 요직에 빠지지 않고 모습을 드러냈다. 럽튼 아카데미에 온 첫날부터 내 눈 밖에 난 아이들이다.

설립자 자녀들(리퀴와 주고받는 문자에서 '재수 없는 ★★들' 혹은 대화 시 '별별'이라는 애칭으로 불렸다. '재수 없는 별별들'은 너무 길기 때문이다)은 같이 있기에 참 불편한 족속이었다. 우쭐대며 허세 가득한 무표정을 짓는데 자신들이 받아들이는 사람만이 대화를 나눌 가치가 있다는 무언의 신호였다. 재수 없는 ★★들에게 선택된 사람이 아니면—다시 말해, 채터누가의 힘 있는 가문 출신이거나 돈에 허우적대는 사람이 아니라면— '안녕'이라는 말은 인사가 아니라 자선이었다. 나머지 사람들에겐 어떤 관심도 보이지 않으며, 그 자체가 손해라는 듯한 태도였다. 마치 자신들에게 아무런 득이 되지 않는 쓸모없는 거래를 하며 상대를 인지하는 데 귀중한 시간을 허비했다는 듯. 그 애들에게 학비는 푼돈이며 책 살 돈이 넘쳐난다는 사실을 생각만 해도 화가 났다. 나는 장학금을 받는데도 부모님이 나를 이곳에 보내기 위해 허리띠를 졸라매시는데 말이다.

애슈턴(냅킨을 여자 가슴 그림으로 도배한 녀석이다)과 잭은 사립학교 등록금이 헛되지 말아야 한다는 압박을 받지 않는다. C 학점을 받는다고 해도 잃을 게 없다. 연줄을 이용하면 어디든 일자리를 얻을 수 있을 테니. 반면, 내가 C 학점을 받으면 부모님의 지난 3년간의 노력을 비롯해 내가 원하는 대학의 장학금을 받을 기회가 사라진다. 내가 럽튼에 진학한 뒤로 우리 가족은 휴가를 간 적이 없다. 잭의 부모님은 2주마다 한 번씩 해변을 찾았다. 모든 것이 불공정해서 그 애들을 볼 때면 화가 났다.

나는 숨을 헐떡거리며 허둥지둥 자리에 앉아 최대한 소리 나지 않게 가방에서 펜과 공책을 꺼내려고 안간힘을 썼다. 그런데 펜이 지퍼에 끼었다가 가방 안으로 떨어지는 바람에 어두운 구멍 안에서 손을 휘휘 저어야 했다. 그다음 공책을 꺼내려 했을 때 철제 스프링이 지퍼 옆에 있는 천에 걸려 나오지 않았다. 잡아당길 때마다 코일이 하나씩 풀어지더니 묶음이 풀려 갑자기 눈보라처럼 종이가 후드득 바닥으로 떨어지고 말았다.

애슈턴이 내 쪽을 보고 눈을 치켜뜨더니 소리 없이 입 모양으로 '어떻게 된 거야?'라고 말했다.

나는 신경 쓰지 말라고 손짓한 뒤 주머니에서 냅킨을 찾아 그 위에 필기하기 시작했다. 그때 애슈턴이 바닥에서 한때 공책이었던 종이 한 장을 주워서 내게 건넸다. 나는 그것을 쳐다보았다. 그다음 그 애를 쳐다보았다. 받고 싶지 않았다. 정말이다. 하지만 어쩔 수 없었다.

그랬다.

그때 알았다.

내 남은 일 년이 엉망진창이 될 거라는 걸.

곰 사냥꾼과 맞짱 뜨기

자존감이 뻰 채로 똑바로 서 본 적 있어?

-매들렌 렝글,《시간의 주름》

다행히 크로프트 선생님이 말을 이어나가기 시작했지만 내 마음은 전쟁의 안개 속으로 가라앉고 있었다. 금서를 떠올리고 이런 저런 생각을 하며 내가 할 수 있는 일이 무엇일지 고민했다. 이런 일이 벌어진 게 너무 화가 났지만, 참을 수 없는 건 내 지난 4년이 더럽다는 말을 들은 것이다. 이유는 정확히 몰라도 왠지 스위치가 있었다는 기분이 들었다. 그러니까, 금서로 지정되기 전 그 책들은 순수한 종이 위에 적힌 의미심장한 말들이었다. 그런데 이제는 그 의미심장한 말들에 때가 묻은 것이다. 그리고 금서가 된 지금, 그 책을 내 이야기의 일부로 받아들인 나는 죄책감을 느껴야만 하는 것이다.

게다가 황당하기 그지없는 금서 목록에도 화가 났다. 이를테면 《날 짓밟지 마》 같은 경우다. 도서를 금지하면 어떤 일이 벌어지는 지 보여 주는 책을 금지하면서, 어떻게 '이거 참 아이러니하군. 이 결정을 재고해 봐야겠는걸' 같은 생각을 못 한 걸까?

몰래 일을 꾸민 것, 이런 일을 몇 년째 지속해 왔다는 것이 더 화가 났다. 나조차도 책장에 앨리스 워커와 마크 트웨인이 빠졌다는 걸 눈치채지 못했다. 도서실 자원봉사자인 나도 말이다. 우리에게 없는 책이라서 없는 건지, 금지된 책이라서 없는 건지 내가 어떻게 구분할 수 있냔 말이다.

얼마나 오래 상념에 잠겨 있었는지, 얼마나 오래 머릿속으로 '이제 어떡하지?'를 되뇌었는지, 혹은 얼마큼 낙심해 있었는지 모르겠다. 나는 지난 3년간 손꼽아 기다려 온 수업에서 넋을 놓고 있었다. 정신을 차리고 보니 크로프트 선생님의 목소리는 지쳐 있었고 교실은 평소보다 좁고 갑갑하고 불편하게 느껴졌다.

갑자기 종이 울렸다. 그러나 아무도 움직이지 않았다. 크로프트 선생님은 문에 걸린 시계를 쳐다본 뒤 관자놀이를 문지르셨다. 그런 다음 종이를 한 장씩 나누어 주셨다. "방금 나눠 준 건 《그들의 눈은 신을 보고 있었다》 1, 2장이야. 읽고 수요일까지 요약해서 와. 참고서 베낄 생각은 안 하는 게 좋을 거다. 난 거기 적힌 줄거리를 다 외우고 있어. 클라라, 잠깐 남아라. 할 말이 있어."

나는 이미 소지품을 챙겨 교실을 나서기 직전이었다. 불길한 기운이 들었다.

참 이상하게도 애슈턴이 나가면서 손으로 V 자를 그려 보였다. 당연히 잭은 나를 쳐다보지도 않았다. 애슈턴이 친한 척하는 것보다 그게 훨씬 자연스러웠다.

나는 선생님의 맹렬한 눈길을 방어하듯 책을 가슴에 끌어안고 크로프트 선생님께 다가갔다.

크로프트 선생님은 30대 초반으로 상단부가 거북 등딱지로 된 커다란 하금테 안경을 쓰셨다. 오른쪽 팔에 타투가 물처럼 흘러내리고 원피스 네크라인과 브이넥 카디건, 얇은 어깨끈 사이로도 살짝 삐져나왔다. 앞머리는 옆으로 넘길 때가 많았고 턱선까지 오는 짙은 검은색 머리는 뒤로 넘겨 좋긋 묶고 다니셨는데, 그 끝이 안으로 둥글게 말려 있었다. 선생님은 보편적인 '난 지금 너무 피곤하고 귀찮아' 자세를 취하고 계셨다. 책상에 팔꿈치를 대고 눈두덩이에 손을 대고 계신 것이다. 잠시 후 손으로 눈을 비빈 뒤 심호흡을 하고 허리를 꼿꼿이 펴셨다.

"첫 수업에 지각이라니, 앞으로도 계속 그럴 거야?"

사나운 일진 : 10

클라라 : -8

"아뇨, 죄송해요. 종 칠 때 어떤…… 프로젝트에 매여 있었어요. 제 잘못이에요. 다신 안 그럴게요."

"프로젝트라니? 이제 1교신데 무슨 소리야? 이번 학기를 통틀어 이게 첫 수업인데! 그런 게 있을 리 없지."

"도서실과 관련된 일이에요. 케이웰 선생님이 확인해 주실 거예요. 맹세해요. 전 거의 지각한 적 없어요. 딱 한 번 화학 시간에 늦은 적이 있는데 그때는 공책에 치킨 누들 수프를 쏟는 바람에 스프링에서 국수 가락을 떼느라 그랬던 거예요. 닭고기 만진 손으로

56

비커를 잡기는 싫었거든요."

잠시 어색한 침묵이 흘렀고, 이제 가도 되는지 물어보려는 찰나 선생님이 다시 한숨을 쉬셨다.

"이 수업을 가르친 게 4년째야. 교사로서 그리 긴 시간은 아니지. 그런데 매년 저 문으로 들어오는 학생 중에 흥미를 보이는 학생의 비중이 점점 줄어들고 있어. 문학에 감동할 준비, 대화할 준비가 된 학생까지는 바라지도 않아. 내가 밀어붙이고 있는 이 책들이 어떻게 돼도 애들이 신경이나 쓸까? 너도 오늘은 관심이 없더구나. 책을 좋아하는 너까지도 말이야. 내가 뭘 잘못하고 있니?"

선생님이 나를 쳐다보았다. 엄한 선생님이 지각한 학생에게 자기가 뭘 잘못하고 있는지 묻는 이 상황이 갑자기 우습게 느껴졌다.

나는 킥킥대고 말았다.

"죄송해요. 웃을 일이 아닌데."

크로프트 선생님이 미소 지으셨다.

"좀 그런 걸, 뭐."

"참고로 전 신경 써요. 사실 아이러니하게도 제가 집중하지 못한 건 내내 책 생각을 하고 있었기 때문이에요."

나는 선생님을 바라보았다. 조금 전 선생님이 말씀하신 '어떻게 돼도'가 금서 지정을 뜻하는 건지는 알 수 없었다. 하지만 그 이메일이 전 교원에게 발송됐다는 걸 알기에 선생님이 알고 계시는 건 확실했다. 선생님들은 금서로 지정해도 아무렇지도 않으신 걸까? 이런 일을 몇 년간 지속했다는 건 교원들도 그만큼 공모했다는 뜻이기도 했다. 크로프트 선생님까지도. 선생님께 왜 보고만 있으셨는지 묻고 싶었지만, 선생님은 곰의 가죽을 벗기고 이빨로 멋들어진 목걸이를 만들 수 있다는 기운을 뿜고 있어서 자극하지 않기로 했다.

"사람들이 신경 쓸 이유가 뭐가 있겠어?"

선생님이 물으셨다.

"책에 대해서요?"

"어떤 일이든. 내게 주어진 일 외에 일어나는 일들에 대해서 말이야. 파넴 에트 키르켄세스가 아닌 일에 대해서."

내 입이 떡 벌어졌다. 게브하르트 작가가 사용한 라틴 문구였기 때문이다. 아침 내내 내 머릿속을 뒤흔들었던.

내 반응을 눈치챈 선생님이 활짝 웃었다.

"너도 읽었니?"

"당연하죠. 게브하르트는 제가 가장 좋아하는……."

나는 말을 멈췄다. 할 말이 너무나도 많았지만 그 책은 이미 금서로 지정됐다. 아무리 크로프트 선생님이 곰을 때려잡을 만한 분위기를 풍기는 문학 교사라고 할지라도 선생님이 금서 지정에 찬성하는지, 반대하는지 알 수 없었다. 반대하실 거라고 짐작은 하지만, 그 책을 논하는 것만으로도 벌점을 받거나 방과 후 나머지 공부를 하게 될지도 몰랐다.

선생님과 나는 서로 지긋이 바라보았다. 긴가민가하며. 번역과 해석이라는 정신적 부피를 연결하며. 막연히 무언가를 알아챈 듯 선생님이 미간을 좁히셨다.

"잠깐, 네가 알 리가 없는데?"

목소리에 선명한 날이 느껴졌다.

"뭘요?"

내가 대답했다.

좀.

너무.

잽싸게.

선생님이 팔짱을 끼셨다.

하루가 아직 두 시간도 지나지 않았다.

층층이 쌓인 복잡한 기분

내가 슬금슬금 뒷걸음질 치며 말했다.

"하여튼 잘 알겠습니다. 학생들이 신경 쓰도록 잘하실 수 있을 거예요. 그러니까 제 말은…… 애들이 신경을 안 쓴다는 게 아니라, 아니, 안 쓸 수도 있겠네요. 적어도 전 다음번에 더 잘할게요. 전 신경을 아주 많이 쓰거든요. 인제 그만 가 보겠습니다."

"클라라, 잠시만. 네가 안다고 해서 화난 거 아니야. 어떻게 알았는지 궁금할 뿐이지. 그건 기밀 정보인데 말이야."

나는 푹하고 한숨을 쉬었다.

"제가 어느 별에서 뚝 떨어져서 그래요. 오늘 아침에 알게 됐어요."

선생님이 한쪽 눈썹을 치켜올리셨다.

"실수로, 아니 조금은 고의로 케이웰 선생님 이메일을 읽었어요. 제가 선생님께 말씀드렸다고 케이웰 선생님께 말하면 안 돼요. 절대로요. 도서실에 출입 금지를 당할지도 모르거든요."

"도서실에 출입 금지를 당한다고?"

"그냥 케이웰 선생님께 내가 알고 있다는 걸 선생님도 안다고 말씀하지 말아 주세요. 이건 정말 중요한 일이에요."

"걱정하지 마. 얘기 안 할 테니. 정말 말도 안 되는 일이지 않니?"

선생님이 고개를 절레절레 흔드셨다.

"난데없는 조치야. 교원과 소통이 원활했던 적도 없었지만 이건 정말 프로답지 못한 행동이야. 콱 때려치우고 싶다니까."

"저도 그래요. 그렇게 하면 고등학교 졸업도 못 하고 사회에서 고립되겠지만요."

선생님이 어이없다는 듯 웃으셨다.

"어쩜 그렇게 침착할 수 있니?"

"제가요? 전 정말 화나고 혼란스러워요. 어떻게 대처해야 할지도 막막하고요."

"네가 화난 거랑 내가 화난 거는 아주 다르구나."

"선생님이 아셔야 할 게, 제가 수업 시간에 잠시 딴 세상에 가 있었던 건 금서 때문이에요. 도저히 집중할 수 없었어요. 50권이 더 늘어나는 걸 내버려 두고, 지금까지 세 권이 금서였다는 걸 알게 된 것만으로도 우울해서요."

크로프트 선생님의 콧등이 쪼글쪼글해졌다.

"잠깐, 그게 무슨 말이니?"

"《헝거 게임》, 《컬러 퍼플》, 《허클베리 핀의 모험》은 이미 금지됐어요. 그것도 수년 전에요."

선생님은 말이 없었다.

"케이윌 선생님이 따로 빼놓는 걸 거부하셨지만 책장에서 사라져 버렸어요."

"그리고 그런 일이 다시 일어날 거란 말이지?"

"아마도요. 그 책들이 금지된 걸 정말 모르셨어요?"

선생님이 그 책들을 무시한 게 아니란 사실에 안도했다. 다른 선생님들도 마찬가지일까? 그 사실을 모르고 있는 게 아닐까?

"응. 몰랐어."

"이제 어떡하면 좋죠?"

잠깐 침묵이 흘렀다.

"내일 다시 찾아와. 생각을 좀 해야겠어."

더는 할 말이 떠오르지 않아 문을 향해 걸어갔다.

"네, 저도 그래요. 지각해서 죄송해요. 다신 그런 일 없을 거예요."

"알았다. 함께 이겨내자꾸나, 클라라. 우리 둘이 힘을 합치는 거야. 내가 조스, 네가 리바이야."

나는 웃음을 터뜨렸다.

"리바이랑 조스는 어떻게 해야 할지 알았겠죠?"

"그랬을 거야. 금서들이 사라지기 전에 전부 모아서 도서관을 열었잖니. 그게 네가 할 일이야. 이미 꼬맹이 도서관을 운영하고 있잖니? 여기서 비슷한 걸 해 보는 거야. 조용한 창고 같은 곳에 도서관을 여는 거지."

별다른 노력 없이 그 생각이 내 머릿속을 파고들었다. 분노 비슷한 감정과 그 밖에 다른 복잡한 기분을 밀어내고서. 사물함 안에 있는 책들을 떠올렸다. 내 인생에서 이미 수많은 책을 빼돌려 왔다는 사실도. 은밀한 도서 밀매자에 나만 한 적임자가 없었다. 게다가 곰 가죽을 벗기고도 남을 선생이 내 편에 서서 도서관을 열라고 하지 않은가?

하나뿐인 리퀴

사회가 필요로 하는 것이 윤리가 된다.

－마야 안젤루,《새장에 갇힌 새가 왜 노래하는지 나는 아네》

내 단짝 친구인 리퀴 칼슨과 학생의회 임원들이 우리가 늘 앉는 '두 번째 별에서 오른쪽, 동틀 때까지 직진' 테이블에 앉아 있었다 (해석: 두 번째 채광창에서 오른쪽, 다시 한번 더 오른쪽으로 꺾어서 채터누가의 월넛 스트리트 다리 위로 오렌지색 태양이 뜨는 거대한 수채화가 걸린 벽 앞). 나도 학생회 아이들을 알고 있었다. 우리는 서로 친하게 지냈지만, 밥 먹을 때뿐이었다. 칙칙한 합판을 떠남과 동시에 우리는 뉴욕 거리에서 무심히 지나치는 이방인이 되고 만다. 리퀴는 진짜 친구다. 사실 가까운 친구는 그 애뿐이고, 더 솔직하게는 친구라고 할 수 있는 애는 그 애가 다였다. 리퀴가 거기 앉았기 때문에 나도 거기 앉았다.

나는 금서 이야기를 리퀴에게 어떻게 비밀로 할지, 과연 그럴 필요가 있는지 고민했다. 리퀴는 내게서 무언가 숨기는 기색이 느껴지면 말로 —또 협박으로— 기어이 실토하게 했다. 세월과 우정에서 비롯하는 문제점이라고 할 수 있다. 리퀴는 내가 찬란한 순간마다 함께했지만, 고꾸라지는 순간에도 마찬가지였다. 그리고 대개 영향력을 행사하기에는 고꾸라지는 순간이 더 유용한 법이다.

희박하게나마 오늘이 그날일 수도 있다. 리퀴가 정치적인 이슈에 열을 내고, 학생회 임원들이 똘똘 뭉쳐 순수한 학문적 토의를 이어가다, 음경 크기를 비교하듯 누가 학생 규범집에서 가장 중요한 부분을 인용하는지 따져가며 기나긴 논쟁을 벌이는 바로 그날일 수도. 그런 날은 비교적 비밀이 안전하게 지켜졌다. 나는 월요일의 신에게 오늘이 바로 그런 날이 되게 해 달라고 빌었다. 사나운 일진에 날 좀 내버려둬 달라고 사정했다. 다행히 엉덩이가 의자에 닿기도 전에 한숨 돌리게 됐다는 걸 알 수 있었다. 학생의회 부회장인 스콧 위버딩크(음경 크기가 나온 이유)가 알래스카주의 한 고등학교와 그 지역 도축업자 노조 사이의 영역 싸움을 주제로 열변을 토하는 중이었다. 이런 괴짜들만 따로 모아 놓으면 참 볼만할 텐데.

"어서 와! 올해의 형광펜 올나이트는 어땠어?"

리퀴가 물었다.

"클라라! 망고 주스는? 내 말대로 캔 대신 종이 용기에 든 거 마셨어?"

스콧이 물었다.

"응. 그게 훨씬 더 맛있더라."

"그것 봐! 클라라는 내 편이라고 했지?"

스콧이 리퀴에게 손가락질하며 말했다.

"5달러 내놓으시지. 속전속전으로."

"속전속결이겠지."

리퀴가 뒷주머니에서 지갑을 꺼내며 말했다.

"지금처럼 스피드가 관건일 때는 속전속전이라고 하는 거야. 탄산수 사서 별별 테이블 앞에서 레지앨리스터에게 관심받을 거야."

"내가 말했지. 성이랑 이름 붙이지 말라고. 얘기했잖아. 말할 때마다 '레지앨리스터'라고 부르는 거 진짜 이상하다고."

리퀴가 쏘아붙였다.

"붙여서 말하면 야릇한 기분이 드나 보지."

내가 거들었다. 금서 조치에 어떻게 대처하고, 어떻게 느낄지 고민하는 데서 잠시 벗어날 수 있음에 감사하며.

스콧은 리퀴의 손에서 5달러 지폐를 낚아챈 뒤 손가락으로 우릴 겨누며 멀어져갔다.

"잘 봐 두라고."

"레지의 관심을 얻으려면 저 돈으론 어림없어."

리퀴가 말했다.

내가 말했다.

"5달러나 되는걸. 난 1달러랑 책 한 권 가지고 있던 애한테 관심 가진 적도 있다고. 사실 나도……."

"5달러로 저런 바지가 가당키나 하겠어? 무릎에 찢어진 저 구멍 하나가 탄산수보다 비싸겠다."

리퀴가 별별끼리 모인 테이블에 앉아 있는 레지를 턱으로 가리켰다.

언젠가 도서실에서 레지 바로 옆에 앉은 적 있다. 딱 하나 있던 연필이 그 애 의자 밑으로 떨어지는 바람에 옆으로 살금살금 그걸 주우러 갔다. 손발을 땅에 대고 스파이더맨처럼 쭈그리고 앉아서 연필을 주우려 했는데 그 애는 도와주겠다는 말은커녕 자리에서 꼼짝도 하지 않았다. 날 쳐다도 보지 않았다. 그래서 스콧이 왜 그런 애한테 관심을 가지는지는 나로선 알 길이 없다.

"너희 잭 로든하우어 얘기 들었어?"

학생회 총무 애비가 말을 꺼냈다.

"요전 날 밤에 파티 갔다 집에 가는 길에 경찰한테 걸렸잖아. 술에 떡이 되도록 취했는데 경찰이 누군지 알고 그냥 보내 줬대. 교장 선생님 귀에는 들어가지도 않았을걸."

"당연히 그렇겠지."

내가 이렇게 말하는 데는 이유가 있었다.

잭의 어머니 로든하우어 여사는 럽튼 아카데미 학부모 자문위원회 위원장 겸 꼬맹이 도서관이 한때(내가 로든하우어가 사람들이 몹쓸 인간들인 걸 깨닫기 전) 협력하는 걸 고려했던 비영리단체, '변화를 위한 채터누가 교육위원회', 설립자였다. 잭의 증조할아버지인 채터누가 철도업계의 큰손 찰스 로든하우어가 LA를 설립했고, 그의 이름을 딴 컴퓨터실이 있는 건물이 로든하우어홀이 되었다. 로든하우어 여사의 사촌 리베카 허스팅은 럽튼 아카데미 이사장이

자 오퍼슨 재단 이사였다. 문학의 집에 보조금을 지원한 바로 그 단체다. LA 이사회 구성원 중 두세 사람이 설립자 장학금 심사 위원회를 겸하고 있었다. 즉 부자거나 로든하우어가 사람이라면 언제든 수백만 개의 이사회 구성원이 될 수 있다는 얘기다.

내가 앞서 언급한 쓰레기통 같은 잭 로든하우어와 9학년에 재학 중인 그 애 동생 에머슨은 이사회 회의에 들락거리는 인생을 살 게 뻔했다. 그 점에서는 하나도 부러울 게 없었다. 참 이상하게도 잭도 설립자 장학금 최종 후보에 올라 있었다. 보통 최종 후보는 공개되지 않지만, 잭이 지역신문 1면에 실린 것이다. '가족의 발자취를 좇아 설립자 장학금 후보에 오른 럽튼 아카데미 학생'이라는 머리기사와 함께.

"장학금은 아마 그 애가 받게 될 거야. 걔 엄마도 받았잖아. 그게 뜻하는 바가 있겠지. 작년엔 캐밀 위마로가 받았고. 그 언니야말로 잭 로든하우어가 잭 로든하우어가 되기 전인 잭 로든하우어라고 할 수 있지."

내가 말했다.

"우와, 그 언니에 대해 까맣게 잊고 있었어. 지금 어떻게 지낸대?"

리퀴가 물었다.

"마약 거래하다 예일대에서 쫓겨났을걸."

내가 말했다.

"학생 리더의 참된 본보기로군."

스콧이 레지 옆을 지나며 탄산수병을 땄다. 레지가 쳐다보았다.

순간적이고도 사소한, 습관성 눈길이었다. 궁금해서라기보다 소리가 난 데 따른 반응에 가까웠다.

별별들에 관한 얘기로 금서 생각을 잠시 미뤄서 그랬는지 모르겠지만, 좋은 생각이 떠올랐다.

"리퀴, 할 말이 있는데 나중에 시간 좀 내 줄 수 있어?"

"언제든지. 아, 물론 매브 얘기가 아닐 경우에만. 매브 얘기는 이제 지긋지긋해."

"매브 이야기 아니야."

"우웩, 매브 얘긴 그만."

애비가 말했다.

아무도 갑자기 매브(리퀴의 전 남자 친구)에 관해 생각하고 싶은 사람은 없었지만, 모두 매브를 생각하게 되었다. 뭐, 나는 아니었지만. 나는 오로지 금서에 관한 생각뿐이었다. 말로 설명하기조차 힘든 이유로 오늘 하루 일진이 얼마나 나빴는지도. 머릿속에서 도서관을 열라는 크로프트 선생님의 목소리가 계속 들렸다.

내 사물함 안에 책이 가득 차 있다는 사실도 잊지 않았다.

너무나 쉽게 도서관을 시작할 수 있다는 사실도.

고위층 친구

방과 후 곧장 집에 가고 싶었지만 괜히 행정관 주위를 맴돌았다. 리퀴 말에 따르면 학생회 사무실이 그곳 어딘가에 있었지만, 대형 잡화 상점에 온 것처럼 낯설었다. 학생회장과 가장 친하게 지내면서도 한 번도 사무실에 찾아가 본 적은 없었다. 그럴 필요가 뭐가 있을까? 학교에서 화 나는 일을 겪어도 집에 가면 다 잊어버렸다. 학생회는 리퀴의 영역이다. 내게는 도서실이 있다. 그런 이유로 5분이나 헤맸지만, 행정실과 그동안 존재하는지도 몰랐던 근사한 저열량 스낵 자동판매기밖에 보지 못했다.

내 계획은 과거에 금지된 책들에 관해 의논하는 것이었다. 새롭게 지정된 금서 말고, 《헝거 게임》, 《컬러 퍼플》, 《허클베리 핀의 모험》에 관해서 말이다. 소위 '일반적인 상식'이 된 사안에서 시작하면, 내가 '아는' 소규모 금서로 내가 '모르는' 대규모 금서를 압박할 수 있을지도 몰랐다. 학생회장이 서명한 항의 서한이 있다면 그것으로 왜 금서를 지정했는지, 학교는 왜 지금까지 내 삶이 먼지에 지나지 않는다고 생각하는지 논의를 시작할 수 있을지도 모른다. 더불어 학교는 왜 학생들이 특정 책을 읽지 않는 게 도움이 된다고 생각하는지도.

학생회 사무실은 문패가 없고 다른 두 사무실 사이에 자리한 탓에 나는 그 옆을 세 번이나 지나치고도 찾지 못했다. 너무 답답한 나머지 내부를 엿보기 시작했다. 그러다 마침내 타원형 회의 탁자 뒤에 놓인 책상에 앉아 있는 리퀴를 발견했다.

"어이, 부패한 정치가. 똘마니들은 다 어디 갔어?"

"나도 몰라. 집에 갔겠지. 상관없어. 골치 아픈 일 있어도 오히려 좋아. 집에 늦게 갈 구실이 생기니까."

"초라하군."

"난 이대로가 좋은걸. 정말이야. 이 자린 명성 때문이 아니라 변화를 위해 있는 자리라고. 그건 그렇고, 그 얘기 하러 온 거 아니잖아. 무슨 일이야?"

나는 리퀴에게 은밀히 금서로 지정된 책들에 관해 말해 주었다. 학생회장 서명이 들어간 편지를 쓸 계획과 함께.

새로 지정된 금서에 관해서는 언급하지 않으려고 아주아주 조심했다.

"그러니까 그 책들이 예전에는 있었는데, 이제는 없다는 얘기지?"

내가 고개를 끄덕였다.

"좋아, 서명할게. 그건 말도 안 되는 일이니까. 얼마나 된 거야?"

"확실히 몇 년은 됐어."

리퀴가 펜과 종이 한 장을 꺼냈다.

"학교 운영에 문제를 제기하려면 절차를 따라야 해. 먼저 나를 찾아오고, 내가 해결 못 하면 내 서명을 받아서 교장 선생님께 전달하는 거야. 교장 선생님은 지금 소고기 프로파간다에 맞서 싸우느라 바쁘신데 짬이 나면 답해 주시겠지."

"잠깐, 방금 뭐라고 했어?"

"오늘 자 학교 신문에 학생들이 구내식당 근로자들을 어떻게 도와야 청결한 환경을 유지할 수 있는지 기사 난 거 봤어? 학교 음식이 왜 그렇게 맛대가리 없는지 좀 취재하지."

나는 고개를 저었다.

"내 정보원에 따르면, 교장 선생님이 그 기사가 '교원들을 나쁘게 만들고, 사람들이 우리 소고기를 의심하게 만드는 우를 범했다.'라면서 정정 기사를 쓰고 있대."

나는 웃음을 터트렸다.

"소고기 프로파간다라……. 책이 무용지물이라고 말하는 건 괜찮고, 럼튼 소고기를 위해서는 목숨 걸고 싸우실 모양이지?"

"그러게. 자, 여기 온 김에 지금 해치워 버리자. 난 싸울 준비 됐어. 왜 화가 난 건지, 거기서부터 시작해."

"왜 화났냐고?"

"그래, 이 편지를 쓰게 된 원인이 뭐야?"

"잘 모르겠어. 그냥…… 화가 나."

"알겠어. 그런데 거긴 한 방이 없잖아. 좀 더 세게 말해 봐."

"내 인생을 바꾼 책들을 더럽다면서 금지하는 게 화가 나. 내가 그 책들을 감당하지 못할 거라고 여기는 게 화나고 불쾌해. 난 평생 금서 목록에 오른 이 책들로부터 영감을 받아왔어. 문학의 집 프로젝트, 도서관, 내 인생 전부가 말이야. 근데 지금 이게 잘못됐다는 거잖아?"

리퀴가 펜을 움직이기 시작했다.

"좋았어. 그런데 계획이 이게 전부가 아니잖아. 이제 어떻게 되는 거야?"

나는 한숨을 푹 내쉬었다.

"학교가 지은 죄를 회개하고 나면 말이야? 게브하르트 작가가 사인한 책더미 위에서 나한테 키스한 뒤에 아주 비싼 시계를 사 줄지도?"

"그래? 내가 그런 것쯤 감당 못 할 거 같니?"

항의 서한

TO: 독재자

~~TO: 독재자~~

~~LA의 빅브라더~~

~~비대한 체구의 얼간이~~

교장 선생님께,

저는 얼마 전 앨리스 워커가 쓴 《컬러 퍼플》을 빌리러 도서실에 들렀습니다. 그런데 도서실에 그 책이 없어서 깜짝 놀랐습니다. 이 책은 소위 고전으로 여겨지는 책이니까요. 게다가 그 책은 학생이라면 반드시 읽어야하는 중요한 책입니다.

사서 선생님께 책을 기증해도 되는지 여쭈어보았지만 '그 책은 어차피 사라질 것'이라고 하셨습니다. 저는 명확한 설명을 요구했고, 오래전부터 그 책은 다른 몇몇 책과 더불어 금서로 지정되었다는 답변을 들었습니다.

현재 저는 교장 선생님께서 왜 이 책들을 금지한다는 결정을 내리셨는지 그 설명을 듣고 싶습니다. 이 조치가 어떻게 럽튼 아카데미의 세 가지 핵심 원칙에 부합하는지 잘 이해되지 않습니다.

이 논의가 더 큰 논의로 발전하여 학교 운영진이 승인하는 더 나은 해답으로 이어지길 바라고 있습니다.

클라라 에번스 올림

리퀴애나 칼슨 학생회장이 승인함

전투 식량

차를 몰고 집으로 돌아가며 나는 그날 하루를 곰곰이 생각했다. 어느 별에서 뚝 떨어지는 바람에 벌어진 실망스러운 출발부터 크로프트 선생님, 문학 고급반에서 애슈턴 브릭스 옆에 앉아야 했던 우울한 운명까지. 이 모든 것이 '불상사 스튜'가 되어 뱃속에서 요동쳤다. 상의할 수 있는 사람이 아무도 없어서, 뜨거운 김이 내 안에 그대로 갇혀 있었다. 미래의 퀘소*마저도 이런 기분을 완전히 사라지게 할 수 없었다. 왜, 심지어 어떻게, 책을 읽기 부적절하다고 말할 수 있는지 도무지 이해되지 않았다. 내가 놓친 게 있나? 누가 날 놀리는 걸까? 책이 이빨에 낀 시금치고 나만 그 사실을 모른 채 사람들을 향해 웃고 있는 걸까?

집에 도착하자마자 현관문을 쾅 닫고 냉장고로 직행했다. 피로움을 빨리 진정시키고 싶어서 세차게 냉장고 문을 열자 안에 있던 소스와 드레싱, 양념 병이 서로 부딪쳐 달그락 소리를 냈다. 나는 바비큐 소스, 다진 베이컨, 체더치즈 덩어리를 꺼내 조리대에 놓고

---

* 스페인어로 치즈를 뜻함.

76

찬장 안에서 접시와 구운 감자 칩 한 봉지를 꺼냈다.

그런 다음 나만의 전투식을 만들었다.

화가 나서 견딜 수 없었기 때문이다.

치즈 덩어리를 반쯤 갈아 치웠을 때 거실에서 엄마가 들어왔다.

"학교 잘 갔다 왔니? 세상에, 뭐 하는 거야? 적당히 하려무나. 이따 저녁 준비할 때 치즈가 필요한데 쿠폰이 다 떨어져서 더 사지도 못해."

엄마는 늘 시적인 어투로 말씀하셨다. 일과만 얘기해도 누구나 푹 빠져드는 그런 목소리였다. 팟캐스트를 시작하라고 아빠가 말씀하실 정도였다. 하지만 그 우아한 목소리도 날 위로하지 못했다.

나는 지퍼백에 치즈를 넣은 뒤 냉장고 속에 던져 넣었다.

"이런, 아주 과격한 전투식을 만들고 있구나. 무슨 일 있었니?"

"아직 몰라. 그냥 열 받았어."

나는 치즈와 베이컨으로 뒤덮인 감자 칩을 전자레인지에 넣고 01:00을 눌렀다.

엄마가 아일랜드 식탁에 앉았다.

"엄마한테 얘기할래? 마침 클라이언트가 요청한 서른 번째 로고 수정안 피드백이 도착했거든. 지금 보고 싶지 않은데, 엄마가 뭐든 들어 줄게."

감자 칩 봉지에 거칠게 손을 넣자 몇 개가 부서졌다.

"아직 무슨 얘기를 해야 할지조차 모르겠다는 게 문제야. 아무튼 복잡해. 두리뭉실하게 얘기해서 미안해. 아직 정리가 안 돼서."

엄마가 봉지에 손을 넣어 감자 칩을 꺼내며 말했다.

"알았어. 네 아빠랑 똑같다니까. 하나하나 다 뜯어보기 전까지 아무 말 않는 거."

엄마가 고개를 절레절레 흔들었다.

"나 참, 어째 이 집에는 내부 프로세서들만 있는 건지……."

나는 툴툴대며 전자레인지에서 전투식을 꺼냈다. 보글거리는 치즈 거품을 보자 잠시 편안해졌다.

엄마가 자리에서 일어났다.

"그럼 정리되는 대로 엄마한테 말해 줄 거지?"

"알았어. 미리 얘기하는 건데, 저녁 식사 시간에 없어. 북클럽에 가."

"아, 그랬지. 그럼 음식이 많이 남겠네. 내일 점심거리는 많이 살 필요 없겠다."

엄마가 휴대폰을 꺼내 쇼핑 목록에서 몇 가지 물품을 삭제했다.

"이번 주말에 커피숍 가서 얘기할까? 때마침……."

"쿠폰 있다고?"

내가 끼어들었다.

엄마가 미소 지었다.

"물론이지. 원 플러스 원 허니라테야. 가지고 나와서 강변길 산책해도 좋을 거 같은데?"

"좋아."

나는 엄마를 끌어안았다. 엄마가 쿠폰을 쓰자는 제안을 하면 받아들여야 한다는 걸 어릴 때부터 배웠다.

　엄마가 부엌을 나가자마자 나는 전투식을 게걸스럽게 먹어 치운 뒤 더 만들지 심각하게 고민했다. 하지만 북클럽에 가야 한다는 생각에 간신히 참았다. 《날 짓밟지 마》를 손에 들고 털털거리는 내 파란색 차를 몰고 채터누가 시내로 향했다.

퀘소…… 다음엔 뭐 읽지?

맨 처음 '모호 부리토Mojo Burrito'에 갔을 때는 그저 그랬다. 그런데 확장 이전하고 주방이 넓어지고 나서부터는…… 소사소사 맙소사. 갑자기 그곳은 매일 날 불렀다. 바다가 모아나를 부르듯. 그곳의 퀘소 소스는 정말이지 말로 형용하기 어려웠다. 그 정크 푸드를 보온통에 넣어서 날마다 들고 다니지 않는 건 단지…… 잠깐, 그러고 보니 좋은 아이디어 같기도?

어쨌든, 내가 하고 싶은 말은 모호 부리토는 '포스'*라는 거다. 어느 순간이든, 어디에 있든 그것의 존재를 항상 감지할 수 있기 때문이다. M, O, J가 들어간 단어만 들어도 순식간에 손에는 부리토가 들려 있었다.

북클럽 첫날부터 퀘소 소스가 함께했다. 그래서 클럽 이름이 '퀘소…… 다음엔 뭐 읽지?'가 되었다. 나는 그 성스럽고 신성한 물질로 모든 걸 잊게 해 달라고 빌고, 또 빌었다. 퀘소 소스가 특정 기억상실을 일으켜 마음을 진정 시켜 주기를.

---

* 영화 〈스타워즈〉 세계관에서 자연계에 흐르는 눈에 보이지 않는 에너지.

테이블에는 이미 아이들이 모여 있었다. 나는 누가 왔는지 쳐다보지 않고 부스에 미끄러지듯 앉았다. 북클럽에는 돌아가며 다섯 명에서 열 명 정도가 참석했다. 대부분 문학의 집에서 봉사하거나 꼬맹이 도서관에서 일하는 아이들이었다. 특이하게 그 애들 대부분이 다른 학교에 다니고 있었다(숀은 힐시티 사립고, 브리트니는 채트밸리 고등학교에 다닌다). 9학년 때 책을 좋아하는 사람을 만나고 싶어 시작한 페이스북 그룹에서 만난 애들이다.

책가방에서 《날 짓밟지 마》를 꺼낸 뒤 고개를 들자 잭 로든하우어와 애슈턴 브릭스가 날 빤히 쳐다보고 있었다. 쟤들이 왜 여기 있는 거지? 어떻게 된 거지? 이런 데 올 애들이 아닌데. 우리를 조롱하려고 온 건가?

이런 의문들이 머릿속을 뒤흔드는 데다 잭 로든하우어와 내가 그저 같은 테이블에 있다는 사실만으로 나는 평정심을 잃고 말았다. 내가 그 애를 뚫어져라 쳐다보자 다른 퀘소 회원인 숀이 내 정강이를 툭툭 찼다.

그제야 정신이 들면서 퀘소 냄새가 훅 코를 찔렀다. 나는 안절부절못하기 시작했다.

"모두 안녕? 음……. 미안. 오늘 정말 이상한 하루를 보냈는데 좀처럼 끝날 기미가 안 보여서. 그러니까 내 말은…… 너희가 이상하다는 게 아니라, 그러니까, 음…… 좀 이상한 일들이 있었어. 이제 시작할게. 이 책은 정말…… 대단하더라."

로든하우어가 사람이 금서 토론에 참여하다니……. 묘한 기분이

들었다. 물론 잭은 금서에 관해 알 리 없겠지만.

설마 알 수도?

잭도 어차피 로든하우어다. 그 사람들은 어디에나 있다. 늘 귀를 기울이며. 잭도 다르지 않았다. 모르는 게 거의 없었다. 그 생각이 들자 나는 더 전전긍긍하기 시작했다. 갑자기 알 수 없는 위기감이 확 끓어올랐다.

한참 만에 입을 떼려는 찰나, 휴대폰이 울렸다. 리쿼였다.

마음을 가다듬을 기회다 싶어 나는 전화를 받았다.

"잠깐만, 꼭 받아야 하는 전화라서……."

나는 부스에서 벌떡 일어나 테라스로 나갔다.

"덕분에 살았어."

"고마워하긴 일러. 안 좋은 소식이 있어."

"뭔데?"

"네가 가고 바로 교장 선생님께 서한을 가져다드렸는데, 내가 미처 자리를 뜨기도 전에 쫓아오시더라? 에델바이스 선생님이 수업 시간에 매브에게 팔굽혀펴기를 시킨다는 장난 편지를 쓴 이후로 교장 선생님이 그렇게 빨리 움직이는 건 처음 봤어."

"도대체 뭔데 그래?"

"화나신 것처럼 보이진 않았어. 근데 교장 선생님이 본래 그렇잖아. 항상 친절한 듯하면서 강압적으로 구시는 거. '제한된 매체에 대한 불만 접수는 이사회에서 검토할 수 있게 학기 말에 하는 게 좋겠다.'라고 하시는 거야. 그런 운영 방침은 들어 본 적 없어. 수상

쩍은 일이 벌어지는 게 틀림없어. 소고기와 무관하게."

"세상에. 그럼 나랑 대화해 보겠다는 말도 안 하신 거네?"

"응."

"내 말을 무시하겠다는 거잖아? 내가 믿는 것이 전부 쓸모없고, 부적절하다고 하시면서 그 이유조차 말하지 않겠다고? 이제 어쩌지?"

"글쎄…… 나도 모르겠어. 내가 할 말이 없다. 학교에서는 아무리 아니라고 해도, 이건 학생회가 학생이 아닌 행정실을 위해 존재한다는 증거야."

"리퀴, 상황이 점점 나빠지고 있어."

"맞아. 곱하기 100으로다. 절차에 따라 고충 처리를 했는데, 교장 선생님이 최고 결정권자인 걸 어쩌겠어. 게다가 여긴 사립학교고. 내가 파 볼 거야. 이 문제를 파헤치면서 학칙이나 다른 근거를 가지고 우리가 할 수 있는 일이 있는지 볼게."

"알았어."

"포기하지 마. 다른 방법이 있을지도 몰라. 알았지?"

"알았어. 고마워, 리퀴."

전화를 끊고 테이블로 돌아왔다. 잭과 애슈턴, 그리고 방금 럽튼으로부터 무시당했다는 사실까지 겹쳐 도무지 입이 떨어지지 않았다. 마음을 가다듬기는 개뿔. 나는 《날짓마》를 펼쳤다.

"자, 앞부분 읽은 사람?"

잭이랑 애슈턴 빼고 전부 손들었다.

"뭐, 괜찮아⋯⋯."

나는 두 비행 소년을 가리켰다.

"먼저 이 모임은, 책을 읽고 어떤 점이 훌륭한지 토론하는 식으로 진행돼. 좋은 책이든, 쓰레기 같은 책이든 관계없어. 싫어하는 책에서도 좋은 점을 찾는 게 포인트야. 이해했어?"

잭은 대답하지 않았지만, 애슈턴이 고개를 끄덕였다.

"오늘은 《날 짓밟지 마》에 관해 얘기할 거야. 내가 가장 좋아하는 작가의 신간이기도 해. 읽은 소감이나 토론하고 싶은 부분 있는 사람?"

숀이 먼저 시작하면서 '빵과 서커스'라는 주제로 이끌었다. 게브하르트 작가가 그 말을 통해 무엇을 이야기하려 하는지, 각 장에서 그 의미가 어떻게 다르게 표현되는지, 열띤 토론이 벌어졌다. 리바이는 어떤 형식의 유희에도 절대적으로 저항했지만 조스는 달랐다. 조스는 여유를 가지고, 쾌락을 동반하는 대상을 내치는 대신 절제하는 게 중요하다고 믿었다.

토론 내내 잭은 애슈턴에게 무언가를 속삭였고, 그때마다 애슈턴이 쿡쿡댔다. 애슈턴이 습관적으로 반응하는 건지, 잭이 정말 웃겨서 그러는 건지 알 수 없었다. 이유가 뭐든 킬킬대는 게 100만 번째에 이르자 온종일 들끓던 압력솥이 마침내 내 이성을 마비시키고 말았다.

"너희 대체 여기 왜 왔어? 내내 우리가 하는 얘기 비웃을 거면 뭣 때문에 온 건데?"

잭은 코웃음 쳤지만 애슈턴은 눈을 동그랗게 뜨고 놀란 표정을 지었다.

"우린 그저……. 아니, 우리가 여기 온 건……."

애슈턴이 말했다.

나는 변명해 보라는 듯 잭을 쳐다봤다. 이윽고 잭의 표정이 딱딱하게 굳더니 자리를 박차고 일어섰다.

"잘해 봐. 니들은 다 자기가 잘난 줄 착각하는 거 같은데, 같잖은 소리만 늘어놓고 있다고!"

퀘소 회원 몇몇이 반박하려 했지만 나는 손을 들어 제지했다.

"그렇다면 너한테 딱 맞는 곳 같은데?"

애슈턴이 말렸다.

"잭, 그만해. 우리 이거 하기로……."

"야, 가자. 다 필요 없어. 생각했던 거랑 완전 다르잖아. 다들 레지네 집에 모여서 풀 파티 한대. 그냥 가자."

애슈턴이 나를 바라봤다. 눈으로 '미안해'라고 말하고 있었다. 하지만 곧 잭의 뒤를 따라 나갔다. 나는 두 사람의 뒷모습을 바라보며, 잭이 말한 '생각했던 거랑 완전 다르잖아'가 무슨 의미였을지 생각했다. 그 애가 생각한 건 뭐였기에? 그나저나 퀘소에 대해서 어떻게 알았지?

"여어, 클라라. 장난 아닌데?"

숀이 말했다.

나는 심호흡했다.

"리바이랑 조스를 얕봐선 안 되지. 책 때문에 좀 흥분했네. 자…… 무슨 얘기 중이었지?"

"작가가 말한, 서커스 쓰레기처럼 살지 않는 삶이 어떤 삶인지 브리트니가 얘기하는 중이었어."

우리는 와, 하고 웃었다.

"서커스 쓰레기? 그렇게 말한 거 확실해?"

"뭐, 비슷한 말이었어."

숀이 어깨를 으쓱했다.

"좋아……. 말 나온 김에 그 얘기를 좀 더 해 보자. 참, 까먹기 전에 말해 두는데, 다음번 모임에서는 《월플라워》를 읽을 거야."

여기저기서 '오~예' 하는 탄성이 들렸다. 하지만 나는 옳은 일을 했는데도 씁쓸한 기분이 들어 마음이 심란했다. 별별들이 지긋지긋했다. 1년만 지나면 다시는 그 애들을 볼 일 없겠지.

월시 선생님

고등학교에서 접하게 되는 열 가지 추가 거짓말

1. 나중에 실생활에서 대수학을 써먹을 수 있습니다.
2. 학교로 차를 끌고 오는 특권은 취소될 수도 있습니다.

....

10. 학생들의 의견을 소중하게 생각합니다.

–로리 할스 앤더슨, 《스피크》

토스트를 바닥에 떨어뜨리고, 남의 칫솔로 이를 닦았다. 아침에 일이 꼬이면 온종일 일이 꼬이게 되는 그런 날이었다. 시작은 등교하면서부터였다. 나는 LA에 화가 나 있었다. 교장 선생님에게도 화가 나 있었다. 별별들에게도. 모든 게 다 화가 났다. 내 주위가 부글부글 끓는 게 느껴졌다. 뜨거운 열기가 등허리를 타고 내려왔다. 발가락에서 불똥이 튀었다.

나는 교장실을 지나 도서실을 향하고 있었다. 자료실 정리를 시작할 참이었다. 그때 행정실 문이 열리면서 내가 그 순간 가장 만나고 싶지 않은 사람이 나왔다.

"클라라 에번스, 웬일로 이렇게 일찍 왔어?"

나방 닮은꼴 교장 선생님이 먼저 말을 걸었다.

"왜냐고요?"

"그래."

아직 커피를 마시지 않아서 몽롱한 상태였다. 게다가 내가 절차를 지켜 전달한 서한을 아무렇지도 않게 무시한 것에 화가 풀리지 않은 상태였다.

"선생님은 왜 따로 말씀 없이 제 서한을 묵살하신 거예요? 그렇게 무시하실 거면 절차가 있을 필요가 뭐가 있어요?"

"서한?"

진심으로 혼란스럽다는 표정이었다.

설마? 벌써 잊어버렸다고?

"금지된 도서에 관한 서한이었는데요."

"아, 그렇지. 난 바쁘니까, 제한된 매체에 대한 학교 입장은 학생회 회장이 정리해 줄 거다. 그러라고 학생회 회장이 있는 거야."

나는 선생님을 빤히 쳐다봤다.

선생님이 웃으면서 말했다.

"네 의견과 사유는 잘 알았으니 걱정하지 말아라. 하지만 이곳은 학생들에게 가능한 한 최고의 교육을 하고자 집중하는 사립학교라는 사실을 잊어서는 안 된다. 운영진들이 알아서 잘할 거니까 믿고."

나는 딱 잘라서 말했다.

"왜 금서로 지정하신 거예요? 왜 그 책을 더럽다고 생각하시는 거예요?"

"더럽다고 생각해? 클라라 에번스, 이 문제를 너무 개인적으로 받아들이고 있는 거 같구나. 학교의 핵심 원칙이 집중, 지식, 영향인 건 잊지 않았겠지? 학교는 그 원칙에 가장 부합하는지를 판단해 결정한단다. 이 문제에 대해 신중하게 행동하길 바란다. 사실 지금 네 말투는 적절치 못하고, 예의에 어긋나는구나. 이 문제로 인해, 너로 인해, 도시 전반에 드리워진 럽튼 아카데미 프라이드에 사소한 누라도 발생하는 일이 없길 바란다."

나는 선생님이 하시는 말씀에 절대 동의할 수 없었다.

—첫째, 선생님 말투가 왜 저래? 19세기 말 남부식 말투야, 뭐야?

—둘째, '도시 전반에 드리워진 럽튼 아카데미 프라이드에 사소한 누라도 발생하는 일'이 없어야 한다? 그냥 말이 안 됨.

—셋째, 도대체 하고자 하는 말씀이 뭐지?

"무슨 말인지 알겠어요, 월시 선생님……."

"'교장' 선생님이라고 하거라."

"교장…… 선생님, 그런데 전 그 책들이 핵심 원칙에 부합한다고 생각해요. 그건 확실해요. 특히 '지식'과 '영향' 면에 있어서요. 제가……."

"논란의 여지가 없는 문제야. 그러니 그만 가 보거라. 우리 둘 다 바쁘고, 이 문제로 시간 낭비할 필요 없다."

내 마음은 수백만 갈래로 뿔뿔이 흩어지고 말았다. 행복과는 거리가 먼, 조금도 기쁘지 않은 곳으로.

"제 말을 조금도 경청하지 않으시네요. 바로 제가 살아 있는 증거라고요. 선생님이 금서로 지정하신 책들이……."

"클라라, 학생의 본분은 지도부의 혜안과 학생 규범집에 적힌 규율을 따르는 거야. 학생 계약서에 서명하는 것으로 너도 거기 동의했다. 학교는, 헌법에서 보장하는 학생들의 안위와 발전을 도모하기 위해 학생들의 법적 보호자가 될 권리, 의무, 그리고 천부적인 특권이 있다. '부모의 위치권'이라고 법에도 명시돼 있지. 따라서 네 주장은 타당하지 않구나."

나는 선생님을 뚫어지게 쳐다봤다.

왜 그렇게 쳐다봤을까? 그 순간 선생님을 향해 어마어마한 분노가 치솟았기 때문이다. 내 주장을 끝까지 듣지도 않으셨다. 듣지도 않았는데 어떻게 타당하지 않다는 거지?

선생님이 팔짱을 끼셨다. 참을성이 바닥나신 듯했다.

"내가 어떻게 해 줬으면 좋겠니? 넌 학생이지 운영진이 아니다. 더 많은 학생의 안위를 위해 정책을 세우는 게 얼마나 복잡한 일인지 일개 학생이 어떻게 알겠어? 네가 화가 난 건 알겠다만, 내가 보기에 너는 별일도 아닌 일을 너무 감정적으로 받아들이는 거 같구나. 우린 특정 매체가 학생들의 성장에 도움이 되지 않는다는 결정을 내렸을 뿐이다. 그런 매체를 제한하는 것은 학교의 권한이고, 우린 학생을 최우선으로 여기는 선택을 해. 네 기분을 풀어 줄 수 없고, 이런 문제에 매여 있을 수도 없다."

나는 좀스러운 독재자 정신을 갖춘 벽창호에게 단순히 벽창호가 되지 않는 법을 이해시킬 수 없겠다고 생각했다.

"전 그게 이치에 맞는다고 생각하지 않아요. 이 문제보다 소고 기 프로파간다에 더 많은 관심을 가지시는 것도 잘못됐다고 생각 해요, 월시 선생님."

"교장 선생님이랬지."

분노가 다시금 치솟았다.

"죄송하지만요, 월시 선생님, 전 동의하지 않아요."

"교장 선생님."

"어쨌든, 전 동의 못 해요."

"아무래도 좋다. 그리고 솔직히 윗사람을 대하는 네 태도가 도 를 넘었다는 생각이 든다. 이번 일은 경고라고 생각하거라. 정신 똑 바로 차리도록 해. 일탈해 봤자 장기적으로 보면 네 손해니까."

"일탈 행위라고요?"

"또 보자, 클라라."

나는 주먹을 쥐고 혀를 꼭 깨물었다.

얼마나 개인적인 문제인지 보여 주지.

내가 옳았다는 걸 보여 주고 말 테다.

남은 하루 요약

화장실.

리바이와 조스라면 어떻게 했을까 생각.

도서실.

사물함에서 차로 책 옮기기.

문학 고급반 수업.

교장 선생님과의 설전 곱씹기. ·

교장 선생님과 정면으로 맞설까 고민.

크로프트 선생님께는 설전을 비밀로 하기로 결정.

리바이와 조스라면 어떻게 했을까 생각.

차로 책 옮기기.

화장실.

수업.

끓어오르는 분노.

리바이와 조스라면 어떻게 했을까 생각.

지구식료품 뷔페 코너에서 음식을 5킬로그램쯤 퍼올까 진지하게 고민.

학교 구내식당에서 점심 식사.

리퀴에게 교장 선생님과의 설전 비밀로 하기.

프로 골퍼가 되어 리퀴의 꿈에 나타났다는 잭 로든하우어 얘기에 눈물이 쏙 빠지게 웃기.

차로 책 옮기기.

수업.

수업.

리바이와 조스라면 어떻게 했을까 생각.

자율학습 시간—다른 말로 하면 차로 책 옮기기.

전형적인 내 모습

정말 이상하다. 책을 읽으면서 내가 책 속의 인물이라
는 생각이 들 때가 있다.

-스티븐 슈보스키,《월플라워》

등에 거대한 책 보따리를 메고 집에 갔지만, 너무나 전형적인 내
모습에 엄마는 전혀 놀라는 눈치가 아니었다. 아무렇지도 않은
"엄마, 나 왔어요!"에, 아무런 의심 없는 "왔니? 클라라."가 돌아
왔다…….

이제 시작이다.

암시장 전략과 최상의 실천

어떤 주장을 펴기에 앞서, 나는 이 동굴이 무엇의 일부인지 알 수 있었다. 바로 진정한 도서관이었다. 아무것도 내쳐지지도, 버려지지도, 금지되지도 않으며, 어떤 것의 출입도 제지하지 않는, 모든 것이 허용되는 진정한 도서관. 과거 농원에서 그랬듯, 나는 말을 모으는 일에도 일꾼이었다. 내가 그것을 잘 소화하는지는 아무 상관 없었다. 플라톤, 뉴턴, 롤링, 매들렌 랭글, 사도 바울을 한자리에 모았다.

나와 조스는 갑자기 탈영병을 넘어서 통합의 일꾼이 되었다.

–루카스 게브하르트, 《날 짓밟지 마》

제1전략 : 앞서 언급한 불법 개체를 가능한 한 적과 가까운 데 두어라.

언젠가 경찰서 인근에 있는 수풀로 우거진 중앙분리대에서 대마초를 재배한 사람들에 대해 들은 적이 있다. 천재적인 발상이다. 그렇다고 내가 학교 정문 근처 화단의 뿌리 덮개 위에 대마초를 기를 건 아니지만(잭 로든하우어와 영역 싸움에 휘말리고 싶지 않다), 그 이야기에서 배울 점이 있다. 경찰은 작전이 철수되고 한참 지나서야 누군가의 제보로 간신히 '대마초 중앙분리대'만 찾았기 때문이다. 그래서 나도 그렇게 했다. 나만의 중앙분리대에서 영업을 시작한 것이다. 불법 도서 유통의 천재 클라라의 화려한 컴백이었다.

다음 날 평소보다 일찍 등교했다. 책가방에는 이름을 밝힐 수 없는 책이 가득했다. 나는 마음을 가다듬은 뒤 아무렇지 않은 척 건물 안으로 들어갔다. 보는 사람이 아무도 없는 걸 확인한 뒤 재빨리 가방 안의 내용물을 빈 사물함에 집어넣었다. 나만의 도서관을 시작하기 위해 어제 빼놓은 책들이다. 이 사물함이 리바이와 조스의 석회동굴 역할을 할 것이다. 리바이와 조스도 이렇게 했을 것이다. 크로프트 선생님도. 교장 선생님은 자업자득이다. 이건 교장 선생님이 내다 버리고 싶은 책이 쓰레기가 아니라는 사실을 증명할 방법이다.

나는 라벨 체계를 고안해 내기까지 했다. 표지를 가려야 했기 때문에 몹시 중요한 일이었다. 북재킷과 선명한 학교 도서실 바코드를 벗겨낸 뒤 흰 판지로 책가위를 쌌다. 누가 다른 책과 함께 가방에 쑤셔 넣거나 바보처럼 들고 다니더라도 표지나 책등이 눈에 띄지 않도록 하기 위해서다.

책등에는 책 제목 대신 알파벳 ID를 적었다. 그 ID를 핸드폰에 저장된 엑셀 목록과 대조하면 책 제목을 알 수 있었다. 예를 들어

《컬러 퍼플》의 첫 번째 사본은 A, 두 번째 사본은 B였다. 《엘리노어 & 파크》는 CC였는데 책이 스물여섯 권보다 많았기 때문에 글자 두 개를 붙여 쓸 수밖에 없었다.

흰색 책가위의 진짜 목적은 증거 수집이었다. 나는 금지된 책을 읽은 사람들로부터 소감문을 받고 싶었다. 그중에서도 특히 《목재 창이 있는 집》, 《호밀밭의 파수꾼》, 《스피크》, 《월플라워》 그리고 내 개인 소유의 《날 짓밟지 마》를 대상으로 말이다. 가능한 한 많은 소감문을 받고 싶었다. 그건 살아 있는 탄원서가 될 것이다. 서명보다 소감문을 통해 이 책들이 얼마나 지대한 영향을 끼치는지 재확인할 수 있을 것이다. 또한 이 책들은 실로 중요한 책이며, 내가 미치지 않았다는 사실도 증명해 줄 것이다. 그러면 교장 선생님도 알게 될 것이다. 책을 읽기 전과 읽고 난 후 얼마나 큰 차이가 있는지. 그걸 직접 보시게 되면 마음을 바꾸시지 않을까.

세 번을 왔다 갔다 한 끝에, 마지막 남은 책을 안고 이전과 다름없이 옆문을 통해 건물 안으로 들어섰다. 바로 그때 나의 적, 비대한 체구의 얼간이 교장 선생님이 특유의 날랜 걸음걸이로 다가오시는 게 아닌가.

가까이 와서야 걸음 속도를 늦추셨다. 그리고 여느 때처럼 친절한 목소리로 말씀하셨다.

"클라라 에번스. 웬일로 이렇게 일찍 왔어?"

밀반입 도중
권력자와 마주쳤을 때
대처하는 법(제2전략)

밀반입하지 않는 것처럼 행동하라.

교장 선생님을 보면서 속으로 되뇐 말이다. 선생님이 날 똑바로 바라보셨을 때도.

선생님이 책을 금지해서요, 라고 말하고 싶었다. 내 말을 들은 체 만 체하셔서요. 이 책들이 쓰레기가 아니기 때문이에요. 하지만 화를 잠시 내려놓고 고개를 빳빳이 들고 걸었다. 나는 조스였다. 리바이였다. 가짜 목적의식이 몸을 쭉 타고 청보라 빛 내 짝퉁 운동화까지 내려갔다. 무슨 말을 해야 할지 까마득했다. 당당하게 걸어도 우물쭈물 답변하면 모든 게 수포로 돌아갈 수 있었다.

"도서실에 가려고요. 도서실에 가는 중이에요. 저 거기서 봉사 활동하잖아요. 봉사 활동하러 도서실 가요. 케이웰 선생님이랑 자료실 정리하려고요. 오늘 그렇게 하기로 했거든요. 그것만 할 거예요. 주로 도서실 일이요."

긴말할 것 없이 첫 문장이면 충분했다는 걸 뒤늦게 깨달았다. 공포심과 이 사람을 한 대 때리고 싶다는 생각이 뒤죽박죽되면서 나약하고 커피를 마시지 못한 정신이 잠시 헤맨 것이다.

교장 선생님은 활짝 웃으며 마치 나를 '절친'이라고 부르고 남자 애들과 가는 사냥에 초대라도 할 듯 팔을 휘두르셨다.

  "아하! 나도 가끔은 이른 아침에 짬을 내서 책과 시간을 보낸단다. 어서 가 보렴, 클라라 에번스."

  선생님은 또다시 내가 아까 말한 나방의 속도로 움직이셨고 나는 반대편에서 그 힘찬 발걸음을 뒤따르며 그저 놀라웠다. 중요한 일을 잊어버리는 그의 능력이.

문제가 생기면, 친구들을 끌어들이고
모든 게 잘될 거라고
두루뭉술하게 안심시켜라(제3전략)

사물함이 꽉 찼다. 완벽하게 공간 계산을 했다고 생각했는데, 책을 빠르게 넣고 빼려면 여분의 공간이 필요하다는 사실을 깨달았다. 결국 책을 전부 넣을 공간이 부족했다.

그전까지는 여분의 공간을 생각하지 않고 리쿼와 내 사물함을 꽉 채웠지만 그렇게 도서관을 운영할 수 없었다. 대출하는 시간의 반을 끙끙거리며 사물함에서 책을 빼는 데 쓸 수 없었다. 도서 ID를 확인하려고 뒤집어 보는 데 시간을 낭비할 수 없었다. 모든 과정을 신속하게 진행해야만 했다. 빠르게 집어넣고 빼는 게 관건이다. 그래서 축 늘어진 가방을 메고 복도 한가운데 서서 다시 고민에 빠졌다. 너무 무거워 도저히 다시 차로 옮길 수 없었다. 마야 안젤루의《새장에 갇힌 새가 왜 노래하는지 나는 아네》, 조지 오웰의《동물 농장》등등. 금지된 고전들이다.

리쿼의 사물함까지 다 차 버렸고 남은 책을 어떻게 처리할지 난감했다. 교장 선생님이 언제고 다시 나타나서, 시작도 하기 전에 모든 것을 끝내 버릴 가능성도 있었다.

그때 홀연히 애슈턴 브릭스가 나타났다. 엄지손가락을 어깨끈에

걸고 날 보면서 바보 같고, 이상하고, 멍청하고, 거슬리는 미소를
짓고 있었다.

"뭐!"

내가 말했다.

"네가 뭔 일을 꾸미고 있던 간에 내 대답은 '노'야. 날 끌어들이
지 마."

마치 늘 우리가 친구였다는 듯한 말투였다. 고등학교 내내 같이
어울려 다니기라도 한 것처럼.

"일은 무슨 일을 꾸민다고 그래?"

"축 처진 가방을 메고 내 사물함 앞에 서 있잖아. 뿅 맞은 표정
으로."

"진짜 그랬을지도 모르지."

애슈턴이 네가 과연? 하는 표정을 지었다.

나는 한발 물러섰다. 애슈턴이 책가방을 어깨에서 내리며 말
했다.

"지난번 잭 일은 미안했어. 난 정말…… 거기 가면 좋을 거라고
생각했어."

"걘 A급 꼴통이야."

"나도 알아. 나한테 그렇게 딱딱거릴 필요 없어. 나도 그 녀석이
어떻게 보일지 알아."

애슈턴이 쏘아붙였다.

어떻게 보일지? 그 애들이 전부 어떻게 보일지 아는 거야?

"나한테 말 거는 이유가 뭐야?"

애슈턴이 휙 돌아섰다.

"내가 뭐 너한테 잘못한 거라도 있어? 이번 학기 내내 나한테 왕재수처럼 구는데 말이야."

"이번 학기는 월요일에 시작했어."

"그게 뭐?"

"내 말은……. 갑자기 왜 그러는 거야? 날 알지도 못하잖아. 우리가 나란히 앉은 건 다 해 봤자 100분 정도라고."

내가 물었다.

애슈턴이 한숨을 쉬더니 사물함 문을 열었다. 나는 세상에서 제일 나쁜 사람이 되어 버렸다. 그때 텅텅 빈 사물함이 눈에 들어왔다. 작은 고무공과 〈뉴저지의 진짜 주부들〉 시즌1 DVD뿐이었다. 리퀴가 제일 좋아하는 프로그램인데.

난 그 자리에서 신음을 내뱉고 싶었다. 그렇겠지. 애슈턴의 사물함은 비어 있겠지.

그래, 그런 거겠지.

애슈턴이 몸을 돌려 자신의 빈 사물함을 부적절하게 응시하는 나를 쳐다봤다. 그 애의 시선이 축 처진 내 가방에 닿았다가 다시 자신의 사물함으로 향했다.

애슈턴은 고무공과 DVD를 책가방에 쑤셔 넣기 시작했다.

"자."

"'자'라니?"

애슈턴이 몸짓으로 사물함을 가리켰다.

"내 애완 공은 다른 데서 키우면 돼. 그렇게 뭔가 갈구하는 표정은 레지가 잭이랑 데이트하는 상상할 때 본 게 마지막이야."

"상상이라고?"

"할래, 말래? 어차피 난 잭 사물함 써. 그 애 사물함이 뭐든 더 가깝거든."

나는 실눈을 뜨고 애슈턴을 쳐다봤다.

"속셈이 뭐야? 네 사물함으로 내가 뭘 할지 모르잖아."

애슈턴이 웃음을 터뜨렸다.

"클라라, 넌 내가 지금까지 만난 사람 중 가장 피해망상이 심한 애야."

"나한테 그딴 거 없고, 우린 만난 적 없거든?"

애슈턴이 손을 내밀었다. 나는 그저 멀뚱히 그걸 바라봤다. 결국 그 애가 손을 뻗어 내 손을 덥석 잡았다.

"안녕, 난 애슈턴이야. 만나서 반가워, 클라라. '나도 만나서 반가워, 애슈턴. 넌 내가 생각했던 거랑 아주 다르네.'"

난 혼란스러웠다. 무슨 말을 해야 할지 갈피를 잡을 수 없었다.

"뭐, 됐고. 내 사물함 써. 비번은 621이야. 문학 고급반 시간 때보자. 그때쯤이면 내가 네 점심 사 먹을 돈을 뺏으려는 게 아니란 것쯤은 알겠지."

애슈턴은 뒤돌아서 그 자리에서 사라졌다. 사물함 문을 열어 둔 채. 나는 그 애의 뒷모습을 멀거니 쳐다봤다. 운동선수처럼 건들거리며 걸었지만, 어딘가 달랐다. 자신감과 '내가 진짜 이렇게 당당한 건지는 나도 모르겠어'라는 곡조가 뒤섞인 것처럼.

리퀴가 내 옆에 있는 사물함을 '탁' 쳤다.

"너 지금 애슈턴 브릭스한테 푹 빠진 거 아니겠지?"

퍼뜩 정신이 들었다.

"뭐? 아니, 아니, 아니, 아니, 아니. 하, 아니야, 아니라고."

"세 번 이상 부정은 긍정인데."

나는 손을 내밀어 항변했다.

"진짜 아니야. 뭐랄까…… 정말 희한한 대화를 나눴어. 월요일 저녁엔 애슈턴이랑 잭이 퀘소 모임에 나왔고. 그중에서 제일 이해가 안 되는 건 쟤가 나랑 대화하려고 했다는 거야."

리퀴가 어깨를 으쓱했다.

"저기, 사람들은 대화란 걸 하거든요? 전 세계에서 다 그걸 하고 있다고요."

"아니, 내 말은…… 쟨 별별이잖아."

"쟤가 누군지 나도 알아. 학생회장인 나도 너랑 얘기하거든?"

나는 손사래를 쳤다.

"야야. 넌 해당 안 돼."

"나도 이제 너랑 말 안 섞어야겠다. 그럼 누가 해당되는지 깨닫겠지."

"너 지금 누구 편드는 거야, 리퀴?"

"내 말은, 긴장을 풀란 얘기야. 네가 좋아하지 않는 사람도 너한테 말 걸 수 있다고. 사람을 싫어하는 사람을 싫어하는 그런 사람이 되지 말라고.”

“그게 뭔 소리야?”

“잘 생각해 봐. 넌 똑똑하니까 금방 알 거야.”

나는 심호흡을 하고 마음을 가다듬었다. 진정되는 것 같았다.

“나랑 말 안 섞으면 차 공급은 끊길 줄 알아.”

애슈턴의 사물함을 열어 흰 책가위를 쌓으며 말했다.

“김이 모락모락 나는 자료실 표 레몬차는 끝이라고.”

“미안하지만 요즘은 캐모마일만 마셔. 근데 좀 전에 두 절친께서 퀘소 모임에 납셨다고 했어?”

“응. 끝까지 있었던 건 아니고. 내가…… 쏘아붙였거든.”

리퀴의 눈이 왕방울만 해졌다.

“널 어찌해야 할지 나도 모르겠다. 근데 이게 다 뭐야?”

사물함을 손짓했다.

“무슨 프로젝트.”

“클라라, 대체 뭘 몰래 가지고 들어온 거야?”

“내 소고기를 왜 그렇게 의심하는 거야?”

리퀴는 내 손에서 책을 낚아챈 뒤 이리저리 살펴보았다.

“비밀 도서관 시작하는구나, 맞지?”

나는 웃음이 비죽비죽 튀어나왔다.

“아니.”

리퀴가 웃으면서 고개를 절레절레 흔들었다.

"참나, 너 진짜 배짱 하나는 두둑하다. 그리고 나중에 졸업장마다 '우리의 소고기가 의심스럽다'라고 남길 테니 두고 봐. 이것 좀 보라고."

리퀴가 두꺼운 종이 뭉치를 꺼내 이리저리 흔들었다. 밤새 헌법에서 구멍을 찾기라도 한 양 거들먹거리는 표정이었다.

"종이잖아?"

내가 물었다.

"계약법과 관련된 정보야."

나도 덩달아 신나 하길 바라는 것 같았다. 아니면 고대 노르드어로 얘기하는 건지도.

"클라라, 이게 뭔지 몰라?"

"아는 사람 있어?"

"당연하지. 이 학교 학생이라면 법처럼 적용되는 계약서에 모두 서명했지. 설마 그걸 모르진 않겠지?"

나는 관자놀이를 문질렀다.

"그래서 계약서로 뭘 했는데?"

"혹시 행정실 책임이라고 명시되어 있는지 읽어 봤지. 학생 규범집에는 아무것도 없고, 학생들은 교원 계약서를 볼 수 없으니까. 혹시 계약법에 어떤 체계가 있는지 살펴보면 뭔가 추론할 수 있지 않을까 해서."

"넌 대단해, 리퀴. 그리고 고마워. 물론 그렇게 한 이유 절반은 네가 로봇이고, 일이 좋아서였겠지만, 어쨌든 고마워."

리퀴는 어깨를 으쓱한 뒤 애슈턴의 사물함을 가리켰다.

"그래, 별별을 위해서 했다 치자."

나는 애슈턴의 사물함에서 흰 책가위로 싼 《월플라워》를 꺼내 건넸다.

"다음번 퀘소 모임에서 읽는 책?"

"아마도. 확실하진 않아."

"또 모임에 나가는 고생 시키려고?"

"이제 잭이랑 애슈턴도 오기 시작했으니 더는 못 빠져나가."

리퀴는 가방에 책을 쑤셔 넣었다.

"죄책감을 이용해서 책 읽게 만드는 애는 너뿐일 거다."

"다른 방법이 없잖아."

리퀴가 웃었다.

"점심시간에 보자."

이번 학기는 시작이 좋지 않다. 기분은 엉망이고, 지하세계에 금서를 취급하는 비밀 도서관을 개관했다. 모든 것이 날 힘들게 해도 리퀴와의 우정만은 아니었다. 내가 외톨이가 되어 구석에 틀어박혀 보온병에 든 퀘소 소스를 퍼먹지 않을 수 있는 건 오로지 리퀴 덕분이란 걸 나는 잘 알고 있다.

이의를 제기하고 반대하는 과정에
변화가 일어난다

시작종이 울리기 전에 모든 책을 사물함에 나눠 넣었다. 이번 학기 들어 처음 이룬 성과다.

나는 우쭐대며 시건방지게 무법자처럼 문학 고급반 교실에 들어갔다. 남의 시선은 신경 쓰지 않았다. 오명을 씻어 낸 느낌이었다. 교장 선생님이 관여할 수 없는 나만의 증거 체계가 완성된 것이다.

그래, 바로 그거다.

칠판에는 《그들의 눈은 신을 보고 있었다》와 관련된 내용 대신 분필로 두껍게 '팅커 대 디모인'이라고 쓰여 있었다. 《그들의 눈은 신을 보고 있었다》가 아닌 이유를 알 것 같았다. 더는 적절하지 않은 것이다. 소고기 사안보다 가치 없는 것이다.

크로프트 선생님은 자리에 앉아서 물밀듯 교실로 들어오는 학생들을 지켜보셨다. 학생을 한 명 한 명 지켜보시다 나를 보시곤 고개를 끄덕이셨다. 내가 지각한 뒤부터 한 번도 빠지지 않고 지으셨던 '지각 안 해서 다행이네'라는 옅은 미소와 함께. 웃기면서도 지구에서 가장 몹쓸 사람이 된 듯한 기분이었다. 선생님은 별 뜻

없었겠지만.

마침내 학생들이 전부 도착하자 선생님은 자리에서 일어나더니 말없이 잭과 애슈턴 쪽을 향해 걸어가셨다. 선생님은 애슈턴의 손목에 있는 두꺼운 흰색 팔찌를 가리키셨다. 거기엔 '선조들의 평등 말고'라고 적혀 있었다.

"평등권 캠페인 팔찌로구나. 그렇지?"

애슈턴이 고개를 끄덕였다. 선생님이 왜 자신을 콕 집었는지 혼란스러운 표정이었다. 여태까지 그런 적이라곤 '애슈턴, 답을 얘기해 볼래?'가 전부였을 것이다.

"그럼 빼도록 해. 교내에서 사회 문제로 시위하는 건 금지야. 학교에서만큼은 그래선 안 돼."

선생님이 손을 내밀었다.

선생님을 바라보는 애슈턴의 눈길은 매초 혼란이 가중되었다.

"자, 이리 내."

선생님은 단호하셨다. 관대함이라고는 찾아볼 수 없는, 무례함과 냉정함의 경계 선상에 있는 목소리였다. 결국 애슈턴은 어떤 질문도 하지 않고 팔찌를 벗어서 선생님 손바닥에 올려놓았다.

그 순간 교실에는 어떤 움직임이 감지되었지만, 그게 뭔지 아무도 몰랐다. 아이들은 불편한지 자리에서 몸을 꼼지락거렸다. 물이 끓고 있는 냄비처럼 불안감이 들썩거렸다. 공기 중에 한 번도 없었던 소금기가 느껴졌다. 뜻밖의 투지가 목덜미를 눌렀다. 나도 화가 났지만 정확히 이유를 알 수 없었다. 뭔가 잘못된 느낌이었다. 시간과 공간으로부터 배신당한 느낌.

선생님도 동요를 감지하셨다. 천천히 교실 앞으로 걷는 걸음걸이에서 그걸 느낄 수 있었다. 선생님은 마치 아이들이 자신의 등 뒤에 칼을 꽂을 시간을 주는 것처럼 보였다. 그런 다음 모두가 볼 수 있게 책상 한가운데에 팔찌를 올려놓고 우리를 향해 돌아섰다.

"좋은 아침!"

놀랄 정도로 쾌활한 목소리였다. 하지만 인사하는 학생은 없었다. 불만이 야생화처럼 쑥쑥 자랐다. 교실 안 공기는 움직이지 않지만 시끄러운 백색소음 그 자체였다. 침묵이 반대 의견이 형성됐다는 걸, 불만이 부글부글 일어나고 있다는 걸 말해 주고 있었다.

선생님이 책상에 몸을 기댔다.

"좋아. 시작하마. 난 지금 단단히 화가 나 있어. 그 이유 중 하나는 문학 고급반 수업 계획표를 전부 바꾸라는 지시가 내려왔기 때문이야. 그래서 지금이야말로 책에 조금이라도 관심 있는 사람이라면 알아야 할 미국 역사의 일부분을 배울 적기라고 생각했다. '팅커 대 디모인' 판례에 대해 아는 사람?"

또다시 아무도 입을 열지 않았다.

"아무도 없어?"

침묵이 이어졌다.

"1965년 몇 명의 학생이 베트남 전쟁에 대한 무언의 시위로 검은색 완장을 두르자는 아이디어를 냈어. 교장 선생님이 그 사실을 알고 그렇게 했다간 정학 처분이 내려질 거라고 했단다. 그러거나 말거나 학생들은 완장을 찼지. 그 뒤 어떻게 됐을까? 학생들은 정학을 당했어. 당연히 부모들이 가만있지 않았지. 그래서 학교를 상대로 수정헌법 1조, 즉 표현의 자유를 침해했다는 소송을 걸었어. 지방 법원과 항소 법원에서 패소한 뒤 부모들은 대법원에 재심을 청구했어. 물론 이건 공립학교에서 일어난 일이야. 사립학교는 공립학교 규정을 따를 필요는 없지만, 원칙은 어디에나 존재하지. 우리에겐 저항할 자유가 있어. 저항만큼 미국적인 가치도 없지. 1773년 보스턴 차 사건, 1963년 마틴 루서 킹 목사의 '나에게는 꿈이 있습니다' 연설, 1913년 여성 참정권 투쟁. 전부 저항의 역사야. 사람들은 현재 자신들에게 닥친 상황을 거부했고, 그런 사람들을 반대하며 어리석다고 조롱하는 사람도 많았어. 과거를 돌아보며 타인의 권리를 위해 투쟁한 사람들을 칭송하는 건 쉬워. 역사 속 저항은 현재의 저항보다 받아들이기 훨씬 쉽기 때문이야. 역사는 우리에게 요구하는 게 없어. 심지어 알아 달라고 요구하지도 않지. 하지만 현재는 어때? 우리에게 모든 걸 요구하지."

선생님은 우리를 쳐다본 뒤 책상 위에 놓인 팔찌를 바라보셨다. 그런 다음 그걸 다시 애슈턴에게 내밀었다. 애슈턴이 손을 들어 팔찌를 잡자 선생님은 그것을 놓아 주지 않으셨다.

선생님이 한 자 한 자 힘주어 말씀하셨다.

"다음번엔, 이의를 제기하고, 반대하길 바란다. 그저 주어지는 대로 수긍하지 말고. 시간은 변화를 이끌어내지 않아. 사람이 이끌어내지. 시간은 거기에 적응할 뿐이야."

말을 마치고 선생님은 교실 앞으로 돌아갔다. 이제 반 아이들은 무슨 일이 벌어졌고, 왜 선생님이 팔찌를 가져가고, 어떻게 우리가 꼼짝도 하지 않으면서 그 행위에 가담했는지 깨달았다. 선생님의 의도가 전달된 것이다.

선생님은 다시 책상에 걸터앉았다.

"다음번엔 말이야, 가만히 앉아서 내 등에 시선의 칼날을 꽂는 대신 행동해. 말하고. 블로그나 소셜 미디어에 장광설을 늘어놓고 해결 대신 '좋아요'를 받으란 얘기가 아니야. 우리에게 주어진 자유의 중요성과 그에 따르는 책임에 대해서 알지 못한다면 너희는 자유가 진짜 뭔지 모르는 거다."

마치 나한테 이보다 더한 설득이 필요하기라도 한 듯 선생님이 날 바라보셨다.

"다음 몇 번의 수업에서는 검열과 표현의 자유에 관한 법정 소송을 살펴볼 거야. 그 첫 번째가 '팅커 대 디모인' 소송이야. 앞으로 숙제는, 우리가 다룰 법정 소송에서 양측 주장을 요약해 오는 거다. 알았어?"

몇 명의 시원치 않은 끄덕임에 만족하지 못한 선생님이 재차 물었다.

"큰 소리로 대답해. 알아들었어?"

"네!" 하는 힘찬 소리가 여기저기서 들렸다.

나는 선생님을 바라보았다. 교장 선생님과 싸우는 선생님의 방식에 경탄을 금치 못하면서, 선생님의 조언을 따랐다는 뿌듯함이 모락모락 피어올랐다. 비록 도서관을 시작했다는 말씀을 드리진 못했지만 우리는 함께 투쟁하고 있었다. 나는 혼자가 아니었다.

비밀 도서관의 첫번째 대출

자율학습 시간에 도서실에서 책 정리를 하고 있는데 리퀴가 들어왔다.

"왔어?"

오전에 내가 준 흰 책가위를 들어 보이더니 도서관에서 가장 조용한 자리를 가리켰다. 책장에 가려서 가장 눈에 잘 띄지 않는 자리였다. 포브스 여행 가이드가 선정한 '키스하는 연인들을 볼 수 있는 열 곳'에 포함된 자리다.

케이웰 선생님을 슬쩍 돌아보니 컴퓨터로 뭔가를 열심히 작업하고 계셨다. 나는 살그머니 리퀴를 따라갔다.

"이것 좀 봐."

리퀴가 휴대폰을 내밀었다. 나는 그것을 받아서 스크롤을 내리기 시작했다.

"오늘 아침에 교장 선생님이랑 대화했는데, 끝나고 학생회로 이걸 보내셨어. 새로운 학생 규범집. 안에 뭐라고 되어 있는 줄 알아?"

"말도 안 돼. 이게 공식 발표라고?"

"60장짜리 최신 규범집을 아무도 보지 않는 데 내기하신 거지.

뭐가 바뀐 건지 알겠어?"

뭐가 바뀐 건지 전혀 알 수 없었다. 아마 그게 핵심일 것이다.

"거짓말이 아니라 난 봐도 전혀 모르겠어."

"거봐! 딱 학교가 원하는 대로라니까? 잘 봐."

글씨를 확대하자 규칙 부분 아래 작은 글씨로 다음과 같이 적혀 있었다.

> 학생들은 《아나키스트 요리책》* 같은 도서를 비롯해 교내에서 소지할 수 없는 다양한 매체가 있다는 사실을 인지해야 한다. 럽튼 아카데미 캠퍼스에서 이러한 매체를 소지하다 발각될 시, 기타 교칙 위반과 마찬가지로 삼진 아웃제가 적용된다. 매체가 기재된 전체 목록은 학생회 회장을 통해 확인할 수 있다.

나는 코웃음을 쳤다.

"《아나키스트 요리책》을 금지하지 말라고 하는 사람이 어딨어? 특히 보수적인 남부지방에서 말이야."

정말 저들은 뻔뻔하게 《날 짓밟지 마》와 《아나키스트 요리책》을 동일시하겠단 건가?

---

* 미국이 베트남 전쟁에 개입하는 것을 항의할 목적으로 1971년에 출간되었다. 폭발물, 도청 장치와 불법 약물 제조 방법 등을 다뤘다.-편집자 주

"내가 지금까지 럽튼에서 들었던 말 중에 가장 교활하고 얄팍한 모욕이야. 너 그런 목록을 가지고 있기나 해?"

리쿼는 고개를 저었다.

"그런 거 아니겠어? 학교는 학생들이 숙제가 너무 많아서 재미로 책 읽을 시간이 없다고 확신하는 거지. 그런데 재미로 책을 읽는 학생이 있다고 가정해 봐. 어떤 이상한 애가 무슨 이유에서 금서를 학교에 가지고 온다고 가정해 봐. 그보다 먼저 너, 금지된 책을 한 번이라도 학교에 가져온 적이 있어? 요즘 말고, 오래전에."

나는 고개를 끄덕였다.

"그야 당연하지."

리쿼가 어이없다는 표정으로 말했다.

"아, 물론 너는 그렇겠지. 너한테 묻는 게 아니었는데. 난 한 번도 그런 적 없어. 그게 현실이야. 넌 예외고."

"알았어. 갑자기 내가 이상한 애가 돼 버렸네."

리쿼가 내 대꾸를 일축했다.

"어쨌든, 네가 학교에 금서를 가져왔다가 걸렸다고 쳐. '그 책을 캠퍼스 안에 들고 오는 건 교칙 위반이다'라는 말을 듣겠지. 네가 그나마 용기를 내서 '왜요?'라고 하면 교장 선생님은 '학생 규범집에 나와 있다'라고 하시겠지. 그런데 그 애는 네가 아니고, 너처럼 똑똑하지도 않아서 교장 선생님이 하는 말이 제대로 된 설명이 아니란 걸 모른다고 쳐. 그럼 걔는 '아, 알겠습니다' 하고 그냥 가겠지. 이제 교장 선생님은 그 문제를 신경 쓸 필요가 없어지는 거지."

"알았어. 그런데 만약 그 애가 나라면?"

"그럼, 그 애가 너고, 넌 똑똑하니까 '근데 그건 제 질문에 대한 답이 아니네요. 왜 그렇죠?'라고 묻겠지. 그럼 교장 선생님은 '현재 네 학습 환경에 이득이 안 되기 때문이야'라고 하시겠지. 그럼 똑똑한 너는, '현재 이득이 안 된다'라는 말을 듣고 이 모든 상황이 이상하고, 낯설고, 혼란스럽다고 생각할 거야. 우선은 교장실에서 나가고 싶어서 '네, 알겠습니다'라고 말하겠지. 자기가 방금 검열을 당했다는 생각은 꿈에도 못 하고."

나는 반론을 하려고 입을 뗐지만 리쿼가 손을 들어 제지했다.

"그런데 네가 기분이 이상하고, 그 모든 걸 겪은 후에도 학생 규범집을 읽어 볼 힘이 남아 있다고 쳐. 그럼 우리가 좀 전에 읽은 부분을 읽고 나를 찾아오겠지. 그럼 난 '미안. 목록이 없어. 학교에서 아직 안 줬거든'이라고 하겠지. 그런다고 해도 과연 네가 다시 교장실로 가서 목록을 요구할까?"

"지금은 그럴 수 있어."

"클라라, 제발. 현실적으로 말이야."

난 한숨을 쉬었다.

"아마 안 그러겠지."

"맞았어. 이 학교 학생 99퍼센트는 포기할 장애물이 곳곳에 있는 거나 마찬가지라고."

"도대체 왜?"

리쿼가 어깨를 으쓱했다.

"나야 모르지. 하지만 이상해, 안 그래? 이런 식으로 되게끔 설계된 거라고."

갑자기 교장 선생님과의 전쟁이 지금까지보다 더 크게 느껴졌다. 리퀴가 흰 책가위를 들어 보였다.

"그렇다고 해서 이걸 그만둘 건 아니지? 반드시 밀고 나가야 해."

"그래. 이런 일을 저지르고도 교묘히 빠져나가는 교장 선생님을 생각하면 신물 나. 선생님이 잘못됐다는 걸 증명해 보일 테야."

"넌 정말 굉장해! 알다시피 내가 책은 잘 몰라도, 사람들에게 힘을 실어 주는 덴 전문이잖아. 학생회에 자원이 있어. 사물함이 더 필요하다거나 책을 가져다 놓을 약속 장소로 쓸 청소도구함 같은 곳이 필요하면 말만 해. 나도 최대한 이 문제에 합법적으로 대응할 방법을 찾아볼게. 우선 다른 학교 애들한테 연락했고 미국도서관협회에도 이메일을 썼어."

"흠. 먼저 책 읽는 걸 좋아하지 않는 사람이 있다는 게 믿기 힘들지만 뭐, 그건 아무래도 좋아. 우린 그래도 친구야. 그다음은, 아직 확실하지 않아. 나도 잘 모르겠어. 좌표를 찍고 책을 가져다 놓을 만큼 그렇게 성업할 거 같진 않다는 거야. 무엇보다 난 책을 직접 전달하고 싶어. 마지막으로, 정말 그런 걸 찾아낼 수 있겠어?"

리퀴가 어깨를 으쓱했다.

"시도해 보는 거지, 뭐. 럽튼이 만약 공립학교였다면? 그럼 난리가 났을 거야. 사립학교는 상대가 달라. 그게 바로 법이라네, 친구. 아무리 거지 같아도."

"고마워, 리퀴. 진심이야."

리퀴가 고개를 끄덕였다.

"우리가 도울 일 있으면 말해."

"다른 질문이 있어."

"말해 봐."

"설마 행정실에서 알아차리진 않겠지? 그 사람들은 학생들이 재미로 책을 읽을 리 없다고 생각하니까. 설사 우리가 재미로 읽는다고 해도 도서실에는 '용인되는 책'이 넘쳐나잖아. 그러니까 '용인되지 않는 책'이 사라진다고 해도—엄밀히 따지면 이미 사라졌지만—그 사람들이 그걸 열심히 찾아볼, 그럴 일은 없겠지?"

리퀴가 어깨를 으쓱했다.

"사막에 있다고 생각하면 나무를 볼 수 없는 법이지."

"맞아. 어차피 책이 금지되지 않는다고 해도 LA 애들이 줄 서서 책을 빌려 갈 일은 없으니까. 그래서 관심 있는 사람한테만 살짝 빌려줄까 해. 그러다가 이번 해가 지나면 졸업과 동시에 끝! 하고 여기서 나가는 거지. 이 싸움에서 내가 할 몫을 다 하고 나서."

내 입에서 나온 말은 내가 느끼는 감정보다 훨씬 차분했다.

"있는 듯 없는 듯하니까 오히려 성공할 거야."

리퀴가 말했다.

그때 희한하게도 단 두 명 있는 럽튼의 풋볼팀 와이드 리시버*

---

* 풋볼의 공격 포지션 중 하나.

중 한 명(리퀴의 전 남자 친구, 매브릭 벨로이)이 불쑥 나타났다. 덕분에 누락, 거절당한 불만, 증거 체계에 온통 쏠렸던 생각에서 잠시 벗어날 수 있었다. 리퀴와 나는 동시에 '네가 여기 웬일이야?'라는 듯이 고개를 갸우뚱하며 그 애를 쳐다봤다.

도대체 이게 다 무슨 일이지? 어떤 평행우주가 내가 전혀 예상하지 않은 사람을, 내가 전혀 예상하지 않은 곳으로 보내, 내가 만날 거라 전혀 예상하지 않은 사람을 만나게 된 거지?

왜 도서실에 있는지는 모르겠지만, 그 애는 특별한 언어를 구사했다. '네 콤플렉스를 건드릴 거야. 그런데 화를 내면 그건 네가 이상한 거야. 다 장난이니까'라는 무언의 메시지와 같이 나는 어떤 비난이나 조롱에도 대비하려고 단단히 마음의 준비를 했다. 리퀴도 눈치채고, 어떤 신랄한 조롱도 방어하겠다는 듯 날카로운 눈빛을 번득이고 입술을 꾹 다물고 있었다.

"여어."

매브가 말했다.

"음, 안녕?"

내가 말했다.

매브가 가까이 다가오자 나는 소스라치게 놀랐다. 설마 리퀴의 질투심을 유발하려고 키스하려는 건 아니겠지? 그 후폭풍에서 내가 과연 살아남을 수 있을까.

"듣기로 너한테 레인보우 로웰이 지은 《엘리노어 & 파크》를 빌릴 수 있다는데?"

"음…… 그래?"

사실 묻고 싶은 말이 더 많았다.

《엘리노어 & 파크》가 금서인 거 알아?

너 스파이야? 누가 보냈어?

그렇게 팔이 두꺼운데도 맞는 셔츠를 어디서 찾았어?

《엘리노어 & 파크》가 처음 대출하는 책이 될 줄이야. 금지된 로맨스—물론, 끝내주는 수작이다—를 학교에서 모르는 이가 없는 운동선수에게?

매브는 어깨를 으쓱했고 나는 더 추궁하지 않았다. 얼른 보내 버리고 리퀴와의 조금 전 그 순간으로 되돌아가고 싶었다. 게다가 옆에서 리퀴가 서슬 퍼렇게 지키고 있으니 거래는 빠르면 빠를수록 좋았다.

"금방 갔다 올게."

나는 매브에게 고갯짓을 했다. 그 애는 말없이 내 뒤를 따라 사물함 쪽으로 왔다. 내가 LA에서 보낸 시간 중 가장 어색한 순간이었다.

사물함을 열자 매브가 놀란 눈치였다.

"우와, 이게 다 책이야?"

나는 너무나 당연한 광경을 쳐다봤다.

"아니, 구내식당 음식이 별로일 때 먹으려고 갖다 놓은 즉석식품도 있어."

매브가 고개를 끄덕였다.

"그렇군. 좋은 아이디어네."

"나 참, 다 책이야. 전부 금지된 거."

"LA가 금지하는 책이 있어?"

나는 고개를 끄덕였지만 다른 말은 하지 않았다. 나는 거짓말을 하지도, 케이윌 선생님을 배신하지도 않았다. 이미 공표된 사실이었고 규범집에 따르면 학생회장이 전체 금서 목록을 갖고 있어야 한다. 누구나 다 아는 일인 것이다.

나는 책에 적힌 코드와 내 휴대폰에 있는 ID를 비교한 뒤 가장 아래쪽에서 《엘리노어 & 파크》를 꺼내 매브에게 내밀었다.

"이대로 돌려줘. 아, 그리고 책가위에 읽은 소감을 한마디 적어 주면 좋겠어. 이 책의 무엇이 좋았는지. 네 생각이나 널 변화시킨 거, 뭐 그런 거."

매브가 고개를 주억거렸다.

나는 개인 도서관 관리 앱을 열었다. ―맞다. 그런 게 있다― 무려 10달러나 주고 산 앱이다. 누가, 어떤 책을 빌려 가고, 어떤 책이 남아 있는지 등등을 쉽게 알 수 있었다.

"전화번호랑 주소 좀."

내 요구에 매브가 순순히 응했다.

"좋아. 됐어. 반납일은 오늘부터 2주 후야. 잠시 뒤에 문자로 정확한 날짜가 갈 거야. 당일에도 알림 문자가 갈 거고. 연장하고 싶으면 답장으로 '연장'이라고 써서 보내. 분실하면 책값을 내야 하고, 걸리면 나랑은 무관한 거다. 알았지?"

"그러니까 학교가 이 책들을 다 금지했다는 거지?"

"맞아."

"희한하네."

"내 말이."

"권력에 대항하는 뭐, 그런 도서관이야? 금지된 책을 빌려주는 비밀 도서관 같은?"

내가 고개를 끄덕였다.

"죽이는데."

"마지막으로 두 개만 물어볼게."

"좋아."

"《엘리노어 & 파크》는 어떻게 알았어? 그리고 누가 날 찾아가랬어?"

"제프 골드블럼 인스타그램 보고 케이웰 선생님께 물어봤어. 그랬더니 너한테 가 보라길래."

매브가 책가방에 책을 밀어 넣었다.

"보고 갖다줄게. 피스!"

매브의 뒷모습을 잠시 바라보다가 도서실로 돌아왔다. 리퀴가 컴퓨터 책상 앞 스툴에 앉아서 빙글빙글 돌고 있었다. 내 모습을 보자마자 도는 걸 멈추고, '보고해 표정'으로 나를 쳐다봤다. 눈썹을 치켜뜨면서 고개를 살짝 틀고, 당장 보고 안 하면 한바탕 퍼붓겠다는 입 모양을 취하는 것이다. 하지만 얘기를 시작하기 전에 케이웰 선생님이 다시 꽉 찬 카트를 끌고 오셨다.

"옜다. 참, 그런데 아까 그 녀석이 그 책에 관해서 물어보든?"

나는 카트를 받아서 책장 사이를 지나 밖으로 나갔다.

"네……. 근데 어떻게 된 거예요? 선생님이 나한테 물어보라고 했다던데요."

선생님이 고개를 끄덕이셨다.

"네 도서관에 책이 더 많잖니. 그리고 네 도서관은 여기랑 다른 규칙으로 운영되니까."

"그럼 앞으로 금서를 찾는 사람이 있으면 다 제게 보내실 거예요?"

"네가 무슨 말을 하는지 모르겠구나."

선생님이 이렇게 말씀하고 가 버리셨다. 손님 걱정은 할 필요가 없겠군. 그런데 그 사람들을 내 사물함 도서관이 아니라, 꼬맹이 도서관으로 보낸다고 생각하실 선생님을 생각하니 마음이 무거웠다. 하지만 하도 이상한 일이 많이 생겨서 그쯤은 아무것도 아니었다.

나는 다시 카트를 끌고 리퀴에게 갔다. 얼굴에는 아직 '보고해'가 새겨져 있었다.

나는 'B' 자리에 책을 꽂아 넣으며 입을 열었다.

"제일 처음 한 얘기가, 제프 골드블럼이 하는 얘기를 듣고 그 책을 알게 되었대. 〈쥐라기 공원〉에 나온 배우 맞지?"

"웅. 걔네 할머니가 제일 좋아하는 배우야. 할머니가 너무 멋있다고 매브한테 인스타그램 팔로우하라고 시켰대. 근황을 쫓으려고.

그 사람이 북클럽을 운영하나 보네."

"진짜?"

"응. 같은 책 한 권 더 있어? 그게 왜 그렇게 흥미롭다고 생각했는지 알아야겠어."

"넌 《월플라워》부터 읽어야 하는데……. 근데 좋아. 두 권 있으니까 한 권 가져다줄게."

"걔가 또 뭐라고 했어?"

"음…… 그전에 물어볼 게 있어. 걔 로맨스 소설 좋아해?"

리퀴가 어깨를 으쓱하더니 스툴에서 폴짝 뛰어내렸다. 카트에서 책 한 권을 집어 들고 어디에 꽂을지 서가를 눈으로 훑었다.

"걔 악어거북에도 홀딱 빠져 있잖아. 그러니 알 게 뭐야."

리퀴와 함께 서가에 책을 꽂아 넣으며 나는 매브랑 있었던 일을 하나도 빠짐없이 얘기해 주었다. 중간중간 '걸어갈 때 월요일 밤에 하는 스포츠 뉴스 주제곡을 부르더라고'라는 과장을 섞어 가며. 교장 선생님이 이기고 있었지만, 일시적인 승리를 거둔 기분이 들었다. 리바이와 조스가 도서관으로 전쟁을 멈출 수 있다는 걸 보여 주는 증거였다.

나는 감격했다.

이상할 정도로 희망에 차올랐다.

클라라라에게 온 근사한 편지

설립자 재단
테네시주 채터누가시
리버사이드 스트리트 353번지

클라라 에번스
테네시주 채터누가시
파운드리힐 드라이브 8057번지

설립자 장학금 최종 후보 귀하.

설립자 재단 임직원 모두를 대표해 귀하께서 유수한 설립자 장학금의 최종 후보에 선발되신 것을 진심으로 축하합니다. 아시다시피 해당 프로그램은 높은 경쟁력을 자랑하며, 저희는 최종 후보로 선발된 학생 한 명 한 명이 미국을 대표하는 차세대 리더가 될 것을 믿어 의심치 않습니다.

1931년 재단이 설립된 이래 설립자 장학금 최종 후보 5인을 만찬에 초청하는 전통이 이어져 왔습니다. 이 자리에서 귀하는 지역사회를 대표하는 리더들을 만나 공공 업무, 진학, 커리어, 인턴십에 관해 어떤 질문이든

할 수 있습니다. 만찬이 끝난 뒤에는 10분간 만찬 참석자와 개인적으로 다양한 주제로 대화할 기회가 주어집니다. 단, 토론의 주제는 지역사회, 봉사, 리더십으로 한정합니다.

이 행사에 귀하를 초청하고자 합니다. 행사 일시는 9월 14일 오후 6시 30분입니다. 정장 차림으로 참석해 주시길 바랍니다. 총 두 명의 손님을 동반하실 수 있습니다.

참석을 원하시면 8월 25일까지 해당 이메일에 답장해 주시길 바랍니다. 아울러 제한하는 식단이나 알레르기가 있으면 함께 알려 주시길 당부 드립니다.

셸리 브라운

설립자 재단 이사장

잠재적 연설 주제 목록

- 보내 주신 편지는 제가 실제보다 더 똑똑해 보이는 효과가 있었습니다

- 《날 짓밟지 마》: 공동체 도서관에 관하여

- 고등학교 입학 후 도서실 인턴으로 겪은 1년

- 내 연도를 결정지은 책들

- 늘어지게 자는 대신 리더가 되어야 하는 까닭은?

- 제가 대학에 진학할 수 있도록 장학금은 절 주세요

- 사립학교의 장단점

- 퀘소에 부치는 송가 : 진정한 지역사회 리더

- 문학의 집 이야기?

- 아무리 거지 같아도 그게 바로 법이라네, 친구.

- LA의 도서 정책

- 누군가가 LA 행정실 좀 말려 줘요

- LA 행정실은 품격을 갖출 수 없는가?

- 우리의 의심스러운 소고기

- 여러분! 제가 사물함에 금서 도서관을 운영하고 있어요!

- 여러분! 럽튼 아카데미의 새 금서 방침은 멍청하기 짝이 없어요!

- 여러분!

- 세계의 문제를 전부 해결하는 건 어떨까요?

잠재적 게스트 목록

무조건 초청 :

- 루카스 게브하르트
- 루카스 게브하르트
- 루카스 게브하르트
- 루카스 게브하르트
- 루카스 게브하르트
- 루카스 게브하르트
- 루카스 게브하르트
- 루카스 게브하르트
- 루카스 게브하르트
- 루카스 게브하르트
- 루카스 게브하르트
- 루카스 게브하르트
- 루카스 게브하르트
- 루카스 게브하르트

실패할 경우 :

- 루카스 게브하르트 홀로그램

- 리바이와 조스

- 아빠 또는 엄마

그날 밤에 온 문자

모르는 번호 1번

모르는 번호 [6:11 PM]
혹시 클라라 에번스?

나 [6:11 PM]
응.

모르는 번호 [6:11 PM]
나 레지 앨리스터인데,
너한테 로리 할스 앤더슨의
《스피크》 있다고 들어서.

나 [6:11 PM]
아, 응. 그거 금서라서
나한테 있어.

모르는 번호 [6:11 PM]
금서? 내일 좀 빌려줄래?

나 [6:11 PM]
응. 근데 어디서 들었어?

모르는 번호 [6:13 PM]
도서관에 가니 없더라고.
매브한테 들었는데
네가 책을 잔뜩 숨겨 놨다길래.

나 [6:13 PM]
아, 응. 점심시간 시작하기 전에
21번 사물함으로 와.

모르는 번호 [6:13 PM]
응. 고마워.

해나 첸

해나 [6:55 PM]
안녕, 클라라. 나 해나 첸이야.
9학년 때 같이 육상부 했는데 기억나?

나 [6:55 PM]
오랜만이야!

해나 [6:55 PM]
혹시 콜트 캑스의 《이상한 천체물리학》 있니?

나 [6:55 PM]
음, 잘 모르겠어. 찾아볼게.
근데 누가 나한테 물어보래?

해나 [6:56 PM]
케이웰 선생님. 우리 도서실엔 없는데
너한테 있을 수도 있다고 하셨어.

나 [6:56 PM]
알았어, 잠깐만.

해나 [6:56 PM]
응. 고마워.

나 [6:56 PM]
있네! 자율학습 시간에
내 사물함으로 와.

해나 [6:56 PM]
그럴게. 고마워.

모르는 번호 2번

모르는 번호 [7:30 PM]
안뇽.

나 [7:30 PM]
안녕. 누구야?

모르는 번호 [7:30 PM]
애슈턴 브릭스.

나 [7:34 PM]
어, 웬일이야?

모르는 번호 [7:34 PM]
내 사물함 잘 사용하고 있어?

나 [7:34 PM]
응. 완전. 고마워.

모르는 번호 [7:34 PM]
그걸로 뭐 하는데?

나 [7:34 PM]
그냥 무슨 프로젝트.

모르는 번호 [7:34 PM]
그렇군. 레지가 그러는데, 내가 수업에
필요한 책이 너한테 있을 수 있다고 해서.

나 [7:34 PM]
'친절한 신비술사의 사약 만드는 법?'

모르는 번호 [7:34 PM]
흐…… 그래, 그거야.
로리 할스 앤더슨의 《스피크》. YA소설.

나 [7:34 PM]
누가 아직 《스피크》를 교재로 써?

모르는 번호 [7:35 PM]
크로프트 선생님. 작문 II.

나 [7:35 PM]

그럼 그렇지. 너 근데
크로프트 선생님 것 두 개나 들어?

모르는 번호 [7:35 PM]

어. 참고로 둘 다 빡세.
근데 레지랑 얘기하다가 생각한 건데,
《스피크》는 작년 여름에 권장 도서 목록에
있었는데 도시실에서 갑자기 사라진 게
좀 이상하더라고. 어떻게 된 거야?

나 [7:35 PM] 내 말이 그 말이야.

《스피크》 한 권 남았어.
할래?

모르는 번호 [7:35 PM]

응. 좋아. 잘됐군.

나 [7:35 PM]

그럼…… 네 사물함 앞으로 와.

모르는 번호 [7:35 PM]

덕분에. 살았어. 땡큐.

모르는 번호 [7:40 PM]

잠깐…… 내 사물함이라고?

나 [7:40 PM]

걱정할 거 없어.

모르는 번호 [7:40 PM]

정말 몰라도 괜찮아?

나 [7:40 PM]

별일 아니래도.

모르는 번호 [7:40 PM]

알았어.

리퀴

나[8:22 PM]

있잖아.
좀 전에 별별 두 명한테서 연락 왔는데
내 도서관에서 책 좀 빌려 달란다.
다 매브한테서 비롯된 일이야.
지금까지 레지랑 애슈턴만
학교에서 책이 사라진 게 이상하다네?

리퀴 [8:22 PM]

본래 중요한 건 가장 알아차리기 어려운 법이지.
그에 반해 고양이 영상은? 조심해!
사색적인 담화는? 됐네요.
실수로 소파 밑으로 떨어지는 고양이 영상은?
무조건 고!

나 [8:22 PM]

소름 끼치도록 빵과 서커스 그 자체.
진짜 인간들은 정말
그것밖에 안 되는 걸까?

리퀴 [8:23 PM]

빵과…… 뭔 소리?

나 [8:23 PM]

《날 짓밟지 마》읽어 보셔.

리퀴 [8:23 PM]

그게 아까 준 거야?

나 [8:23 PM]

아니. 다른 책이야.
빨리 읽어 봐, 좀.

리퀴 [8:23 PM]

나 좀 전에 새 게시물 포스팅했어.
고양이 영상 아님.

나 [8:25 PM]

'있는 그대로 인정해. 인정이 곧 인생이다.'
멋진데?

리퀴 [8:25 PM]

주말에 모호 부리토?

나 [8:25 PM]

퀘소, 퀘소, 퀘소!

재수 없는 애

애슈턴은 자신의 사물함 앞에서 내가 흰 책가위를 씌운 《스피크》를 꺼내 대출 절차를 시작하는 모습을 물끄러미 지켜봤다.

그다음 주변을 흘깃거린 뒤 책 안을 훑어보았다.

"너, 우리가 모르는 뭔가 알고 있지?"

나는 숙이고 있던 고개를 들었다.

"왜 그런 생각을 해?"

애슈턴이 책 쪽으로 몸짓을 했다.

"내 사물함을 비밀 도서관으로 만들었잖아?"

나는 몸을 돌려 쌓여 있는 책에 잠시 눈길을 준 뒤 어깨를 으쓱했다.

"무슨 말 하는지 모르겠는데? 헛것이라도 보는 거 아냐?"

"그거 농담이야? 이럴 수가. 피해망상에서 점점 벗어나고 있군. 놀라운걸. 참, 온 김에 다음 모임에서 읽을 책 가져가도 될까?"

"《월플라워》?"

"그럴걸? 네 페이스북 그룹에서 봤는데 까먹었어. 그거랑 비슷한 제목이었던 거 같아."

나는 고개를 끄떡인 뒤 사물함에서 《월플라워》를 꺼냈다.

"이거야. 전화번호 대."

"너 너무 게으르다? 어젯밤에 보낸 문자 보면 되잖아."

"그냥 말해 줄래? 앱에서 안 나가려고 그러는 거야."

나는 애슈턴이 불러 주는 번호를 받아 적었다. 갑자기 그 애가 말했다.

"내가 보기에 넌 무슨 계급의식 같은 거에 사로잡힌 거 같아."

"그래? 내가 보기에 넌 여태껏 나랑 말 한마디 나눌 생각이 없었던 거 같은데. 난 네가 어떤 애인지 몰라."

"내가 보기에 우리는 한 번도 수업 시간에 나란히 앉은 적이 없으니까 그게 더 자연스러운 거 같은데."

"내가 보기에 넌 그냥 네가 어울리는 애들하고만 친하게 지내고 싶은 거 같은데."

"내가 보기에 그건 고등학교에서 누구나 다 그렇게 하는 거고, 네가 말하는 '네가 어울리는 애들'은 '같은 소득 수준 사람들'을 가리키는 거 같은데?"

그만 말문이 막히고 말았다.

애슈턴은 고개를 절레절레 흔들더니 내 손에서 책을 낚아챈 뒤 다시 한번 내게서 멀어져갔다. 그때 왠지 모르게 내가 더 재수 없는 애 같았다.

잘못된 판단

나만의 도서관이 생긴 지 고작 이틀째였다. 그런데 복도를 걸으며 그 전날보다 1,000킬로그램쯤 더 많은 피해망상이 느껴졌고, 나는 그 사실을 무시하려 애썼다. 이건 기대한 효과가 아니었지만, 뭐 어쩌겠는가.

다른 교실로 이동하는 동안, 자리에 앉아 있는 동안, 그저 존재하는 동안, 크로프트 선생님이 '팅커 대 디모인' 강의를 마무리하는 동안 나는 안절부절못했다. 선생님이 말씀하시는 건 내 도서관이었다. 하지만 나는 어느 때고 사물함에서 좋은 책을 꺼낸다는 이유로 걸릴 수 있었다. 사실 나는 남의 물건을 슬쩍하는 데 재주가 없었다. 지금까지 슬쩍한 거라곤 창밖으로 밀어 넣은 책이 전부다. 《마법의 시간 여행》 시리즈였다. 그때도 불안에 떨며 중죄를 지은 것처럼 느꼈다. 심지어 울기도 했다. 지금도 압박감이 나를 짓눌렀다. 내가 커서 무슨 일을 하게 될지는 몰라도 절대 범죄자는 될수 없겠다는 생각이 들었다.

나는 구내식당에 줄을 섰다. 불안하고 신경이 곤두서 있었다. 결국 도우미 아주머니가 부식으로 뭘 원하는지 물었을 때 '그냥 아

무거나 주세요'가 튀어나오고 말았다. '도저히 결정 못 하겠어요'
식은 아니었다.

테이블로 갔을 때 리퀴가 말했다.

"어째 기분이 좋지 않은 거 같은데? 방금 천사 같은 크레이그
아주머니께 쏘아붙였지?"

나는 고개를 끄덕이며 털썩 주저앉았다.

"그럴지도. 나도 몰라."

리퀴의 똘마니 스콧과 애비도 있었다.

"책 사업은 잘돼가?"

스콧이 물었다.

"음……. 리퀴가 얘기했어?"

스콧이 고개를 끄덕였다.

소문이 퍼질 거라는 것을 알고 있었고, 내심 그렇게 되길 바라
는 마음도 있었다. 하지만 사람들이 내 비밀을 떠벌리고 다닌다는
사실이 어딘가 경솔하게 느껴졌다. 불꽃처럼 활활 타오르기보다 천
천히, 은밀하게 뿌리내리고 싶었다. 나는 '이보세요, 내 불법 도서
관에 대해 말하고 다니지 좀 마세요'라는 표정으로 리퀴를 쳐다봤
다. 리퀴는 미안하다는 뜻으로 코를 찡긋했다.

"뭐…… 지금까진 할 만하다고 할까? 피해망상이 생겨서 그렇지."

"비도 때문에?"

"비도? 아, 비밀 도서관. 기발하네."

리퀴가 어이없다는 표정을 지었다.

"그렇게 줄임말을 다 풀어 버리면 만든 의미가 없잖아."

"미안. 뒷마당에 시체를 묻어 놓은 거 같은 기분이라 집중이 안 되네. 어쩌면 모든 게…… 이 비도 프로젝트가 좋은 생각이 아니었는지도…….《날 짓밟지 마》에서는 가능했지만, 그건 소설이잖아. 내가 감히 우주를 뒤흔들 수 있을까?"

"그 말 어디서 나오지? 들어본 적 있는데. 뭐였더라?"

리퀴가 물었다.

"T. S. 엘리엇. 근데 나는 로버트 코마이어의 《초콜릿 전쟁》에서 인용한 거야."

"퀘소에서 그 책 읽었었지, 아마? 오래전에 말이야."

"맞아."

리퀴가 고개를 끄덕였다.

"그 책 진짜 재밌었는데! 어쩌면 네가 준 '선플라워'도 읽을지 몰라."

"선플라워가 아니라《월플라워》."

"그래, 그거. 여기서 질문! '왜 비도를 하시나요?'"

나는 물끄러미 리퀴를 쳐다봤다.

"대답 좀요?"

내가 아무 말 하지 않자 리퀴가 재촉했다.

"《날 짓밟지 마》랑 크로프트 선생님에게서 영감을 받고 체제랑 싸워야겠다는 생각이 들어서."

말을 하고 아차, 싶었다. 그게 전부가 아닌데.

"그러니까 책이 하라고 해서 한다는 거야? 서한 작성할 때는 그런 말 없었잖아."

리퀴가 물었다.

"다른 이유도 있어."

"예를 들면 어떤?"

"예를 들면, 그 책들이 내 인생을 바꿨기 때문에? 교장 선생님이 멋대로 금지한다는 건 말이 안 되고, 난 그게 잘못됐다는 걸 증명하고 싶어. 정말 훌륭한 책들이거든."

"왜?"

"잘못된 일이니까."

"알겠는데, '왜' 그게 잘못됐다는 거야?"

"그 책들이 내 인생을 바꿨으니까."

"다시 말하면, 교장 선생님이 금지한 책들이 네 인생을 바꿔 놓았기 때문에 '비도'를 운영한다는 말이지?"

"그래."

"근데 그렇다고 책을 금지하는 게 왜 잘못된 거야?"

"그건……."

"네가 확신 못 하는 이유가 있네. 왜 그게 잘못된 건지 모르는 거야. '비도'로 복수하는 거라고. 일종의 힘 싸움이네."

스콧이 무신경하게 내뱉었다.

"스콧 말도 일리는 있어."

리퀴가 말했다.

나는 코웃음 쳤다. 나는 스콧을 잘 알지도 못하는데 그 애는 내가 힘 싸움한다고 몰아가고 있었다.

"나한테 복수심이 사라질 때까지 내가 비도를 운영하지 않았으면 좋겠니? 이미 준비는 다 끝났는데 말이야. 이미 대출해 간 사람도 있고. 게다가 내가 이걸 안 하면 교장 선생님한테 맞설 사람이 누가 있을까? 아무도 없어."

"진정해. 아무도 널 비난하려는 게 아니야. 근데 참, 너희 내가 포스팅한 영상 봤어?"

나는 리쿼에게 '화제를 바꿔 줘서 고마워' 눈빛을 날렸다.

건너편에 애슈턴이 별별 테이블에 앉아 있는 게 보였다. 나는 처음으로 그 애를 완전히 잘못 판단했고, 그걸 고등학교 내내 했을지도 모른다는 생각이 들었다. 내가 맞는다고 생각한 것이 잘못된 것이었을까? 나도 그저 다른 사람을 증오하는 사람에 불과한 걸까?

갑자기 애슈턴을 완전히 잘못 판단했을지도 모른다는 사실이 걱정되기 시작했다. 나도 그런 사람, 자기도 모르는 사이에 다른 사람을 증오하는 사람일지도 모른다. 갑자기 다른 문제에서도 내 판단이 잘못된 것일 수도 있겠다는 생각이 들었다.

풋볼 경기장 관람석에서

마땅하다는 감정만큼 절망에 깊이를 더하는 일도 없다.
-데이비드 리바이선, 《투 보이스 키싱》

우쭐대며 건들건들 걷는 남자애들, 조명, 두꺼운 각종 패드, 그르렁거림. 내가 생각하는 활기찬 밤 외출이 아니다. 하지만 경기는 경기고 응원은 응원이다.

럽튼 아카데미는 풋볼을 사랑한다. 학사 일정이 '럽튼 발런티어스'를 중심으로 도는 것 같다. 풋볼을 좋아하지 않는 사람도 그냥 무조건 경기장에 가게 되어 있다. 나는 리쿼와 관람석에 앉아 있었다. 보통은 책을 가져와서 읽거나 문학의 집에 온 이메일에 답하곤 했다. 기부금을 챙겨 분류한 뒤 필요한 곳으로 보내는 일이었다. 처음에는 문학의 집 일을 전부 혼자 했지만, 지역의 청소년 중독치료 프로그램과 협력하면서 일을 돕는 학생이 생겼다. 일하는 대신 보고 싶은 책을 마음껏 보는 조건이었다. 아이들이 새로운 일을 하며 새로운 글을 접한다는 사실이 좋았다. 물론 내게 다시 시간적 여유가 생긴 것도.

졸업반에 올라온 지금, 나는 그저 손가락으로 가리키거나, 지시하거나, 새로운 관계를 맺으며 악수만 하면 되었다.

"우린 누가 봐도 피크닉 하는 것처럼 보일 거야."

이메일을 잠시 덮어 두고 담요를 다리 밑에 꽁꽁 동여매며 내가 말했다.

"매브는 아직…… 체이스 리시버인거야?"

"그런 포지션은 없어."

리퀴가 대답했다.

"그럼 뭔데?"

"와이드 리시버야."

"그러면 볼을 잡는 사람인 거지?"

"아니, 제자리 달리기를 하면서 필드를 다지는 사람이야. 다른 선수들이 잔디에 빠지지 않게."

"아, 그렇구나."

"당연히 아니지, 클라라. 필드를 왜 다지겠어? 넌 어느 별에서 뚝 떨어지기라도 한 거야?"

나는 인정한다는 뜻으로 고개를 끄덕였다.

"그러게."

신체적 증거는 없어도 내가 어느 별나라에서 태어나 외계인 밑에서 자란 탓에 남의 이메일을 훔쳐보고, 풋볼을 이해하지 못한다는 정신적 증거는 충분했다. 남부 지방 공용어인 풋볼을 말이다. 그게 아니라 영어라고 말하는 사람이 있더라도 믿지 말기를.

"심판은 왜 저렇게 미친 듯이 손을 흔드는 거야?"

리퀴가 웃었다.

"너 때문에 집중이 안 된다."

"미안. 3년 동안 아무런 흥미가 없었는데 갑자기 흥미가 생길 리 있니?"

"어려운 일도 아니잖아. 나 어젯밤에 밴더빌트 원서 쓰기 시작했어."

리퀴가 말했다.

"리퀴, 계획대로 하고 있구나! 잘했어!"

내 인생에서 정해진 일은 매우 드물었다. 그나마 리퀴와 초등학교에서 처음 만난 뒤 쌓아 온 우정, 우리가 함께 밴더빌트에 갈 것이라는 게 다였다. 이 두 가지는 타협이 불가능했다. 하지만 문제는 우리 둘 다 밴더빌트 학비를 대기 힘들다는 것이었고 그래서 각자 묘수를 짜내기로 했다. 다행히 리퀴는 조부모님께서 나서서 럽튼 학비를 내 주시고 밴더빌트 학비까지 대 주시기로 약속하셨다. 물론 조건이 있었지만. 나는 다행히 범생이라 책으로—누가 봐도— 끝내주는 일을 벌인 덕에 설립자 장학금 최종 후보에 올랐다.

"네 할아버지 할머니는 아직도 그러셔?"

내가 물었다.

"당연하지. 우리 할아버지는 맨날 설교야. '밴더빌트에 진학해서 경영학 학위를 받아야 한다. 너 자신을 위해 열심히 공부해야 한다. 그러면 너도 네 손자 손녀들에게 똑같이 해 줄 수 있을 게다.'

학비를 대 주는 마당에 싫다고 할 수도 없고."

"너도 경영학 학사를 원하는 거 아니었어?"

리퀴가 웃음을 터뜨렸다.

"나 이제 열일곱 살이야. 지금까지 우주선 설계사부터 유튜브 스타까지 다 하고 싶었다고. 나도 내가 진짜 뭘 원하는지 몰라. 경영학 학위도 좋지. 다른 전공에 비하면 제대로 된 직장을 얻고 연봉도 높을 테니까⋯⋯. 근데 만약 다른 걸 하고 싶으면 어떻게 해? 늘 같은 얘기만 들어서 제대로 생각해 본 적도 없지만."

"다른 거 하고 싶은 게 있어?"

리퀴가 어깨를 으쓱했다. 뒤이은 침묵은 대화가 끝났다는 신호였다. 우리는 함께 매브가 볼을 낚아채서 라인배커(맞지? 이런 포지션이 정말 있지?)를 따돌리고 60야드를 달려 터치다운에 성공하는 것을 구경했다. 득점한 선수에게 동료 선수들이 우르르 올라타는 세리머니가 펼쳐졌다. 하지만 코치가 승리의 기쁨에 꿈틀대는 아메바들에게 소리를 지르면서 헐크처럼 쿵쿵대며 다가가자 재빨리 풀어졌다.

"잠깐, 방금 우리 쪽에 점수 난 거 아니야?"

내가 물었다.

"그렇긴 한데, 캠퍼 코치는 누가 뭔가 잘못했다며 항상 화를 내."

리퀴의 목소리는 딱딱하고 퉁명스러웠다. 나는 내가 어떤 말실수를 했는지 의아했고 화장실에도 가고 싶었다. 그래서 자리에서 일어섰다.

"금방 올게."

"문에서 세 번째 떨어진 칸은 쓰지 마. 살인 사건 현장이야. 냄새는 또 운동선수 80명 겨드랑이 땀 냄새 같으니까."

"다행히 81명은 아니네."

나는 화장실과 매점이 있는 구역으로 발걸음을 옮겼다. 화장실은 학교에서 가장 구석진 모퉁이에 있었다. 화장실 벽과 SPA 철조망 사이에는 폭이 약 120센티미터 정도 되는 좁은 공간이 있다. 바로 위에 가로등이 있는데도, 구조상 좁은 공간을 비집고 들어가야 한다는 것만 빼면 이성과 스킨십하기에 안성맞춤이다. 이 사실을 모르는 사람은 없었기에, 화장실에 가더라도 일부러 그 공간을 들여다보는 사람은 없었다.

나도 마찬가지였다. 이전과 다를 것이 없었다. 적어도, 그 공간 앞에 놓인 책가방에서 흰 책가위를 발견할 전까지는. 혼란스러운 동시에 궁금하기도 하고, 그 무모함에 약간 화가 나기도 하는 복잡한 심경이다. 조심하라는 충고를 무시하고 내 책을 이렇게 함부로 다루는 고객이 누군지 알고 싶어졌다. 나는 참지 못하고 지정된 스킨십 금단구역을 벗어나 비밀스러운 모퉁이 쪽을 살짝 들여다보았다.

잭 로든하우어였다. 한 손으로 땅바닥에 놓인 열두 개들이 상자에서 캔맥주를 꺼내고 있었다. 처음에는 그 애인지 몰랐다. 어두컴컴했기 때문이다. 하지만 잭은 LA에서 키가 작은 축에 속했고 특유의 뾰족한 헤어스타일이 빛을 받을 때와 마찬가지로 어둠 속에서도 돌출되어 있었다.

나는 꽤 오랫동안 그 애를 바라보았다. 그러다 미처 머리를 빼기 전에 돌아보는 그 애와 눈이 마주쳤다. 나는 얼른 몸을 뒤로 빼서 여자 화장실로 달려갔다. 부디 잭 로든하우어가 나를 알아보지 않았길 빌면서. 동시에 나는 그 애에게 한 번도 대출해 준 적이 없는데 어떻게 흰 책가위를 가졌는지도 궁금했다. 분명 애슈턴일 것이다. 어쩌면 레지일지도. 잭이 읽고 있는 게 《스피크》인가?

난 딱히 세균 공포증이 없지만 경기장 화장실만 오면 없던 공포증이 생긴다. 그곳은 LA의 취약점이었다. 관리운영부에서 아무리 공을 들여도 화장실은 늘 누가 일부러 온갖 것에 오줌을 싸 놓은 것만 같았다. 표면이 축축하지 않은 곳이 없었고, 리퀴의 예언대로 세 번째 칸은 입에 담기 힘든 악의 근원지 같았다. 나는 제일 안쪽 칸으로 가서 변기에 휴지를 깔고 신발 바닥 외에 어떤 것도 바닥에 닿지 않도록 최선을 다했다.

손을 씻고 나서 화장실 문밖으로 고개를 내밀고 잭의 인기척을 확인하기 위해 귀를 쫑긋 세웠다. 바람이 철조망 사이를 지나가는 소리만 들리자 나는 재빨리 그곳을 빠져나왔다.

모퉁이를 돌자마자 나는 애슈턴과 부딪혔다. 화장실 옆에 있었던 책가방을 메고 있었지만 흰 책가위는 사라진 상태였다. 처음부터 애슈턴 것이었는지도.

"미안! 내가 못 보고……."

부딪힌 게 나인 걸 알고 애슈턴이 얼굴을 찌푸렸다. 미안하다기보다 못마땅한 표정으로 바뀌었다.

"내가 뭐 잘못했어?"

나도 모르게 튀어나온 말이었다. 나는 필터도 없나? 왜 그랬지?

"뭐? 아니. 미안."

내 말에 퍼뜩 정신이 돌아온 것처럼 그 애의 표정이 풀어졌다. 하지만 우리가 마지막으로 나눈 대화를 생각하면 그럴 필요는 없었다. 그 애의 시선이 화장실 쪽을 향했다.

"미안해. 오늘 아침 일 말이야. 널…… 그런 식으로 구분할 생각은 아니었어."

내가 말했다.

애슈턴이 어깨를 으쓱했다.

"익숙한 일이야. 사실…… 그래, 질문 하나 할게."

내가 고개를 들었다.

그 애는 길게 몇 초간 뜸을 들이더니 결국 "됐어. 아무것도 아니야"라며 손사래를 쳤다.

"뭐야? 안 돼, 그건. 궁금해져 버렸단 말이야. 꼭 물어봐야 해."

그 애가 미간을 찡그리긴 했지만, 기분 나빠지라고 짓는 표정은 아니었다. '이런 걸 물을 필요가 없으면 좋겠다'에 가까웠다.

그 애가 입을 열었다.

"이상하게 생각하지 말고. 잠시만…… 저쪽으로 갈래? 다른 사람이 듣지 못하게."

우리는 함께 관람석 뒤쪽으로 갔다. 하지만 시야에서 완전히 가려진 곳이 아니어서 누군가 우릴 보면 수상하게 생각할 만한 곳이었다. 근사한 가구 상점에서 볼 수 있는 라바 램프* 같다고나 할까. 나는 하룻밤 만에 LA 풋볼 경기장에서 누구든 금단의 구역으로 여기는 두 곳에 전부 발을 들인 셈이었다. 비밀 도서관이 이런 어두침침한 골목과 위험한 장소로 날 이끌 줄은 상상도 못 했다.

"무슨 일이야? 애슈턴 브릭스가 나를 이곳에 데려온 영광을 누구에게 돌려야 하나?"

그 애가 말문을 열었다.

"하, 또, 또! 친구 중에…… 완전히 삶의 의욕을 잃은 애가 있거든…… 그럴 만한 이유가 있긴 한데…… 그걸로 자기 인생을 천천히 망가뜨리고 있다. 어떻게 해야 할지 모르겠어. 그 녀석이…… 녀석이 마음을 다스리려고 책을 읽기 시작한 거 같아. 네가 추천하거나 도움이 될 만한 책이 있어? 나나 그 녀석한테?"

아, 잭 로든하우어. 로든하우어 왕국이 돈, 으리으리한 차, 고급 셔츠가 전부가 아니었나 보군.

내 생각이 얼굴에 나타난 모양이었다. 내가 잠자코 있자 애슈턴이 어깨를 으쓱거리더니 헛웃음을 터뜨렸다.

"하, 난 왜 이걸 좋은 아이디어라고 생각했을까? 오늘 아침 일로 네 생각이 어떤지 다 아는데. 우린 아무 문제 없는 사람이잖아. 잘사는 집 애들인데 부족한 게 뭐가 있겠어. 가서 게임이나 마저 볼란다. 나중에 보자, 아무튼 고맙다."

* 투명 유리 용기 안에 시각적 즐거움을 주는 물질의 움직임으로 구성된 장식용 램프.

농담처럼 했지만 농담이 아니었다. 칼날처럼 날카롭고, 사포처럼 거칠고, 무거운 기운으로 가득했다. 헤매고 있는 친구 때문일 수도 있고, 자신의 말을 들어 줄 것으로 생각한 사람에게 잇따라 무시당한 데서 오는 실망감일 수도 있다…… 또다시 실망한 것이다.

세상 다른 사람들과 다를 바 없었을 것이다.

내가 바로 그 다른 사람들이었다.

그 애가 가자마자 서글픈 생각이 들었다.

남자들이 그르렁대며 뛰어다니는 모습을 보기 힘들어 가만히 앉아 있을 수 없었다. 애슈턴 생각이 머릿속을 파고들었다. 리퀴는 언제나 그렇듯 게임에 완전히 몰입해 있었다. 나는 일어나서 애슈턴을 찾아 사과하기로 마음먹었다. 나는 별별들이 앉는 곳을 찾아 관람석을 두리번거렸다. 레지와 다른 애들이 보였지만 잭과 애슈턴은 그 자리에 없었다.

나는 다시 용기를 내서 화장실 근처로 갔다. 그때 매점에서 음식을 사려고 줄 서 있는 잭이 보였다. 그 순간 불현듯 어떤 생각이 떠올랐다.

잭 로든하우어와 이야기해야겠다는 생각이었다.

퀘소 모임에서 못되게 군 것에 대해 사과를 해야겠다는 생각이었다.

이유는 모르겠지만 갑자기 별별에게 사과해야 한다는 생각이 나를 사로잡았다. 애슈턴에게 미안한 마음이 들어서일까? 애슈턴과 이야기해 본 뒤 나는 내가 생각하는 만큼 이해심 많은 사람이 아니라는 걸 알게 돼서인지도 모른다. 소리 지르며 퀘소에서 누구를 쫓아내는 건 책의 신이 절대 용납하지 않을 행동이란 걸 깨달았기 때문인지도. 이유가 뭐든 반드시 사과해야 했다. 그 생각은 마치 떠오른 동시에 내 DNA에 박힌 것 같았다.

크게 심호흡을 하며 리바이와 조스, 두 사람의 크나큰 배려를 되새긴 뒤 그 애에게 다가갔다.

"잭."

잭은 나를 못 본 척했다.

"잭!"

그 애 바로 앞에 서서 다시 부르자 그제야 나를 쳐다보았다. 입은 꾹 다문 채였다.

"퀘소에서 내가 못되게 군 거 사과할게. 난 그냥…… 아니다…… 미안해. 원하면 언제든 다시 나와."

잭이 고개를 끄덕였다.

"아, 그리고 내가 책 몇 권 추천해 줄까? 외로움에서 벗어날 수 있는 좋은 책을 알고 있어. 어울린다고 느끼게 해 줄 책 말이야."

그 애가 나를 올려다봤다.

"그런 얘기 하는 이유가 뭐야?"

마침내 잭이 입을 열었지만 나는 당황했고, 허둥대기 시작했다.

"내 말은, 네가 외로움을 느낀다는 얘기가 아니었어. 그냥…… 나도 절반은 어디에도 어울리지 못한다고 생각하거든. 그건 누구나 느끼는 기분이잖아. 그래서 어떤 책인지 설명해 줄 좋은 문구라고 생각했을 뿐이야. 직접적인 의미가 있는 말은 아니었어. 네가 정말 어울리지 못한다는 기분을 느끼면 또 모르겠지만, 나야 모르지. 네가 그런 기분을 느끼는지, 안 느끼는지……. 내가 어떻게 알겠어? 그 점을 강조하려고. 난 정말……."

나는 말을 멈추고 심호흡을 했다.

"네가 좋아할 만한 책을 찾아 줄 수 있을 거 같아. 그 책이 어떤 책이든 간에 네 생각을 들려주면 좋겠어. 넌 아마 특별한 관점이 있을 테니까."

잭은 날 바보라고 생각하는 거 같았다. 세상에서 가장 저능한 바보 천치. 나는 한숨을 쉬었다.

"어쨌든, 미안. 이만 가 볼게."

나는 지구에서 가장 멍청한 사람이 된 것 같은 기분을 느꼈다. 별별 애들 옆에서 항상 느끼는 바로 그 기분이었다. 나는 화가 나는지, 내가 진짜 바보 천치라는 기분이 드는 건지 알 수 없었다.

아마 둘 다였을 것이다.

잘못된 불길

주말은 대부분 숙제를 하고 아빠와 넷플릭스를 시청하며 보냈다. 월요일에 학교에 도착해서 흰 책가위를 씌운 《날 짓밟지 마》 세 권을 사물함에 넣었다. 문학의 집 계좌에서 출금한 돈(사업 비용이었다!)으로 샀다. 문학 고급반 교실에 가기 위해 도서실을 지나 모퉁이를 돌았다. 그때 마치 운명이 내 결점을 다시 느끼게 하려는 듯 멀리서 애슈턴이 이쪽을 향해 걸어오고 있었다. 그 애의 상태는…… 좋아 보이지 않는다고밖에 말할 수 없었다. 몹시 서두르고 있었는데 오른쪽 신발 끈이 풀어지고 머리도 헝클어져 있었다. 무엇보다 그 애 주위로…… 타 버린 기운이 둘러싸고 있었다. 찌는 듯이 더운 날에 아스팔트 위로 아지랭이가 파문을 일으키듯.

혹시 나를 쳐다볼까 봐 나는 그 애를 주시했다. 본다고 해도 뭐라고 해야 할지 알 수 없었지만. 하지만 그건 기우였다. 그 애는 나에게 눈길도 주지 않고 그냥 지나갔다. 불현듯 내가 그 애에게 준 《스피크》가 그 애를 뒤흔들었을지도 모른다는 생각이 들었다.

내가 '비도'를 운영하는 주된 이유는 그런 책들이 쓰레기가 아니란 걸 증명하기 위해서다. 애슈턴은 처음에 그게 멋지다고 생각했었다. 우리는 예측할 수 없는 경외감과 믿음이라는 마법 같은 다리로 연결되었다. 혹시 그것 때문에 책에 관해 물어본 걸까? 나를 안전한 장소, 잠시 추운 겨울을 날 은신처로 생각한 건데 결국 아니었다. 《스피크》를 준 게 영향을 끼쳤을까? 준 사람이 준 물건을 얼마큼 대표할까? 특히 두 번이나 그 애를 고정 관념으로 판단한 마당에. 그것도 한 번은 사과까지 하고 난 뒤에. 내가 다른 모든 톰, 딕, 해리와 다름없이 행동하면서, 사물함의 책들이 인생을 바꿔 줄 것이라고 어떻게 설득할 수 있을까? 바로 그 '인생을 바꿔 줄' 책에서 얻은 교훈을 실천하지 못하면서?

애슈턴이 나를 지나치고 30초가 지나고 나서야 내가 할 수 있었던 말이 생각났다.

'미안해'.

뒤돌아보았지만 그 애는 이미 가 버렸다. 문학 고급반 교실로 가는 건지도 몰랐다. 나는 내 사물함 문을 세게 닫았다. 자리를 뜨려는 찰나 매브가 눈앞에 나타났다. 거대한 '매브 표' 덩치로 복도가 꽉 막힌 것 같았다. 손에 흰 책가위가 들려 있었다. 아마 《엘리노어 & 파크》일 것이다.

"안녕."

매브가 말했다.

"안녕, 매브."

우리의 과거로 실랑이를 벌일 기운이 하나도 남아 있지 않았다. 우리의 과거라기보단 리퀴가 얽힌 그 애의 과거와 내가 느끼는 감정에 가까웠지만. 나 자신에게 화가 난 순간에는 아무 상관 없었다.

그 애가 내게 흰 책가위를 건넸다. 이걸 진짜 5일 만에 다 읽었다고?

"어떻게 생각하는데?"

내가 물었다.

"뭘?"

"뭐긴 뭐야. '루이지애나 매입'* 말하는 거지."

"오, 그거 새로 나온 범죄 영화지?"

"됐어. 다른 책도 볼래?"

"다른 책?"

"아니, 다른 영화. 이번 건 '알래스카 매입'이야."

"대박. 너 영화도 빌려줘?"

"넌 대체 어떻게 리퀴한테 데이트 약속을 받아낸 거야?"

매브가 셔츠를 들어 올리더니 식스팩 복근을 보여 주었다.

나는 한숨을 쉬었다.

"그래. 이제 알겠어. 다. 른. 책. 볼. 거. 냐. 고."

"아, 물론. 이 책 진짜 재밌더라. 매우 복잡한 상황적, 사회경제적 맥락 안에서 관계를 맺는 어려움을 진심 어린 시선으로 탐구한 책

---

* 1803년 미국 정부가 프랑스로부터 루이지애나 영토를 1,500만 달러에 사들였던 사건.

이었어. 정말 뭉클했지."

"잠깐, 뭐라고 했어?"

매브가 내가 들고 있는 책을 가리켰다. 나는 놀라지 않을 수 없었다. 표지에 빨간색 펜으로 무언가 적어 놓았기 때문이다. 나는 책을 눈 가까이에 댔다.

"그는 그녀가 여러 부분을 모아놓은 존재 이상이라는 사실을 느끼게 해 주었다." 이 책도 마찬가지다. 사랑은 최악이 아니라는 사실을 내게 다시금 확인시켜 주었다.

'우와'가 스멀스멀 목구멍을 타고 기어 올라오려고 했다. 그 순간 그 글이 리쿼와 헤어진 사실을 말하고 있다는 걸 깨달았다. 눈처럼 하얀 책가위에 소방차처럼 빨간색 잉크로 쓴 문장은 자신이 리쿼를 '뭐 어때' 하는 식으로 떠난 게 아니라 리쿼도, 나도 이해할 수 없는 다른 이유가 있다고 말하고 있었다. 그뿐이 아니었다. 자신의 상처가 아물지 않았다고 말하고 있었다. 내 눈앞에 3년간 알고 지낸 매브가 있었다. 적어도 내 마음속에서 말이다. 식스팩 복근에 근사한 헤어스타일을 한. 그런데 새롭게 만들어진 그 애의 이미지가 내 머릿속에서 춤추기 시작했다. 할머니와 함께 인스타그램에서 제프 골드블럼 사진을 스토킹하고, 악어거북이 길을 건널 때까지 기다리며 시골길에서 차를 멈추는 모습. 《엘리노어 & 파크》를 읽으며 진지하게 책장을 넘기는 모습.

매브는 무엇이었을까? 애슈턴은 무엇이었을까?

오랫동안 나는 안다고 생각했었다. 매브가 누구인지 안다고 생각했다. 하지만 그 순간은 아니었다. 애슈턴도 마찬가지였다.

"뭐뭐 있는데?"

매브가 물었다.

"네가 원하는 게 뭔데?"

그 애가 미소 지었다.

"전부."

나는 매브에게 새로 산 《날 짓밟지 마》를 건넨 뒤 한 권을 더 챙겼다. 매브가 《날짓마》를 읽는다는 걸 알면 리퀴가 자기도 달라고 할 테니까. 그 외에도 문학 고급반에서 잭에게 줄 '판타스틱 포《《스피크》, 《호밀밭의 파수꾼》, 《월플라워》, 《날 짓밟지 마》)'까지 챙겼다. 잭이 내게 책을 달라고 하지 않을 걸 안다.—그럴 수 있는 여지를 내 손으로 없애 버렸다.— 하지만 책을 염려하는 애슈턴이 친구를 위해 내게 책을 요청했고, 우선 내가 가장 좋아하는 책들을 주면 좋은 의도가 전해질 것 같았다.

세상에 수많은 《날 짓밟지 마》가 존재한다는 사실이 이상하게 느껴졌다. 그런 기분이 든다는 사실도 이상했다. 책과의 유대 말이다. 책이 나와 너무 가까워지고, 내 핏속에 새겨지는 것 같아서 마치 출간되지 않은 것처럼 된다. 바코드, 그리고 똑같은 책을 다섯 권이나 산 기억이 사라진다. 그리고 책 속 어딘가에서 내가 그 글을 읽는 유일한 사람이며, 나만큼 이 책에 감동하는 사람은 있을 수 없다는 착각에 빠진다.

처음부터 금서를 생각하면 거대한 골격과 거들먹거리며 흔들대는 손가락이 떠올랐다. 책과 연관해 어떤 행복했던 생각에도 종지부를 찍으며 말이다. 나는 한숨을 푹 쉬고 문학 고급반 교실로 들어갔다. 크로프트 선생님이 '토드 대 로체스터 지역사회 학교'라고 적힌 칠판 앞에 서 계셨다.

나는 애슈턴 옆에 앉아서 책가방을 풀었다. 교실에서 하나의 거대한 속삭임 같은 소리가 들렸다. 마치 모든 사람이 다 함께 문학 고급반을 비밀 교역소로 정하기라도 한 것처럼. 여기서는 이야기해도 상관없다고 정한 것이다. 나는 잭에게 주려고 가지고 온 책을 꺼내 애슈턴 쪽으로 몸을 돌렸다. 잭에게 패스해 달라고 말할 참이었다. 하지만 그 자리는 텅 비어 있었다.

"잭 어딨어? 별일 없는 거지?"

내가 속삭였다.

애슈턴은 어깨만 으쓱할 뿐 답을 하지 않았다.

"이거 주려고 했는데. 잭 이름으로 대출한 거야."

애슈턴은 책을 받아들고 재빨리 자신의 책가방에 욱여넣었다.

"내가 갖다줄게."

나는 사과하려고 입을 열었다. 이번에는 그 이유도 잘 몰랐지만. 그런데 내 입에서 어떤 말이 나오기 전에 크로프트 선생님이 칠판에 적힌 새로운 판례에 관해 이야기하기 시작했다. 이번에는 《제5도살장》에 종교적인 내용이 언급되고 인용되었다는 이유로 공립학교를 상대로 소송한 남자 이야기였다.

갑자기 내가 점점 서커스 쓰레기 같다는 기분이 들었다. 먹다 남은 퍼넬 케이크, 축축해진 솜사탕.

나 자신이 조스와 리바이와는 딴판이라는 생각이 들면서 궁금해졌다. 계속 사람들을 증오하고, 고상한 원칙이 있는 척하며 멍청한 어른들에게 분노하는 게 비도에 중요할까? 내 결점이 어떤 식으로든 비도를 더럽혔을까? 비도라는 것도 결국 지난 금요일에 스콧이 말한 대로 힘 싸움에 지나지 않은 걸까? 나도 방향만 반대일 뿐 교장 선생님처럼 힘자랑한 게 아닐까? 그렇다고 해도 그게 중요할까? 그렇다면 과연 내가 사람들에게 무슨 책을 권하는지가 중요할까? 잭에게 도움이 될 거로 생각한 책을 전달한 것은? 어떤 식이라고는 말 못 해도 왠지 그건 중요하다는 생각이 들었다. 문제는 나 말고 이렇게 교장 선생님에게, 럽튼에 대항하는 사람이 없다는 것이다. 누군가는 해야만 하는 일이었다. 하지만 대항하는 문제로 이렇게 기분이 좋지 않은 게 아니었다. 애슈턴 때문이었다.

나는 고개를 끄덕였다. 하지만 웬일인지 자신에게 거짓말하고 있다는 기분이 자꾸 들었다.

외로운 마카로니

두 번째 별에서 오른쪽으로 돌아 아침까지 쭉 내려오는 곳에 학생회 임원들과 탁월한 서커스 쓰레기라고 할 수 있는 내가 앉아 있었다. 나는 맥앤치즈를 포크로 찔러서 마카로니 하나를 접시 다른 부분으로 옮겼다. 모두 잭 로든하우어의 술 취한 금요일 밤 이야기에 열중하고 있었다. 학교 주차장을 빠져나가기 전 가로등을 들이받고 SPA 철조망으로 돌진한 모양이었다. 그 뒤 어째서인지 차가 움직이자 그대로 운전해 집에 돌아가다가 미성년 음주운전으로 걸렸다고 한다. 후자가 사실인지는 알 수 없었다. 경찰이 그 애 차를 세우는 걸 본 애들이 있다는 걸 들었을 뿐이었다. SPA 철조망과 가로등이 파손된 건 확실했다. 아침에 주차하면서 망가진 걸 내 눈으로 직접 봤기 때문이다.

그런 일이 벌어질 걸 알면서도 아무것도 하지 않았다는 생각을 멈출 수 없었다. 술 마시는 걸, 애슈턴의 눈에서 그 애의 상태를 봤기 때문이다. 여기저기서 수군거리는 게 신경 쓰였다. 당연히 별별들도 신경 쓰는 것 같았다.

나는 어깨 너머로 별별 애들이 앉아 있는 테이블을 쳐다보았다.

물론 잭은 그 자리에 없었다. 애슈턴은 좀 전에 내가 그랬듯 나머지 애들이 떠들어 대는 걸 무시한 채 음식 위에 수그리고 있었다. 나와 같은 기분을 느끼고 있는 애슈턴을 보자 나는 구내식당 한가운데서 벌떡 일어나 그 애에게 다가가 그 자리에서 미안하다고 말하고 싶었다. 하지만 그건 LA의 방식이 아니었다. 식당 테이블은 시선으로 가득 찬 해자와 불안함이라는 성벽으로 나누어진 각자의 영역이었다. 누구나 인정할 만큼 사교성이 뛰어난 사람이 아니라면 내 테이블이 아닌 다른 곳으로 간다는 건, 술집 오픈 마이크 행사에서 살인을 고백하는 것에 버금가는 관심을 끌게 될 것을 의미했다. 너무나도 '빵과 서커스'다웠다.

하지만…… 애슈턴이 마카로니를 다른 쪽으로 밀어 내는 걸 봤다.

내 접시에도 외로운 마카로니가 치즈 형제자매들과 멀리 떨어진 한쪽 편에 자리 잡고 있었다. 상징과도 같은 모습이었다. 바로 이 구내식당에 한 쌍의 외로운 마카로니가 존재했다. 그 사실을 깨닫자 왠지 내 마카로니가 덜 외롭게 느껴졌다. 물론 맥앤치즈라는 집단에서 마카로니는 떨어져 나왔지만 그 분열 자체에 특별함은 없었다. 그건 특별한 일이 아니었다. 나도 특별한 사람이 아니었다. 상처받은 기분 때문에 내가 홀로 외롭게 떨어진 괴물이 되는 건 아니었다. 오히려 애슈턴과 연결되었다. 형체가 달라도 본질은 놀라울 정도로 똑같은 두 물체.

가장 '빵과 서커스'답지 않으면서, 서커스 쓰레기가 아닌 일은 무엇일까?

　나는 포크로 내 외로운 마카로니를 푹 찌른 뒤 벌떡 일어나 별별 테이블로 향했다.

안 외로운 마카로니

> 그 순간까지 그녀는 그것을 할 수 있으리라고 한 번도
> 생각해 본 적 없었다. 감히 그렇게 할 만큼 충분히 용감
> 하지도, 충분히 두렵지도 혹은 충분히 필사적이라고 생
> 각해 본 적 없었다.
>
> ―닐 게이먼, 《네버웨어》

나는 시선을 무시했다.

수군거림을 무시했다.

서커스를 무시했다.

단지 누군가의 접시 위에 마카로니를 놓기 위한 일념으로.

마카로니를 끼운 포크를 들고 애슈턴에게 다가갔다. 애슈턴이 나를 보고 화가 났다기보다는 의아하다는 표정을 지어 보였다. 다른 별별 애들이 후끈 달아오르는 게 느껴졌다. 다이아몬드를 뚫는 드릴 날 같은 눈초리로 나를 훑었다. 왜 이런 평민이 천상의 나라와 접촉하려는지 궁금해 죽겠다는 듯. 설마 그렇게까지 극적일까 하는 생각이 문득 들었다. 그 애들의 시선은 어쩌면 나머지 애들

이 나를 보는 것과 별반 다르지 않을지도 몰랐다.

"미안해. 진심이야. 미안해."

내가 말했다.

애슈턴이 허리를 약간 폈다. 미소가 나타났다가 금방 사라졌다.

"그건 뭐야?"

나는 갈큇발에서 마카로니를 빼서 애슈턴의 마카로니 옆에 내려놓았다.

"인생에 외로운 마카로니를 위한 시간은 없어."

레지가 다른 별별 애들에게 등을 지고 나를 돌아보았다.

"안녕, 클라라. 네 책 가지고 있는데 지금 돌려줘도 돼?"

나는 고개를 젓고는 등 뒤편을 눈짓으로 가리키며 말했다.

"안 돼. 파파라치가 너무 많아.

"알았어. 이따가 네 사물함으로 반납하러 갈게. 집에 가기 전에 말이야."

"그래, 이따 봐."

"내 마카로니를 덜 외롭게 해 줘서 고맙다."

애슈턴이 말했다.

나는 웃음을 터뜨렸다.

"만나는 여자마다 그 멘트 날리지 마."

그 애는 혼란스러운 듯 고개를 까딱하더니 자리에서 일어나 그곳을 떠났다. 점심 메뉴가 맥앤치즈 대신 옥수수가 나왔으면 오늘 하루가 어떻게 달라졌을까 생각하며.

내 테이블로 돌아와 맥앤치즈를 크게 떠서 먹기 시작했다. 포크 갈퀏발에 마카로니를 최대한 많이 찍어서 입속으로 밀어 넣었다. 마카로니가 외로운 게 싫었기에.

"저기. 그렇게 맥앤치즈만 먹으면서 신과 다른 모든 사람이 보는 앞에서 네가 벌인 익살극에 대해서 아무 말도 안 할 셈이야?"

스콧이 말했다.

끙.

"그냥 레지 얘기나 하면 안 될까?"

"왜 마카로니를 들고 애슈턴 브릭스에게 간 건지 말해 줄래?"

리퀴였다.

"그게 중요해? 너였어도 똑같이 했을 거야."

리퀴가 '보고해' 표정을 지었다.

"클라라, 내가 그러지 않았을 거라는 거 너도 알잖아. 다음 달 내내 물에 손이 담긴 채 아침에 눈 뜨고 싶지 않으면* 빨리 부는 게 좋을 거야."

나는 기본적인 사실을 불었다.

애슈턴이 잘해 주었다.

나는 그러지 못했다.

끝.

---

* 여름 캠프에서 친구가 오줌을 싸게 하도록 치는 장난.

전등 스위치

리바이와 나는 토치를 쥐고 계단을 내려가는 남자의 관절이 삐걱대는 소리를 들었다.

"이놈의 전등은 말입니다."

그가 낡은 천장 매립등을 가리켰다.

"적어도 30년간 작동된 적이 없어요. 오래전에 깜빡거리긴 했었죠. 고치려고 했는데 결국 못 고쳤어요. 그래서 아예 꺼 버렸지요. 깜박대는 거보다야 아예 껌껌한 게 나으니까요. 그러고 나서 전쟁에 참전했지 뭡니까. 그렇게 세월이 흘렀어요. 돌아와서는 이곳을 보기 싫었어요. 문을 열기까지 15년이 걸렸습니다. 잡동사니들이 널려 있군요. 하지만 대부분은 기억조차 못 하는 물건들입니다."

"문을 열기로 한 후에는 왜 고치지 않으셨습니까?"

리바이가 물었다.

"스위치가 어디 있는지 기억나지 않아서 그랬지요! 지금도 기억나지 않아요. 사실 우연히 스위치를 찾으면 등을 고치고 이곳도 싹 정리해야겠다고 생각하고 있어요.

내가 다시 전쟁을 치르게 될지는 운명에 맡기기로 하지요. 아마 이쪽일 겁니다."

"스위치를 찾게 된다면 말입니다." 리바이가 말했다. "갖고 계시는 어떤 책이든 우리 도서관에 가져다 놓을 수 있으면 좋겠습니다."

"적어도 수백 권은 될 겁니다." 노인이 힘겨운 목소리로 말했다. "더 될지도 모르지."

우리는 남자를 따라 습기 찬 지하실로 내려갔다. 그을음처럼 어두컴컴한 공간이었다. 먼지 쌓인 상자와 별다른 것 없는 물건들이 켜켜이 쌓여 있었다. 노인이 들고 있는 토치가 없었다면 앞이 깜깜했을 것이다.

"이건 털사 전투가 끝난 뒤 참호 안에서 발견했다오. 주워서 얼른 배낭에 쑤셔 넣었지. 핏자국이 남아 있긴 하지만 그 때문에 더 시적이라고 할 수 있어요."

남자는 표지가 닳고 구깃구깃해진 검은 책 한 권을 건넸다. 책에 애정이 깃든 모습이었다. 내가 손을 내밀자 노인이 다시 거둬들이며 물었다.

"잘 보살피겠다고 약속하오?"

내가 고개를 끄덕였다.

"물론입니다."

그가 다시 팔을 뻗었다. 떨리고 있었다. 이 책을 우리에게 준다는 건 그걸 우리가 다시 집으로 가지고 가는 것만큼이나 용기 있는 행동이었다. 내 손가락이 책등을 감쌌다.

"고맙습니다. 정말 고맙습니다."

"아, 이건 운명이군요."

나는 심각한 얼굴로 리바이보다 먼저 질문했다.

"왜 그렇습니까?"

남자가 이를 드러내고 함박웃음을 지었다.

"지금 전등 스위치를 찾았소이다."

-루카스 게브하르트, 《날 짓밟지 마》

《호밀밭의 파수꾼》부터 읽으라고 했다고? 음…… 그것보다 《월플라워》가 좋을 텐데. 퀘소에 나올 거라면."

《스피크》를 반납하는 레지를 따라온 애슈턴에게 내가 말했다.

"그게 '인간 사회에서 살아남기'에 대한 책이거든. 쟤에게 필요한 게 그것처럼 들리는데? 뭐, 그 두 권 다 '인간 사회에서 살아남기' 책이라고 할 수도 있겠다. 나도 잘은 몰라. 그냥 도움이 되기만 해도 좋겠어."

"같은 생각이야. 그런데 말이야, 《스피크》로 시작하지는 못하게 했어. 그 책은 진짜 죽음이야."

레지가 갖고 있던 《스피크》를 내밀었다. 표지에 잉크로 예쁘게 흘려 쓴 소감문이 있었다.

'나는 여기서 용기를 찾았다.'

나는 한 번, 또 한 번 소감문을 읽었다. 그런 다음 레지를 쳐다 보았다.

"정말 감동인데?"

그렇다.

어쩌면 비도를 운영하는 데 더 그럴듯한 이유가 필요했을지도 모른다. 하지만 교장 선생님에게 이 책들이 얼마나 중요한지 증명 하고 싶었던 게 잘못되었다고 할 수 있을까? 레지의 글은 지금까 지 내가 받은 감상문 중에 최고였다. 그 글을 보고 어떻게 뭉클하 지 않을 수 있을까?

"정말 좋은 책이었어."

레지가 말했다.

"다른 책도 볼래?"

그 애가 잠깐 생각하는 듯하더니 이내 고개를 가로저었다.

"아니, 당분간은 이걸로 됐어."

표지에 이렇게 감동적인 글귀를 적어놓고 다른 책은 더 읽지 않 겠다는 말이 절망적으로 느껴졌다. 하지만 나는 다른 사람과 대립 하지 않는 사람이기에 고개를 끄덕이고 사물함을 닫았다.

설립자 재단 만찬에서 얘기할 주제
더 고민하기

- 낡은 구식에서 최신 유행으로 : 도서관 현대화하는 법(힌트 : 식물)
- 꼬맹이 도서관과 운영 방식
- 책으로 대교를 건설하는 법(좋다! 대교)
- 모든 사람이 책을 누릴 수 있는 세상
- 학교 도서관 사서 등에 칼 꽂는 법
- 외로운 마카로니 모으는 법
- 왜 모든 게 이리도 복잡한 걸까?
- 사람들은 당신이 생각하는 것보다 더 복잡할 수 있다.
- 이렇게 합시다. 이야기할 가치 있는 주제를 생각해 오는 사람에게 장학금 주기로.

딱 걸리다

숙제하고 문자에 답장을 보내느라 정신없이 한 주가 흘러갔다. 문자는 시간마다 왔다. 매브, 애슈턴, 레지, 리퀴, 학생회, 그리고 케이웰 선생님을 통해 소문이 퍼져 나간 것이다. 예상치를 훌쩍 뛰어 넘었다. 등굣길에서부터 급격히 늘어난 비도 일로 어떻게 다른 할 일을 끝낼 수 있을지 막막했다. 오늘 하루는 또 얼마나 붕 뜨고 빡빡할는지.

그날 오전에는 또 다른 문제가 터졌다. 집을 나서기 직전 엄청난 기세로 생리를 시작한 것이다. 모든 것이 다 죽어 버렸으면, 하고 바라는 게 무리는 아니었다.

여느 때처럼 나는 학교에 일찍 도착한 뒤 곧장 도서실로 향했다. 케이웰 선생님께 드디어 자료실 정리를 시작하겠다고 약속했다. 정말 하고 싶지 않은 일이었지만 케이웰 선생님과 한 약속을 어길 순 없었다. 이유가 있다. 나는 금지된 책이라는 배신의 칼로 선생님 목덜미를 찌르는 중이기 때문이다. 물론 지난 3년간 선생님께서 너무 잘해 주셨기 때문이기도 하다. 한 번은 차가 고장 났을 때 선생님 차를 빌려주기도 하셨다. 그래서 절대 선생님 말씀을 거역할 수 없다. 절대로.

도서 라벨 체계를 만들고 있을 때 문이 열리더니 선생님이 들어오셨다.

"며칠 전에 리버워크에 있는 네 꼬맹이 도서관에 들렀는데, 거기에 우리 책이 한 권도 보이지 않더구나. 불티나게 나가는 모양이지?"

나는 선생님이 혹시 비꼬시는 건가 해서 확인차 빙글 몸을 돌렸다. 책이 좋은 집을 찾았다고 진정으로 기뻐하시는 모습을 보자 나는 배신의 칼을 선생님 발끝까지 밀어 넣기로 했다. 난 정말 나쁜 사람이다.

"아, 네! 한 다섯 권쯤 갖다 놓았어요."

"우와!"

선생님이 고개를 끄덕이셨다. 그런 다음 이메일을 확인하러 전용 의자에 가서 앉으셨다.

"정말 대단하구나. 얘기가 나와서 말인데, 누가 《초콜릿 전쟁》을 두 권 기증했으니 네 도서관에 가져다 놓으렴."

"음, 알겠어요. 그렇게 할게요. 당연히 그래야죠. 근데 지금은 좀 그래요. 할 일이 있거든요. 하긴 할 거예요. 걱정하지 마세요. 리버워크에 있는 꼬맹이 도서관에 가져다 놓든지 할게요! 됐죠?"

"왜 그렇게 당황해서 횡설수설하는 거야?"

케이웰 선생님은 뒤를 돌아보시지도 않으셨다.

"네? 그런 적 없는데요! 그러니까, 횡설수설하긴 했지만······ 당황한 건 아니에요. 그러니까 당황해서 횡설수설한 게 아니라고요."

"당황해서 횡설수설하는 거 맞는데?"

"선생님이 뒤에서 지켜보시니까 불안해서 그러는 거죠."

선생님이 의자를 빙그르르 돌리셨다.

"뭐?"

"네?"

"무슨 일 있니?"

나는 한숨을 쉬면서 변명하기 위해 머리를 굴렸다.

"말씀드릴게요! 전 사실…… 《초콜릿 전쟁》을 좋아하지 않아요. 과대평가됐다고 생각해요."

마지막으로 《초콜릿 전쟁》을 언제 읽었는지 기억나지 않는다. 몇 년 전일 것이다. '내가 감히 우주를 뒤흔들 수 있을까?' 말고는 잘 모르겠다. 아, '레온'이라는 이름을 '틀렸다는 확신이 들기 전까지 절대 믿으면 안 되는 남자애 이름' 목록에 추가하기도 했다. 급하게 비평할 일이 생기면 '과대평가'와 '과소평가'라는 단어를 사용하면 딱 좋다. 잘 알고 있다는 인상을 주면서 똑똑해 보이는 효과까지 얻을 수 있다.

선생님이 어깨를 으쓱했다.

"과대평가됐다고? 나도 그 책 읽은 지가 하도 오래돼서 반박 못하겠다. 그런데 도서관 사서의 취향은 관계없어. 그러니 갖다 놓도록 해."

나는 거수경례를 했다.

"옛~썰!"

매초 내가 정말 더 나쁜 사람이 되어간다는 느낌을 간과하려 애쓰며 나는 심호흡을 했다. 그다음 기증 도서로 가득 찬 낡은 상자들을 한 번 쳐다본 뒤 작업에 착수했다. 있는 힘껏 소리 지르는 아랫배를 무시하려 애쓰면서. 먼저 검은색 철제 책장 세 곳에 라벨을 붙였다. 그다음 기계적으로 박스를 뒤지고, 분류해서 쌓고, 책이 아닌 물건을 버리는 일을 했다. 그때 종이 울렸다. 제길. 나는 책가방과 《초콜릿 전쟁》 두 권을 쥐고 자료실 밖으로 달음박질쳤다.

"지각이야!"

케이웰 선생님이 말했다.

"다 선생님 덕분이에요. 아시죠?"

나는 도서실을 벗어나며 소리 질렀다. 모퉁이를 돌자 텅 빈 복도가 나타났다. 나는 또 도서실에서 문학 고급반 교실로 달리는 것이다.

"클라라 에번스. 그렇게 소리를 질러도 되나?"

내 뒤에서 부르는 소리가 들렸다. 나는 몸을 돌렸지만, 뒤로 걷는 걸 멈추지 않았다.

"죄송해요, 케이웰 선생님께 한 얘기예요."

"지각인 건 알고 있니?"

아뇨, 오늘 아침으로 먹은 바나나 머핀의 열량을 태우는 중이었어요.

"네."

짜증 나는 표정을 들키지 않기 위해 시선을 아래로 떨구었다. 그러자 만천하에 모습을 드러낸 금서가 보였다. 나는 황급히 몸을 돌리다 자빠질 뻔했다.

"수업에 늦어서요. 죄송해요, 교장 선생님!"

"아니, 잠깐 거기 서라."

나는 그 자리에서 멈췄다. 몸을 돌리지 않고 어깨 너머로 돌아보았다. 조용한 가운데 심장이 요동쳤다.

"왜 그러세요?"

"잠시 교장실로 따라오너라."

빠져나갈 구멍의 구멍

교장 선생님은 책상 건너편의 값비싼 인체공학적 의자에 앉아 있었다. 그게 마치 왕좌라도 되는 듯한 폼이다. 그다지 근사한 의자도 아니었다. 칫솔과 자동차의 차이만큼이나 왕좌와 거리 있어 보였다. 선생님도 그다지 인자한 분이 아니다. 선생님도, 의자도 둘다 참 밉살스럽다.

"《초콜릿 전쟁》이라……"

책장을 넘기며 안을 훑어보셨다. 아니, 훑어보는 게 아니다. 기억하는 것이다. 되새겨 보는 것이다. 선생님의 시선이 대충 훑어본다기에는 오랫동안 표지에 머물렀다. 보통 사람들이라면 못 알아차렸겠지만 난 알 수 있었다. 도서관에서 자주 본 광경이다.

선생님의 기억이 무엇이었든 간에, 책이 책상 위로 던져지면서 한순간에 사라졌다.

"교내에서 제한된 매체를 가지고 다니는 이유에 대해서 말해 보거라. 이 책을 소지하는 것이 학교 운영 방침에 어긋난다는 걸 잘알 텐데."

처음에는 정직이 최선이라는 생각을 했다. 케이윌 선생님을 대신

해서 치우고 있었어요. 하지만 케이웰 선생님을 곤경에 빠뜨릴 수도 있었다. 상황과 무관하게 학생에게 금지된 책을 주는 것은 용납되지 않을 것이다. 케이웰 선생님은 분명 내가 진실을 말하기 바라시겠지만 나는 선생님을 저버릴 수 없었다. 그랬다간 서커스 쓰레기 점수가 더 올라갈 것이다. 하지만 진실이 아니고선 뭐라고 할 수 있을까?

리퀴와 도서관에서 나누었던 대화가 떠올랐다. 딱 이런 상황이 어떻게 진행될 건지 리퀴가 언급했었다. 갑자기 조금 전까지만 해도 불편했던 상황이 실험적 선물이 되었다.

"이게 금지됐었나요?"

내가 물었다.

교장 선생님이 순간 꼿꼿해지셨다. 의도치 않게 고개를 끄덕임으로써 자신이 기억하는 모호한 행정 경계가 누설되는 것을 경계하려는 듯.

"학생 규범집에 보면 제한된 매체 목록이 나와 있다. 그리고 당연히 제한된 매체를 소지하는 건 방침에 어긋나는 일이야."

나는 똑똑한 클라라니까 이렇게 대답했다.

"알겠습니다. 근데 왜 그런지 물어봐도 돼요?"

유달리 긴 눈썹 하나가 눈에 띄는 선생님의 눈썹이 일자로 펴졌다. 콧구멍은 달걀 모양으로 커졌다. 내 말이 거슬리는 듯 모든 부위가 늘어날 수 있는 대로 늘어났다.

"학생들의 교육 환경에 현재로서는 도움이 되지 않기 때문이야."

나는 이해를 가장했다.

"아, 알겠습니다. 규범집을 읽어 봐야겠어요. 어떤 책이 금지되어 있는지 알아야 하니까요."

"그래! 어떤 매체가 제한된 매체인지 학생이라면 응당 알아야지. 실로 학생 규범집은 자주 들여다보아야 해. 네가 용서를 구했으니 이번만큼은 경고로 끝나겠지만 한 번 더 걸리면 싫어도 벌점을 받게 될 거야."

나는 억지로 미소 지었다.

"네. 그럼…… 규범집을 보고 어떤 책이 금지됐는지 참고할게요."

"훌륭한 학생이라면 제한된 매체를 숙지하고 있어야지! 이만 가보거라."

교장 선생님이 책상 뒤에서 나오시더니 《초콜릿 전쟁》 두 권을 들고 교장실 밖으로 나가셨다. 나는 홀로 그곳에 남았다. 지각 사유서도 없이.

자리에서 일어서 책상을 매섭게 쏘아보았다.

"지금껏 본 책상 중에서 제일 못생긴 책상이야."

그 말을 남기고 자리를 떴다. 크로프트 선생님께 늦은 이유를 뭐라고 댈지 고민하면서. 여기서 다시 한번. 진실이 최선일까? 사실을 말씀드리면 선생님은 또 화를 내시며 의욕적으로 변하실지 모른다. 그럼 그 기운을 좀 받아 갈 수 있겠지.

문학 고급반 교실에 갔다. 두 가지 눈에 띄는 점이 있었다. 먼저 잭 로든하우어의 자리가 여전히 비어 있다는 것. 두 번째는 크로프트 선생님이 교실 앞에 서 계시지 않다는 것. 선생님은 어디에도 안 계셨다. 대신 짧은 잿빛 머리에 펜슬 스커트를 입은 여자가 있었다. 당연히 목련 문신 같은 게 있을 리 없었다. 머리는 70년대 에어로빅 비디오에서 빌려온 게 거의 확실했다.

나는 한 발 뒤로 물러서 호수를 확인했다. 교실은 맞았다. 애슈턴을 찾아보았다. 틀림없이 그 애는 늘 앉는 자리에 앉아 있었다.

"잠깐만, 무슨 일이니?"

그 선생님이 하던 일을 멈추었다.

나는 의아한 듯 아이들을 둘러보았지만, 입을 여는 사람이 아무도 없었다.

"어…… 여기 문학 고급반 맞아요?"

"그래. 제시간에 왔으면 알았겠지."

나는 의자에 미끄러지듯 앉았다.

"그렇군요. 도서실에서 진행 중인 프로젝트 때문에 정신이 없어서요."

"지각은 지각이야."

간단히 대꾸한 뒤 그분은 칠판으로 돌아갔다. 거기에는 라틴어로 된 《이상한 나라의 앨리스》를 읽었을 때의 장점이 휘갈겨져 있었다.

"이 서커스 쓰레기 같은 상황은 또 뭐래?"

펜슬 스커트 여사가 칠판에 소설을 쓰는 사이 애슈턴에게 속삭였다. 책가방에서 공책을 꺼내다 얼마 전 해나 첸에게 대출해 준 흰 책가위를 발견했다. 그걸 돌려받은 기억이 없는데도 말이다. 상황이 얼마나 말이 안 되게 돌아가는지 보여 주는 증거였다. 난 정말 하루의 일부분을 잊어버리며 사는 것이다.

애슈턴이 대답했다.

"나도 몰라. 근데 저 사람이 남은 학기 동안 우리의 서커스 쓰레기가 될 거 같은데. 새로 온 선생이래."

"휴~, 크로프트 선생님은 대체 어디 계신 거야?"

노잼 펜슬 스커트 여사

미역취 향기가 부드럽게 흩날리는 가운데 노란 프랙털
속에는 어두운 밤이 자리 잡을 공간은 없었다. 단순함을
향해 끝없는 탐색을 이어 가던 릴라는 같은 효과를 갈망
하며 수일간 고민을 거듭했다. 그러나 그녀가 할 수 있었
던 가장 단순한 일은 아무런 고민도 하지 않는 것이었다.

―루카스 게브하르트, 《목재 창이 있는 집》

"도대체 어떻게 돼 가는 거야? 학교가 점점 이상해지고 있어. 소
고기 때문은 아니야."

내가 학생회 임원들에게 물었다.

"학교에서 내보낸 선생님 얘기지?"

리퀴가 물었다.

나는 자리에서 펄쩍 떨어질 뻔했다.

"크로프트 선생님을 내보냈다고? '업스테이트 같은 곳에 가서
여름까지 푹 쉬다 오세요' 같은 거 아니었어?"

"안 돌아오실걸. 교직원에게 정식 통보된 내용은 '학교 운영 방

184

침을 두고 이견이 있었다'인 걸로 기억해."

나는 주저앉아 머리를 손에 파묻었다.

"우리 문학 고급반 선생님이라고! 왜 이토록 졸업반이 골치 아픈 거지?"

"나도 9학년 때 크로프트 선생님 작문 수업 들었어. 좋았는데 좀 무섭기도 했어. 근데도 좋았어. 근데 클라라,《월플라워》정말 감동이었어."

스콧이 말했다.

나는 눈을 비볐다.

"리퀴, 네가 안 읽고 스콧에게 준 거야?"

리퀴가 콧등을 찡긋했다.

"스콧, 대체 왜 그래? 읽어도 되는 대신 클라라한테 말하지 말라고 했잖아."

"리퀴, 넌 정말 '독서 불능'이야. 스콧, 네 기분 상하게 하려는 건 아니야. 재미있게 읽었다니 나도 좋아. 근데 리퀴가 그걸 읽어야 했거든."

건너편 별별 테이블을 보니 여전히 잭 로든하우어의 모습은 보이지 않았다. 하지만 귀만 기울이면 그 애는 어디든 있었다. 우리는 전부 서커스 쓰레기로군. 우리는 모두 기차 사고에 아무도 관심 없는 척하지만, 자기 자신의 사고 현장을 외면하는 데서 오는 아픔을 잠깐이라도 잊을 수 있다면 가차 없이 기차를 밀어 탈선하게 만들 수 있는 사람들이었다.

그래서 나는 잭 로든하우어에 관해 어떤 나쁜 말도 하지 않기로 다짐했다.

"이제 문학 고급반은 누가 가르쳐?"

리퀴가 물었다.

"노잼 펜슬 스커트 여사. 근데 그게 중요한 게 아니야. 리퀴, 너 나한테 금서 목록 보여 줘야 해."

교장실에 불려갔던 걸 상기하며 내가 말했다.

리퀴가 얼굴을 찡그렸다.

"그 얘기 이미 끝나지 않았어?"

"잘 생각해 봐. 내 생각에 교장실에 다시 가서 교장 선생님한테 아직 '제한된 매체' 목록을 보지 못했다고 말해야 할 거 같아."

"흰 책을 들키기라도 한 거야?"

"아니. 케이웰 선생님이 꼬맹이 도서관에 갖다 놓으라고 준 기증 도서가 걸렸어."

리퀴가 고개를 절레절레 흔들었다.

"고작 기증 도서로 교장실에 불려 간 거야?"

"그러게. 수업이 시작했는데도 놔주시지 않더라니까. 크로프트 선생님 대신 펜슬 스커트 여사가 있는 걸 보고 내가 얼마나 충격 받았는지 이제 알겠지?"

"크로프트 선생님 소식 들은 거 없어?"

스콧이 물었다.

리퀴가 고개를 저었다.

"'운영 방침을 두고 이견이 있었다' 말곤 아무것도 없어."

"대박. 이 학교가 점점 혼돈 상태에 빠져드네. 정말이지 여기가 이렇게 정치적인 곳인지 몰랐어."

나는 남은 음식을 입안에 욱여넣은 뒤 자리에서 일어나 짐을 챙기기 시작했다.

"또 대출해 줄 게 있어. 나중에 보자."

"교장 선생님이랑 어떻게 됐는지 나중에 알려 줘. 도움이 필요하면 언제든 말해."

리퀴가 말했다.

"그럴게. 곧 다시 찾아갈 거야."

"잘할 거야. 넌 여전사잖아. 리바이와 조스의 한 단계 더 나쁜 버전."

"나도 그러면 좋겠지만, 난 리바이, 조스가 아닌걸. 그냥 클라라지."

리퀴가 코웃음 쳤다.

"리바이와 조스도 리바이와 조스가 될 때까지 그냥 리바이와 조스였다고."

"너 설마 《날짓마》 읽었어?"

리퀴가 고개를 끄덕였다.

"매브의 독서 목록 따라잡는 중. 아니, 그보다 제프 골드블럼의 북클럽을 따라잡는 거로 하자."

밀려드는 소감문

정말 일이 벌어지고 있다. 소감문이 들어오고 있다. 그것도 아주 많이.

아름다웠다. 나는 아름다운 게 필요했다.
잭 L은 섹시해!
조금만 순응하라. 많이 속하라.
나는 지금까지는 질문만 했을 뿐이다.

두 번째 소감만 빼고 사람들이 흰 책가위에 쓴 글들은 감동적이었다. 이런 식이 될 거라곤 꿈에도 상상하지 못했다. 사람들에게 책에 대한 애정을 글로 표현하게 하는 것이 증거를 수집하는 것보다 더 중요한 일일지도 몰랐다. 이건 하나의 운동일지도 모른다. 더 큰 의미가 있고, 나는 그게 뭔지 아직 모르는 것일 수도 있다. 사람들의 소감을 읽고 또 읽었다. 소감 덕택에 책 대출이 즐거워졌다. 소감을 기억하는 게 즐거웠기 때문이다.

기억하는 게 즐겁다니, 정말 멋지게 사는 방법 아닌가?

코빼기도 안 보이는 교장 선생님

똑똑해질수록 더 많은 것이 두려워진다.

−캐서린 패터슨,《비밀의 숲 테라비시아》

교장실 앞에 있었지만, 교장 선생님은 코빼기도 보이지 않았다. 주변이 고요했다. 나는 그 자리에서 잠시 생각했다. 혹시 탕아처럼 돌아오지 않을까 하고. 다음 수업 시간까지 얼마 남지 않았다는 사실을 곧 깨달았다. 오늘 이미 수업에 한 번 지각했고, 또 한 번 펜슬 스커트를 입은 코모도왕도마뱀을 보고 놀라고 싶지 않았다. 다른 수업의 선생님이 바뀌더라도 반 아이들 앞에서 조롱당하면서 발견하는 일은 없어야 했다.

약간의 패배감과 함께 나는 교장실을 벗어났다.

어쩌면 바로 이게 선생님의 술수라는 생각이 자꾸 들었다. 교장 선생님이 복도를 자주 배회하시는 걸 모르는 사람은 없었다. 학생들을 감시하기 위해서가 아닐지도 모른다. 교장실에 없으면 나와 같은 이유로 교장 선생님을 찾는 학생을 상대할 필요가 없을 테니까. 리퀴가 그토록 학생 대표로서 열성적으로 일하고, 심지어 아예 학생회 자체가 존재하는 이유일지도 모른다. LA의 전체 체계가 문제를 해결하기에 너무 복잡하고 혼란스러운 나머지 어떤 문제가 제기될 때마다 그냥 포기하게끔 만들어진 것일지도 모른다.

그래서 케이웰 선생님이 소심한 재채기로 대항하는 것일까. 크로프트 선생님처럼 대항하는 사람은 크로프트 선생님처럼 될 테니까. LA 전체의 행정 체계가 어쩌면 '학생들이 이런 거로 싸워야겠다고 생각할 리 없지'에 기초하는지도 모른다. 그런 생각을 하는 학생이 있으면(리퀴) 자신들의 통제하에 두는 건 아닐는지. 반대 의견의 싹을 잘라 버리는 것이다. 리퀴가 끝내주는 학생회장이 아니라든가, 멋진 일을 해내지 않았다는 뜻이 아니다. 그 애는 학교를 위해 너무나 많은 일을 했고, 여기에 과분하다.

학생회란 학생들에게 통제감이라는 플라세보 효과를 주는 방식일지도 모른다. 학비를 무사히 거둔 뒤, 학생들이 사고 없이 4년을 보내게끔 유도하는 행정실의 운영 방식. 빵과 서커스. 빵을 사기 위한 돈. 학생들이 유희를 느끼는 최소한의 '학생들의 의견을 소중하게 생각합니다'. 《날짓마》를 읽은 사람이라면 이 모든 것이 텅 비어 있다는 사실을 간과할 수 없다. 솔직히 말하면 《날짓마》를 읽으면 깨달았다는 느낌은 줄어들고 사기가 저하된다는 느낌이 더 강렬해질 때도 있다.

집중. 지식. 영향. 만일 이 원칙보다 억제contain, 통제control, 그리고 그와 대등한 C로 시작하는 다른 개념이 더 우선한다면?

이렇게 놀랍고, 음모론적인 생각이 들자 나는 복도 중간에 우뚝 멈춰 서고 말았다.

어쩌면 교장 선생님은 그냥…… 가만히 앉아 있을 수 없는 사람인지도 모른다. 자신의 스마트 기기 센서에 그저 1만 보를 기록하고 싶은 것일 수도. 나는 그저 《날 짓밟지 마》를 포함해 디스토피아 소설에 심취해 있고 그걸 부당하게 LA에 대입하는 것뿐이다.

맞지? 그런 거지?

이방인에 관한 이방인의 질문

그날 밤, 책을 빌려 달라는 문자가 쏟아졌다.

이번에는 누군지는 알지만 한 번도 이야기를 나눠 보지 못한 사람들에게서 연락이 많이 왔다. 케이웰 선생님이나 학생회 임원들로부터 추천받은 사람일 것이다. 그런데 신경 쓰이는 문자가 있었다. 내가 알고 있는 사람과 나눈 책과 관련된 문자였다. 새로운 한 주가 시작됐는데도 그 문자를 떨쳐 내기 힘들었다.

애슈턴 [6:56 PM]

잭에게 책 가져다줬어. 네가 줬다고 말했어.
근데 이 상황에 그 책이 어떤 연관이 있어?
왜 그 책을 고른 거야?

나 [6:56 PM]

내가 가장 좋아한다는 이유 말고
또 뭐가 있냐는 거지? 음……
홀든과 찰리는 여러 가지 문제를 안고 있어.
그런 점에서 도움이 되지 않을까 생각한 거야.
이건 《호밀밭의 파수꾼》에 나오는 구절이야.
"넌 지긋지긋해진 적 없니?
네가 하지 않으면 모든 게 엉망이 될까 봐
두려운 적이 없었는지 물어보는 거야."

애슈턴 [7:01 PM]

그렇군.
참, 퀘소 북클럽 내일이야?

나 [7:01 PM]

그냥 퀘소라고 하면 돼. 맞아.
2주에 한 번씩 모이거든.
내일 올 거야?

애슈턴 [7:01 PM]

응. 잭도.

나 [7:02 PM]

이상한 질문이라고도
생각할 수도 있는데…….
우린 서로 잘 모르니까.
근데 너 괜찮아?
잭은 괜찮은 거니?

나 [7:10 PM]

애슈턴?

경축사

받는 사람 : 전교생, 전체 교직원, 전체 학부모

보낸 사람 : m.walsh@luptonacademy.edu

제목 : FW : 경축사

친애하는 럽튼 가족 여러분.

오늘 여러분께 이 소식을 전할 수 있어서 더없이 기쁩니다. 몇 년에 걸친 협상 끝에 럽튼 아카데미 이사회가 학교와 인접한 스티링어 피어리스 연맹의 부지를 매입하기로 했습니다. 이 계약이 성사되는 데는 관대한 익명의 기부자가 일조하였음을 밝힙니다.

이번 SPA 부지 매입 건으로 시급한 LA 캠퍼스 확장 문제가 해소되었으나 아직 갈 길이 멉니다. 계약서에 날인하는 것을 비롯해 허가증 발급과 설계, 모금 활동과 같은 과정이 남아 있습니다. 향후 럽튼 아카데미의 미래에 지역사회가 물리적으로나 지도적으로 큰 역할을 하리라 기대합니다.

밀튼 월시 배상

럽튼 아카데미 교장

제한하거나 금지하거나

흑연이 종이를 긁었다. 구세계는 안간힘을 쓰며 귀를 기울였고, 신세계는 그저 가까이 다가갔다.

−루카스 게브하르트,《날 짓밟지 마》

수요일 아침, 연기와 안개를 뚫고, 바지에 커피를 쏟아가며 일찍 학교에 왔다. 교장 선생님이 회피 행동을 시작하기 전 대면하기 위해서다. SPA 철조망을 지나쳤다. 철조망과 가로등은 아직 부서지고 구부러진 채였다. 빗물이 재킷에서 추는 탭댄스 속도가 점점 빨라졌다. 안개가 너무 짙어서 곧 무너질 듯한 SPA 집들이 시야에 들어오지 않았다. 그 집들에 대해서는 지난 수년간 보고 들은 게 많았다. 그 익명의 기부자가 낸 돈의 액수가 궁금했다. 나는 시동을 끌 때 차에서 콜록대는 소리만 안 나도 좋겠는데 말이다. 아, 가랑이 부분에 남극 대륙 모양의 커피 자국이 없는 바지 한 벌도 있으면 좋겠군.

너무나 형식적이고 오래된, 역사적 뿌리가 깊은 싸움 끝에 기부라니. 너무 갑작스러웠다. SPA와 LA는 현 교장 선생님이 부임하기 전부터 수년간 결론 없는 협상을 이어가고 있었다. 그런데 갑자기 하늘에서 기부자가 뚝 떨어지더니 LA 확장에 필요한 수백만 달러를 제공했다? 내가 다른 별에서 뚝 떨어졌을지언정 애송이는 아니다. 바보가 아니어도 은밀한 속삭임, 타협, 합의가 있었다는 것쯤은 알 수 있다. 육천칠백오십만 달러짜리 비밀 협상.

내가 궁금한 건 단 하나다.

"교장 선생님, 도대체 뭘 팔았나요?"

참 슬픈 일이다. 언제나 모든 것에 의문을 가지기란. 원목일 거로 생각하며 두드렸는데 그럴 때마다 합판인 걸 알면 맥이 빠지기 마련이다. 나는 교정으로 걸어가며 안개를 종이봉투에 쑤셔 넣고 쓰레기통에 던져 버리고 싶다고 생각했다. 안개가 자욱한 최악의 날이다. 안개 한 꼬집을 삼키면 울적한 덩어리가 되는 느낌이랄까. 로터리를 지나 안개가 자욱한 포장도로 위를 걸었다. 새소리는 들리지 않았다. 싱그러운 비 냄새는 거대한 빗방울에 떠내려갔다. 얼굴을 정통으로 때리는 빗방울은 내 후드까지도 날려 버릴 기세였다.

물웅덩이와 빗물에 젖어 바닥에 붙어 있는 잔디 부스러기를 힘겹게 밟으며 간신히 럽튼홀 입구에 장화가 닿았다. 가랑이에 있던 남극 대륙이 사라진 게 딱 하나 좋은 점이었다. 대신 내 바지는 어린이 수영장에서 막 건진 꼴이었지만. 흠뻑 젖은 데다 잔디 부스러기 범벅이었다.

주변이 보통 때보다 조용했다. 빗소리가 보통 때보다 더 컸기 때문이기도 했다. 왜 그런 건지는 나도 모른다. 하지만 오늘 하루를 상징하는 것 같았다.

할 말을 연습해 왔다. 머릿속으로 계속 되뇌어 보았다. 몸이 기억하는 대로 따랐다가 교장실을 그냥 지나칠 뻔했다. 발걸음이 저절로 도서실을 향한 것이다. 나는 멈춰 서서 심호흡을 길게 하고 바지에 남아 있는 잔디를 털어 낸 뒤 안으로 들어갔다. 교장실 문이 열려 있었다. 실금만큼이 다혔지만. 선생님은 안에 계셨다(그 못생긴 책상도). 여기까지는 좋았다. 그런데 선생님은 통화 중이었다. 이제 알 만한 사람은 다 아는 이유로 나는 대화 내용에 귀를 쫑긋 세웠다.

"그래요. 알았어요. 좋습니다. 조만간 녀석을 보겠군요. 다 잘 풀려서 다행입니다. 네, 네. 좋아요. 고마워요."

선생님이 전화를 끊은 뒤 나는 잠시 기다렸다 노크했다. 엿듣지 않은 척하기 위해서다. 가장 무해한 계획을 실행할 때도 적시에 엉큼한 작전을 펼치는 건 필수다.

"누구세요?"

"클라라 에번스예요."

"아, 클라라 에번스."

선생님이 문을 활짝 연 뒤 머리를 내밀고 비서가 자리에 있는지 확인했다. 하지만 없는 것을 확인하고 복도 쪽으로 고갯짓하셨다.

"복도로 나가자꾸나. 괜찮지?"

나는 고개를 끄덕였고 우리는 함께 밖으로 나왔다.

"선생님, 금서에 대해 알아보려고 학생 규범집을 읽었거든요?"

선생님의 눈동자가 깊어졌지만 표정에는 변화가 없었다. 징그러울 정도로 긴 눈썹 한 가닥을 포함해 얼굴의 모든 부분이 아무런 특징 없이 가만히 있었다.

"제한된 매체 말이로구나."

나는 피로감의 표현으로, 어찌할 바를 모르겠다는 듯 손을 들었다.

"전부 다 찾아봤어요. 근데 목록이 없어요. 학생회장을 찾아가라길래 그렇게 했죠. 그랬는데 거기도 없더라고요. 그래서 어떻게 해야 할지 모르겠어요."

선생님이 주머니에 손을 집어넣었다.

"아, 음. 그럼 뭐, 학교 내에서는 학교 도서실만 이용하면 되지 않겠니? 도서실에 있으면 금지 아니, 제한된 게 아니다. 간단하지? 그러니 고민할 필요 없다."

교장 선생님은 학생과 이 상황까지 와 본 적이 없어서 대본이 준비되지 않은 게 확실했다. 선생님만의 미리 계획하신 말투와 치밀하게 조직된 기이한 행동이 느껴지지 않았다.

"네, 근데 그걸로 해결이 안 돼요. 어떤 책이 금서인지 알지 못하면, 실수로 학교에 들고 왔다가 기록에 남잖아요. 목록을 게시해 주시면 안 돼요?"

"글쎄다. 학교에 금지된 물건을 들고 오면 보통 경고를 받게 되잖니. 바로 벌점이 주어지는 게 아니야. 너도 겪어서 잘 알잖니? 그러니 걱정할 거 없다. 자, 난 이제 일하러 가야 해. SPA 부지 매입 건으로 할 일이 산더미야. 참 잘된 일이긴 하다만. 그렇지?"

"월시 선생님, 제 생각엔……."

"교장 선생님이라고 하랬지? 잘 가거라, 에번스. 더 궁금한 것이 있으면 찾아오고."

"궁금한 게 있는……."

선생님이 교장실로 들어가셔서 문을 닫으셨다. 찰칵하는 소리가 들렸다. 내가 들어오지 못하도록 문을 잠그신 것이다.

난 몇 분간 그 자리에 서서 문을 노려보았다. 그러다가 결국 울적한 덩어리를 이끌고 도서실에 가서 자료실 정리를 했다. 일에 너무 몰입할까 봐 문학 고급반 시작 10분 전으로 휴대폰 타이머를 설정했다.

서커스 쓰레기가 되지 않도록

창조하는 것보다 파괴하는 것이 훨씬 더 쉽다.

-수잔 콜린스,《헝거 게임》

지난번 참사를 만회할 겸 5분 일찍 문학 고급반 교실에 도착했다. 하지만 세상의 풍파를 겪고 돌아온 사람은 나뿐만이 아니었다. 교실에 들어서자마자 그 애가 보였다. 그건 의미하는 바가 컸다. 교실 앞에 서 있는 선명한 형광 오렌지색 펜슬 스커트(오렌지색 형광 펜을 상징한다는 점에서는 아주 아주 적은 점수를 주겠다)와 경쟁할 만한 것은 딱히 없었기 때문이다.

잭 로든하우어가 애슈턴 옆자리에 앉아 있었다. 여느 수요일과 다를 바 없다는 듯. 그냥 자리, 자기 자리에 앉아 있었다. 미성년 음주운전에 걸린 적 없다는 듯. 정학당한 적 없다는 듯. 웬일인지 그 애가 거기 있었다. 나는 내가 잘 알지도 못하는 일로 경고를 받았는데 그 애는 단 열흘 만에 돌아온 것이다. 교내에서 술을 마시고, 술에 취해 학교 기물을 파손하고, 미성년 음주운전에 걸렸는데도 말이다. 가장 최근에 풋볼 경기에서 술을 마시다 걸린 애는 한

달간 등교하지 못했다. LA는 금서를 읽는 학생만큼 음주하는 학생을 엄격하게 다스리고 있었다.

인정한다. 나는 비정상적으로 오랫동안 문간에 서 있었다. 나도 안다. 하지만 나는 내가 한 맹세를 되뇌는 중이었다.

잭 로든하우어나 그 애의 행동에 대해 아무 말 하지 마, 클라라 에번스. 안 그러면 넌 서커스 쓰레기야.

한마디도 해선 안 돼.

그런데 펜슬 스커트 여사가 지난번과 같은 태도로 나를 맞았다. 매우 공격적으로 '들어와서 자리에 앉아'라는 몸짓을 한 것이다. 침울함, 울적한 덩어리가 된 나 자신, 생리, 혼란스러움, 나쁜 애가 되지 않겠다는 노력, 문간에 서 있을 수 있는 시간제한, 이 모든 것이 뒤죽박죽되어 그 몸짓 하나가 지난번 반 아이들 앞에서 나를 꾸짖었을 때보다 더 크게 와 닿았다. 그래서 나도 모르게 내뱉고 말았다.

"도대체 누구시길래 여기 계시는 거예요? 크로프트 선생님은 어딨어요?"

그렇다. 예의나 공경이 조금도 들어 있지 않은 목소리로 따진 것이다. 당신은 도대체 누구냐고.

변명하자면, 에어컨 때문에 내 바지는 그때 정말, 정말, 정말 차가웠다. 그것 하나만으로도 누구나 그렇게 될 수 있다.

존재하지 않는 학칙과 문제아

나는 또다시 교장실에 있었다. 그곳은 이제 나의 새로운 집이다. 너무 자주 온 나머지 이제는 책상이 처음만큼 못생겨 보이지 않았다. 내가 온 별보다 한 단계 더 좋은 곳이었다.

교장 선생님이 눈을 말똥말똥 뜨고 말없이 날 응시하셨다. 나는 이 모든 게 연극처럼 느껴졌다. 마치 코트를 입는 것처럼 '난 화난 게 아니야. 단지 실망했어'라는 태도를 걸치신 것 같았다. 실제로 실망하지는 않았다는 걸 알아차릴 여지를 남겨두면서. 보통 어떤 것인 척 연기하는 이유는 어떤 것이 아니기 때문이다.

"이번 주에 벌써 세 번 만나는구나, 클라라 에번스. 작년까지는 아무 문제도 일으키지 않더니, 어떻게 된 일이냐?"

어떻게 대답해야 할지 몰랐다. 선생님이 존재하지 않는 학칙을 학칙이라고 우기는 바람에 '억제되고 세뇌당한 자'에서 '문제아'가 된 것이다. 참 신나는 일이다.

가만히 있자 교장 선생님은 '실망한 연기'를 이어나갔다.

"이번에는 벌점을 받게 될 거다. 선생님께 버릇없이 굴고 소리 지른 걸로."

"전 소리 지르지 않았어요. 그 선생님이 두 번이나 불필요하게 못되게 구시길래, 누구신데 그러냐고 물어본 것뿐이에요. 도대체 그분은 누구세요? 갑자기 나타나셨잖아요. 크로프트 선생님은 어디 갔어요? 행정실에서도 한마디 말도 없어요."

"그건 학생들이 알 필요 없는 일이니 그런 거야. 배우는 게 네가 할 일이다. 운영하는 건 우리 일이고. 우리는 네가 할 일을 한다고 믿고, 너도 우리가 우리 일을 한다고 믿어야 한다. 집중, 지식, 영……."

"알겠습니다. 알아들었어요."

교장 선생님이 고개를 가로저으셨다. 중간에 말을 잘라서 화가 나신 것 같았다.

"이번 일, 네가 직접 부모님께 말씀드릴래, 아니면 내가 전화를 드릴까?"

이 상황이 그저 우스웠다. 교장 선생님이 직접 부모님께 전화하셔서 지금까지 저지른 가장 큰 실수가 공책에 치킨 누들 수프를 쏟아서 수업에 지각한 게 다였던 딸이 선생님에게 대들었다고 말하는 것. 아마 부모님들께 내 최근 소식을 전달할 가장 효과적인 방법일 수도 있겠다. 학기가 시작한 후부터 부모님과 많은 대화를 나누지 못했다. 비도를 시작하면서 줄곧 어떤 얘기도 할 마음이 없었다.

나는 웃고 말았다.

"선생님이 전화해 주실래요?"

"이게 웃을 일이냐, 클라라. 왜 웃어?"

갑자기 어떤 생각이 번개처럼 뇌리를 스치고 지나갔다. 그날 아침 교장 선생님이 전화 통화를 하시며 분명 "조만간 녀석을 보겠군요"라고 했다. 그리고 잭 로든하우어가 나타났다.

문학 고급반에 떡하니. '조만간'도 채 되지 않는 시점에.

그런 거였다. 로든하우어 집안이 잭을 복학시키기 위해 LA에 SPA 부지를 사 준 거였다. 과연 잭의 생활기록부에 기록이 남았을까? 그게 온전히 로든하우어가가 SPA 부지를 매입한 이유가 아니라고 해도 일종의 혜택이 있을 터였다. 이건 무엇을 뜻하는 걸까? 이게 중요하기나 할까? 잭이 법 위에 있다고 해도 그게 중요할까? 만일 학교가 이런 식으로 운영된다면, 우리는 우리 의견이 중요하다는 착각 속에 하루하루를 살아가는 것이다. 우리의 배움이 중요한 의견을 만드는 데 도움이 된다는 착각. 우리의 환경을 우리 손으로 바꿀 수 있다는 착각. '영향'을 미칠 수 있다는 착각. 보이지 않는 곳에서 작동하는 모든 장비가 녹슬어 버린 곳에서 우린 어떻게 해야 할까? 우리가 중요하다고 반복해서 말하면서도, 우리가 중요해지고자 일말의 시도라도 한다면 우릴 다시 철장 안으로 밀어 놓는 곳에서, 우린 어떻게 해야 할까?

"너무 이상해서요. 정말 다 이상해요."

내가 대답했다. 하지만 선생님에게 하는 얘긴지 자신에게 하는 얘긴지 알 수 없었다.

선생님이 입술을 오므리시며 한동안 무언가를 적었다. 아마 내

'파일'에 들어갈 문서겠지. 난 이제 범죄자다. 이 모든 건 어쩌면 내 잠재의식의 계획인지도. 선생님에게 버릇없이 굴어 교장 선생님의 주의를 분산시킨다. 그러면 이제 나는 암시장에서 책 거래를 하는 학생이 아니라 버릇없는 학생이 되는 거다. 아무리 연구해도 두 가지 유형이 서로 교차하는 지점은 거의 없을 것이다.

나는 한숨을 쉬며 펜이 사각대는 소리를 들었다. 오늘이 얼른 지나갔으면 좋겠다. 그날 저녁 퀘소 모임을 이끄는 것도 내키지 않았다. 《월플라워》를 다시 읽지도 못했다. 다른 사람들의 독서 활동을 돕느라 정작 내가 읽을 시간이 없다니.

희한하게도 하루 일 중 그나마 덜 꺼려졌던 일은? 바로 부모님이 계시는 집으로 돌아가는 것.

예상치 못한 전개가 아닐 수 없다.

엉망진창

명심하라. 인간이 한 개념을 위해 고통받고 죽지 않을
때를 두려워하라. 이 자질이야말로 인간의 기본이자 인간
이 우주에서 특별한 존재임을 시사한다.

−존 스타인벡, 《분노의 포도》

모호에 들어가니 문 앞에 한 무리의 사람이 모여 있었다. 다들
어찌할 바를 몰라 어리둥절한 표정을 하고서 내가 우리 북클럽에
서 중요한 퀘소 단계로 진입하는 걸 방해하고 있었다. 사람들한테
는 관심이 없었다. 변명하자면, 정말 힘든 하루를 보낸 뒤 나는 위
안을 주는 작은 것에라도 매달리고 싶었다. 그리고 그날 그것은 퀘
소였다.

혼란스러워하는 무리 속에서 나는 그 많은 사람이 내 사람들이
라는 걸 뒤늦게 알아챘다. 기존 퀘소 회원들, 애슈턴, 잭, 학생회 임
원들, 리퀴, 거기다가 ─ 서프라이즈! ─ 문학 고급반 반 애들 절반
에다 ─ 한 번 더 서프라이즈! ─ 크로프트 선생님이 있었다.

"어어…… 웬일이야?"

"고맙다고 인사나 해."

리퀴가 말했다.

"뭣 때문에?"

그 애가 팔을 쭉 뻗었다.

"내가 크로프트 선생님께 이메일을 써서 모임에 참석해 달라고 부탁드렸어. 너희 반 애들한테도 연락했고. 계약법에 대해서 알아보는 데 답을 찾을 수 없어서 학교에서 해고된 분께 정보를 좀 얻어야겠다고 생각했지."

"왜 미리 알려 주지 않았어? 정신적으로 아무런 준비가 안 돼 있다고!"

"너, 선생님들한테 대든다고 바쁘다던데? 점심 먹으러도 안 왔잖아. 무슨 일이야?"

"1. 그렇다고 쳐. 2. 책 대출이 너무 많이 밀려서 그럴 틈이 없었어. 3. 그건 나중에 얘기할게. 그럼 열대여섯 명쯤 되는 거야?"

"난 나타나면 항상 이 정도는 데리고 다녀. 고마운 줄 알아."

나는 한숨을 푹 쉬었다.

"알았어. 그만. 더 넓은 곳이 필요한데."

모호에는 그만한 공간이 없었다. 그 말인즉슨 오늘은 퀘소와는 이별이다. 퀘소가 없다니. 위안을 주는 작은 존재를 가질 수 없게 되었다.

"북키로 가야겠다. 거기 지하에 넓은 공간이 있어. 여기서 10분밖에 안 걸려."

"내 차로 가자. 네가 선생님께 대든 이야기 좀 들어야겠어."

리퀴가 말했다.

나는 문 쪽을 바라보았다. 퀘소 없이 떠나야 한다는 걸 알면서도 혹시 주문할 방법이 없는지 머리를 굴렸다. 남은 선택은 극단적인 행동뿐이었다. 계산대를 넘어가서 퀘소통에 주먹을 집어넣었다 뺀 뒤 도망친다면? 퀘소를 못 먹는데 존엄성이 무슨 소용이야? 아무리 생각해도 치즈로 덮인 주먹이 존엄성보다 나은데 말이다.

나는 손나팔을 입에 가져다 댔다.

"자, 얘들아. 여긴 우리한테 너무 좁아. 우리가 뚱뚱하다는 얘기가 아니라 다 모이면 그렇단 얘기야. 알아들었지? 그래서 철새처럼 이동할 거야. 새처럼 날아서 북키로 가자. 알겠지? 새처럼 날아서 이동하는 거야. 서점으로 와. 북키로."

나는 운동하듯이 크게 심호흡했다.

"북키로 가자. 다들 어딘지 알지? 맞아. 메인 스트리트에 있는 거. 출발하자."

퀘소 회원들을 위해 문을 붙들고 있을 때 크로프트 선생님이 말했다.

"클라라. 내가 와도 괜찮은 건지 모르겠다. 놀란 것 같은데."

나는 어깨를 으쓱했다.

"전 제가 놀라지 않아서 놀란걸요?"

선생님이 빤히 쳐다보셨다.

"죄송해요. 오늘은 정말 긴긴 하루였어요. 선생님 오셔도 괜찮아요. 정말이에요."

선생님이 차로 가면서 말씀하셨다.

"그래, 고맙다. 네가 한다는 일을 듣고 기뻤단다. 북키에서 보자."

애슈턴은 무리에서 떨어져 있었다. 그 옆에 잭이 있었다. 마지막 사람이 나가고 애슈턴이 가까이 다가와 말했다.

"여기 알고 보면 마약 거래하는 데 아니야? 솔직히 말해 봐."

"난들 알아? 북키에서 보자."

나는 리퀴의 녹색 SUV 쪽으로 갔다. 조수석에 타려면 조수석 뒷좌석에 탄 뒤 중앙 콘솔을 넘어가야 했다. 나는 그 모든 과정을 생략하고 뒷좌석에 앉았다. 하지만 거기는 엄마 차나 택시를 타는 것 같은 기분이 들었다. 앞 좌석으로 넘어가려다 콘솔에서 발이 미끄러지는 바람에 콘솔과 조수석 사이의 모호한 공간에 끼고 말았다. 하지만 탄력이 붙어 몸이 앞으로 쏠렸고 결국 글로브 박스 아래로 고꾸라지고 말았다. 창피하게 몸이 말리면서 발이 의자로, 머리가 바닥으로 떨어졌다.

"오늘 하루가 참 한결같다."

내가 몸을 일으키며 말했다.

"너 요즘 많이 힘들구나. 그렇지?"

"네가 눈치챌 정도로 나쁘다니 다행이야."

"빨리 불어."

안전띠를 채우기도 전에 리퀴가 '보고해' 표정을 지었다.

그리하여 북키로 가는 일에 리퀴에게 전부 털어놓았다. 어쩌다가 그 누군지도 모르는 선생에게 대들게 되었는지, 로든하우어 집안이 돈으로 잭을 다시 복학시킨 거 같다든지, 모든 게 얼마나 이상한지. 비도 일이 얼마나 시간을 많이 잡아먹는지. 잭이 퀘소에 나오게 된 것과 애슈턴, 잭, 책이 얽힌 복잡다단한 사연까지.

어쩌면 그게 학기가 시작된 이래 내가 쭉 느껴온 감정의 기저에 깔린 것일지도 몰랐다. 모든 게 엉망이고, 혼란스럽고, 복잡하게 느껴졌다. 방에 들어갔는데 조명에 옷이 걸려 있거나 침대 머리맡에 더러운 커피 컵이 잔뜩 놓여 있는 기분이랄까. 아니면 침대 밑에서 운동화 한 짝을 찾았는데 다른 한쪽이 방 안에 있는지 없는지도 모르겠는 기분이랄까. 생각하거나 움직일 때마다 더 심한 혼돈이 찾아왔다. 한번 엉망진창이 되어 버리면 다시는 돌아갈 수 없다. 영원히 그 상태로 남는다. 엉망진창인 채로.

심지어 예상했던 골칫거리도 아니었다. 예를 들면 학교에는 예상할 수 있는 골칫거리가 있다. 어려운 숙제, 풋볼 경기, 친구들과 어울리기 같은. 보통 있을 수 있는 일이다. 이번 해는 모든 것이 내가 예상하거나 심지어 고려하지도 않은 방식으로 날 괴롭혔다. 몰래 책을 나눠 주는 일. 쉼 없이 사물함에 왔다 갔다 하는 일. 끊임없이 이뤄지는 대출과 반납. 이 모든 것을 해내면서도 우등생이 되어야 한다는 압박감. 얼마 뒤 열릴 설립자 재단 만찬과 장학금. 이 모든 것이 머릿속을 떠나지 않았다. 날이 갈수록, 모르는 사람들이 책을 빌려 가는 횟수가 늘어날수록 점점 마음이 불편해졌다. 자욱한 안개 속에 휩싸인 것 같았다.

수업도 점점 부담스럽고 힘겹게 느껴지기 시작했다. 전처럼 정확하고 빠르게 정보를 소화하지도 못했다. 흰 책가위와 사물함에 왔다 갔다 하는 일로 하루가 점점 희미해지고 있었다. 방학까지는 아직 너무 많이 남아서 아직 그걸 화제에 올리는 아이도 없었다.

봇물 터지듯 말이 쏟아져 나왔고 눈물도 함께 흐르기 시작했다. 나는 리퀴의 차 안에서 엉엉 울고 말았다. 내가 우는 건, 이미 알고 있는 것들 때문이 아니라 알지 못하는 것들 때문이었다.

나는 생각했다.

내가 우는 게 내가 알지 못하는 것들 때문인지조차 잘 모르겠다는 생각에 더 눈물이 났다. 갑자기 머릿속에서 그동안 초인종을 누르고 내가 나가기도 전에 도망가던 생각이 이번에는 도망가지 않고 현관 앞에 서 있는 듯한 기분이 들었다. 비도를 그만두는 생각 말이다. 그런 생각은 스스로 한 적이 없기에 화가 나고 혼란스러웠다. '졸업이 우릴 갈라놓을 때까지' 이어지는 프로젝트였다. 아직 소감문도 충분히 모이지 않았다. 하지만…… 소감문이 뭘 할 수 있을까? 어떤 일이 일어날지 제대로 생각해 본 적이나 있나? 그냥 교장 선생님을 찾아가서 소감문을 건네면 선생님이, '아, 그래. 네가 옳았어, 클라라. 금서를 풀어 주마. 참 잘했다!'라고 할 리 없는데.

게다가 스콧이 내가 힘 싸움을 한다고 말한 뒤부터 내가 교장 선생님의 다른 버전이라는 생각을 떨쳐낼 수 없었다. 우리 둘 다 힘자랑을 하는 것이다. 각자 생각이 옳고, 뜻을 굽힐 생각이 없는 것이다. 싸울 수밖에 없는 운명. 나는 이 싸움에서 이기고 싶었다.

너무나도 이기고 싶었다. 하지만 무언가가 잘못됐다. 그게 뭔지 정확히 알 수 없었지만.

내가 혹시 책을 무기로 사용한 걸까? 싸움에서 이기기만 하면 끝인가? 내가 원하는 건 그게 다인가?

마음이 무거워졌다. 아니, 이기는 거로 충분치 않았다.

나는 비도를 지속할 다른 이유가 필요했다. 더 나은 이유. 찾는데 그렇게 어렵지 않을 것이다. 난 책을 믿으니까. 난 책벌레 클라라 에번스니까. 뭐가 그리 어려웠을까?

비도를 시작했을 때와 마찬가지로 아직 모든 것이 복잡하다.

크게 심호흡을 했다.

한 번 더.

그다음 눈을 감았다. 1초라도 머리를 비우기 위해.

1초가 지나고 1초간 더 그러고 있었다.

3초.

4초.

다시 숨을 쉴 수 있었다.

다시 눈 뜰 수 있었다.

무릎 위로 리퀴의 손에서 전해지는 온기가 느껴졌다. 일단 거기 집중했다.

그다음 숨을 쉬었다.

북키에 도착할 때까지 그 두 가지에만 집중했다.

적응과 대항 사이

북키 지하에 모두 모였다. 주인인 로우 아주머니가 오래된 벽돌 건물을 개조해서 만든 곳이다.

유리창을 통해 책장이 눈에 들어오자 기분이 좀 나아졌다. 내부에서 풍기는 냄새가 생각났다. 종이, 압축된 세계, 단어들을 조합하는 손. 앎과 마법의 필수 조건이다. 마침표. 쉼표. 일탈 기법. 유추법. 일상적 사고의 아름다움의 시화. 이 모든 게 있는 곳. 혼돈과 같은 머릿속에 작은 평화가 찾아왔다.

내가 모두를 향해 입을 열었다.

"솔직히 말할게. 《월플라워》를 다시 읽을 시간이 없었어. 2년 전에 읽은 걸 바탕으로 내 생각을 얘기할 순 있지만, 새로 읽진 못했어. 이 모임이 시작하고 나서 이런 적은 처음이야. 미안."

퀘소 회원들이 괜찮다고 위로해 주었다. 그 순간 적절한 말이 나왔으면 얼마나 좋았을까.

"고마워."

나는 크로프트 선생님을 쳐다봤다.

"퀘소 회원들에게 소개할게. 우리 학교 선생님이신 크로프트 선생님이야. 갑자기 해고되셨는데 반 아이들한테 이유를 설명해 주러 나오셨어. 우리도 이해해야 넘어갈 수 있으니까. 선생님, 하실 말씀 있으신 건 아는데 책 이야기부터 해도 될까요? 그럼 설명을 들을 필요 없는 기존 회원들이 먼저 집에 갈 수 있어서요. 자, 《월플라워》에 대해 할 얘기 있는 사람, 시작해."

침묵이 흘렀다. 늘 팔을 먼저 걷어붙이던 든든한 손마저도 주저했다.

사람이 많은 탓에 기분이 묘했다. 그럴 만도 했다. 모임이 결성된 후 늘 다섯 명에서 열 명 남짓 모였는데, 이렇게 많은 사람이 빙둘러앉아 있는 게 정말 어색했다. 토론 모임이라기보다 수업을 받는 느낌이었다. 퀘소마저도 엉망진창이 되고 말았다. 보통 우리끼리 모이면 수다를 떨면서 퀘소를 먹고 한바탕 즐겁게 논 뒤 집에 돌아갔다. 갑자기 두 별별 녀석이 끼어드는가 싶더니, 이제 독서 토론이 리쿼의 잡담 시간을 알리는 서막으로 전락한 것이다. 안 그래도 뒤죽박죽에다 불안해 죽겠는데 어이없는 상황이 더해진 것이다. 휘청대지 않는 게 하나라도 있나? 어디에라도.

내가 말했다.

"어쩔 수 없네. 퀘소 회원들, 오늘 일은 사과할게. 먼저 갈 사람은 가도 좋아. 정말 미안. 다음번 모임에서 다음 반년간 읽을 책을 정할 거야. 다들 생각해 와. 《월플라워》도 원하면 한 번 더 하자."

내 북클럽이 이상한 제2 문학 고급반 수업으로 변하는 사이 나는 화장실에 갔다. 소변이 마렵기도 했지만 사람들에게서 떨어지고 싶었다. 내가 옆에 있으면 눈동자에 수심이 더 그득해지는 잭에게 서 떨어져 있고 싶었다. 상황에 따라 태도가 왔다 갔다 하는 애슈 턴에게서도. 이번 학기 들어 정도가 더 심해진, 모든 것을 시시콜 콜 다 아는 리퀴에게서도. 휴식이 필요했다.

다시 지하로 내려갔다. 준비된 것 같았다. LA의 정치에 대해 배 울 시간이 돌아왔다. 정말 끝내준다.

"선생님. 이제 선생님 차례예요."

크로프트 선생님은 고개를 끄덕인 뒤 바로 말씀하셨다.

"먼저 다들 와 주어서 고맙다. 토론 시간을 내어 준 것도 고마 워. 리퀴애나가 어떻게 된 거냐며 연락했을 때, 너희가 아무것도 모 르고 있다는 사실에 정말 화가 났어. 특히 리퀴애나는 학생회장이 잖니? 학생들이 자초지종을 알아야 한다고 생각했어. 우리 반 학 생들만이라도. 그래서 자연스럽게 여길 나오게 된 거야."

내가 고개를 끄덕였다.

선생님이 말을 이었다. "너희 중에 아는 사람이 있는지 모르겠 다만, 학기 첫날 행정실에서 50권으로 된 금서 목록을 배포했어. 기밀 사항이었지. 학생은 아무도 몰라. 내가 화가 난 이유는 여러 가지가 있어. 그걸 다 이야기하려면 정말 긴 시간이 걸릴 거야. 근 데 내가 하려는 말은 그게 아니야. 중요한 건 금서 지정이 수업에 영향을 미친다는 거야. 더 정확하게는 수업 자료를 선택하는 데 있 어서 말이야. 행정실에서 새로 금서로 지정된 도서들을 참고해서 수업 계획서를 다시 짜라고 했을 때, 난 그걸 따랐어. 나름대로 말이야. 기존 문학 고급반 수업 계획서의 책 제목을 바꾼 뒤 행정실에 제출했어. 그런데 거기에 몰래 내가 생각하는, '화나고 무지한 이들을 위한 검열'이라고 할 만한 것들을 끼워 넣었지. 문학 고급반 수업에서 검열과 검열의 역사에 대해 알려 주고 싶었단다. 너희에게 검열과 금서 지정이 갖는 위험성을 이해하는 데 필요한 도구를 제공하는 방식으로 내 나름대로 저항한 거야.

학교가 원하는 건 그런 게 아니었어. ─사립학교는 무엇이든 마음대로 금지할 권한이 있어.─ 하지만 난 방침을 따르고 있었거든. 금서가 아니라 판례를 가르쳤으니까. 난 거기 너무 만족했고, 새로운 프로그램을 짜는 데 너무 열중한 나머지 작문 고급반 수업 계획표를 바꾸는 걸 깜박한 거야. 금서 한 권을 빼는 걸 까먹고 그대로 제출했지. 아니나 다를까, 새로 바뀐 방침을 따르지 않았다고 교장실에 불려갔어. 교장 선생님이 문학 고급반처럼 작문 고급반에서도 금서를 빼라고 하시더라."

선생님이 잠시 머뭇거린 뒤 심호흡하셨다.

"거기 서서, 나한테 어떤 책을 가르치지 말라고 명령하는 사람을 보고 있자니 여러 가지 생각이 들었어. 머리를 써 가며 조용히 검열과 연관된 판례를 가르치는 게 다가 아니겠다 싶었어. 난 불의에 대항하는 게 아니라 적응한 거야. 그래서 나는 못 하겠다고 했고, 결국 '운영 방침에 대한 심한 견해 차이'라는 사유로 해고당한 거야."

선생님이 날 돌아보셨다.

"클라라, 학기 첫날 생각나니? 《날 짓밟지 마》 얘기한 날? 그날 집에 가서 그 책을 다 읽었어. 내가 교장 선생님한테 못 하겠다고 할 수 있었던 건 《날 짓밟지 마》의 영향이라고 생각해. 그 책이 아니었으면 그렇게까지 못했을 거야."

크로프트 선생님이 《날 짓밟지 마》에 영감을 받았다는 사실에 내가 용기를 얻었어야 마땅하지만, 사실은 비도가 더 두려워졌다. 같은 책에서, 같은 이유로 영감을 얻었지만 선생님은 결국 해고되셨다.

설립자 장학금이 떠올랐다. 날 대학에 보내 줄 티켓. 미래로 가는 길. 거기다 나는 최종 후보였다. 최종 후보에 오르면 어느 정도 돈이 나오지만, 뽑히는 사람은 전액 장학금을 받게 된다. 어느 대학을 가더라도.

지금까지는 그 생각을 못 했다. 하지만 나, 리쿼, 밴더빌트. 이 모든 게 위험에 처해 있다. 표적에 놓인 것이다. 만약 비도를 운영하는 게 걸리면 정학을 받게 된다. 정학을 받으면 전액 장학금을 받을 기회가 날아갈 것이다.

내가 도대체 무슨 일을 저지른 거지? 이번 학기 첫날로 날 데려다줄 타임머신 어디 없나? 새로 다시 시작할 수 없을까?

"50권이나 되는 금서 목록이 있다고요? 왜 우린 이걸 못 들었어요?"

함께 문학 고급반을 듣는 여자애가 물었다.

나는 입을 굳게 다물었다. 농담하는 게 아닌 이상 절대 말할 수 없다. 나 자신을 믿지 않지만, 농담거리가 없었다.

크로프트 선생님이 의자에서 몸을 움직였다.

"우리가 소송할 수 있어. 난 사실 그렇게 할 생각이야. 며칠 뒤에 언론을 찾아갈 거야. 너희 중에 이 싸움에 동참할 사람 있니?"

선생님이 말씀하셨다.

몸이 얼어붙었다. 고개를 들 수 없었다. 내가 무슨 말을 하길 기다리시는 걸 안다. 나는 책벌레에다 문학의 집, 꼬맹이 도서관을 운영하니까. 동참하겠다는 말을 안 하면 내가 뭐가 되지? 그저 이 밤이 끝나기만 기원했다. 난 지쳤다. 오늘 하루에. 모든 것에. 집에 가서 부모님을 상대하고 침대 안으로 들어가 포근한 이불 나라로 사라지고 싶었다.

다시 침묵이 흘렀다.

"다들 생각해 보고, 리퀴애나가 내 이메일 아니까 관심 있는 사람은 그리로 연락해."

선생님이 말씀하셨다.

"크로프트 선생님. 나오셔서 자세히 설명해 주셔서 고맙습니다. 같이 싸울 사람이 있는지 내일 오전에 제가 다시 연락해 볼게요."

리퀴였다.

선생님이 자리에서 일어섰다. 내 의사를 확인하기 전까지 날 보내 주지 않으실 거라는 걸 안다.

"클라라."

아이들이 가방을 들고 나갈 준비를 하는 동안 선생님이 다가

왔다.

"저, 선생님. 저는……."

"네가 도울 생각이 없는 거 같아서 놀랐어. 그런 거니? 리바이와 조스라면 어떻게 했을까?"

아무 생각도 할 수 없었다. 마음이 무너져 내릴 것 같았다. 미지의 대상과 결합한 모호한 영역의 무게와 공복으로 인한 짜증이 처리하는 능력을 마비시켜 버렸다.

"선생님, 저 가 볼게요. 나중에 얘기해요."

그렇게 지하에 선생님을 남겨둔 채 그 자리를 벗어났다.

실외기가 있는 외진 구석에 숨은 영웅

하늘을 바라보았다. 자유가 강물처럼 범람하던 시절 선조가 바라보던 바로 그 하늘이었다. 리바이는 안에서 우리 소유가 아닌 돈과 그저 언급하는 것만으로도 목숨을 잃을 수 있는 책을 교환하고 있었다.

시간과 결과가 연소하는 가운데 나는 진상을 알아보는 능력을 상실했다. 모든 것이 역사와 기념물과 힘과 죽음의 흐릿한 형체였다. 이 모든 것이 그만한 가치가 있을지 궁금했다. 나 말고 다른 사람도 그렇게 느끼는지도 궁금했다. 참호에 엎드려 또 다른 인간에게 총을 쏴 죽이는 일. 그만한 가치가 있는 일일까?

머리가 핑핑 돌기 시작했다.

나는 빵을 원하고 있었다. 그건 괜찮았다.

리바이가 말한 것과 달리 빵을 위한 시간과 장소가 있었다.

－루카스 게브하르트, 《날 짓밟지 마》

북키를 뛰쳐나왔다. 한 시간 전까지 보기만 해도 행복했던 책장을 무심히 지나쳤다. 밖으로 나와 에어컨 실외기가 있는 으슥한 구석으로 가서 내가 해결할 수 없는 일의 무게감으로 합선이 온 머리를 진정시키려 했다.

사람들이 썰물처럼 빠져나왔고, 나는 주차장이 빌 때까지 기다렸다. 크로프트 선생님이 가는 게 보였다. 내 쪽을 슬쩍 쳐다보셨는데, 바람을 타고 오는 내 죄책감과 혼란스러움의 냄새를 맡으셨기 때문 아닐까.

건물에 기대어 하늘을 올려다보았다. 책 밀거래가 이뤄지는 동안 밖으로 나온 조스를 떠올렸다. 그 싸움이 가치가 있을지 의문이 들었기 때문에 나온 것이다. 내가 나온 이유는 무얼 위해 싸우는지조차 알 수 없다는 생각이 들어서다.

바람과 실외기가 웅웅거리는 소리에 몸을 맡기고 눈을 감았다. 잠시 아무것도 느껴지지 않았고 나는 그 느낌을 잡으려고 애썼다. 할 수만 있다면 필요할 때마다 꺼낼 수 있게 주머니에 넣고 싶었다.

"나《월플라워》읽었어. 그다음 번 것도 읽으려고."

눈을 뜨니 잭이 서 있었다.

"그래? 어땠어?"

나는 다시 눈을 감았다. 아무것도 없는 느낌에 집중하고 싶었다.

"정말 아름다웠어."

무가 사라졌다. 그 자리를 경외감이 채웠다. 나는 잭을 응시했다.

"사실《월플라워》를 읽는다고 해서 북클럽에 나온 거야. 네가 그 책을 좋아한다고 들었거든. 그래서 같이…… 그 얘기를 할 수 있겠다고 생각했어. 너한테 얘기하면 좋겠다 싶었어."

"나한테 얘기한다니? 무슨 뜻이야?"

그때 큰 소리로 "어이!" 하고 부르는 소리가 주차장에 울려 퍼졌다. 리쿼였다.

"클라라?"

"여기야."

보통의 나로 돌아왔다. 놀랍게도 애슈턴과 리쿼가 함께 있었다. 나는 잭을 다시 쳐다보았다. 조금 전까지의 처절한 모습은 그 애 깊숙한 곳으로 사라지고 없었다. 나는 그것을 잃어버린 게 못내 아쉬웠다.

"괜찮아?"

애슈턴이 내게 물었다.

나는 콧방귀를 꼈다.

"그건 얼마 전에 내가 했던 질문인데, 넌 대답 안 했잖아."

그 애가 계면쩍게 웃었다.

"두 사람, 제대로 인사했어?"

리쿼를 함께 가리키며 내가 말했다.

애슈턴이 고개를 가로저은 뒤 손을 내밀었다.

"네가 학생회장으로서 일하는 거 보고 팬이 됐어. 진짜 선거에 나가 보지 그래. 대통령 선거 말이야. 내가 선거 운동해 줄게."

리쿼가 옆으로 고개를 까딱하며 활짝 웃었다. 한편으로 놀라고 다른 한편으로 기쁜 것이다. 입 모양이 초승달처럼 동그래졌다. 그 애가 나를 보자 나는 고개를 끄덕해 주었다.

"너, 알고 보니 참 다정한 아이구나?"

"참나."

잭의 일갈에 순간 나는 그 애가 리쿼에게 빈정거린다고 생각했다. 날카롭게 한마디 던지려는 찰나 잭이 덧붙였다.

"저 녀석한테 그런 말 하지 마. 쟤한텐 그럴 필요 없어."

"난 말이야, LA 행정실을 상대하면서 영혼을 팔거나 아부하지 않는 사람은 무조건 짱이라고 생각해."

리쿼가 손으로 부채질했다.

"계속해 봐. 듣기 좋으니까."

잭은 그냥 바닥을 내려다보았다.

"그러고 싶은데 이제 가 봐야 해서. 클라라, 오늘 밤은 좀⋯⋯ 이상했어. 정말 이상했어. 어쨌든 고맙다."

애슈턴이 말했다.

"나도 그랬어."

나는 잭을 쳐다보았다.

"참,《월플라워》다 봤으면《호밀밭의 파수꾼》보는 거 추천할게. 홀든과 찰리는 진짜 닮았거든."

잭이 고개를 끄덕였다.

두 사람이 우리 대화가 들리지 않을 정도로 멀어지자 리쿼가 말했다.

"그만 가자. 이러다 우리만 남겠다."

잭의 뒷모습을 보며 내가 조금 전 그 애에게서 무엇을 봤는지 생각했다. 왜 내게 말하고 싶었던 걸까? 계속 그걸 원했던 걸까? 만약 그렇다면 첫 모임에서 왜 그렇게 예민하게 군 거지? 아니, 왜 항상 그런 식이었던 거지?

방금 만난 잭 로든하우어는 어디에서 온 거지?

《날 짓밟지 마》, 43장 조스

리바이는 말없이 램프 불빛 아래서 뭔가를 끄적이고 있었다.

"우리 지금 뭐 하는 거지?"

연필을 던지듯 내려놓으며 내가 말했다. 그 소리가 동굴 벽에 부딪히며 끝없이 메아리쳤다.

"우리 세상은 아직 싸우는데 우린 여기 숨어 있잖아. 군인이었을 때는 적어도 싸웠다고."

"우리가 싸우지 않는다고 누가 그래?"

"너는 지금 싸우고 있어?"

"그럼!"

"총을 들고 있어?"

"아니. 싸움에서 총이란. 수프를 만들 때 망치 같은 거야."

"그럼 지금 뭐 하는데?"

"글을 쓰고 있어. 내가 말하고 싶었던 걸 전부 빠짐없이 적고 있어. 사람들에게 그들이 했던 모든 일이 빵과 서커스에 불과하다는 것을 말해줄 거야."

"사람들이 살인. 무너진 도시. 고아가 된 아이들. 피가 아닌 다른 것은 들으려고 하지 않는다면?"

"그렇다면 우리 이야기에 귀 기울일 거야."

"여기서 이야기는 아무런 힘이 없어. 리바이. 이야기는 전쟁을 끝낼 수 없어."

"조스. 시작한 건 무엇이었다고 생각해?"

끝나지 않는 하루

집에 들어가자마자 부모님이 실망하신 기운이 느껴졌다. 저녁 식사가 미뤄지고, 뭘 먹기 전에 '선생님께 대들었다며? 연쇄살인범이라도 된 거야?' 이야기가 기다리고 있다는 분위기가 풍겼다. 화나고 배고픈 '행그리' 상태가 좀 더 이어질 거라는 걸 받아들이는 수밖에 없었다. 역시 쾌소통에 주먹을 담갔어야 했다. 그런 바보 같은 선택을 하다니.

책가방을 내려놓기도 전에 엄마가 부엌으로 들어왔다. 뒤에 아빠를 달고. 엄마는 〈스타워즈〉 티셔츠에 찢어진 청바지를 입고 있었다. 자세히 보니 내 바지였다. 나는 아무 말도 하지 않았다. 애들은 보통 자신의 부모님이 멋지지 않다고 불평한다. 그런데 우리 엄마는 내 찢어진 청바지와 〈스타워즈〉 티셔츠를 입으면서도 멋있는 척하지 않는다. 그게 진짜 멋있는 거다. 내 옷장이 엄마의 사회화를 돕고, 가끔 아빠를 '브로'라고 부르는 엄마가 내게 있다는 사실을 친구들이 부러워하도록 만들려면, 내버려 두는 게 내가 할 일이다.

"잘 갔다 왔니?"

엄마가 말씀하셨다. 곧이어 아빠도 똑같이 말했다.

내가 두 사람에게 말했다.

"응. 아빠, 오랜만이네."

학기가 시작한 이래 아빠와 난 상대방보다 5분 일찍 나가는 일 정으로 움직이고 있었다. 내가 집에서 쉴 때 아빠는 집에 없었고, 내가 외출하면 여지없이 몇 분 뒤 귀가하셨다. 이 말을 하는 게 전 혀 부끄럽지 않은데, 우리 아빠는 중고차 세일즈맨이다. 그래서 시 간이 불규칙했다. 다행히 아빠에게는 그게 잘 맞았다. 늘 가정적이 고 온화한 얼굴을 하고 계셨다. 아빠를 보면 어딘지 '이 남자는 더 할 나위 없이 안정적이야'라는 게 느껴졌다. ─ 어쩌면, 아빠의 덥 수룩한 앞머리 때문인지도. 덥수룩한 앞머리를 한 세일즈맨을 본 사람 있을까?

아빠가 손을 내밀었다.

"아하, 네가 바로 말로만 듣던 그 애구나. 나는 케빈 에번스란다. 네가 사는 집 주인이지."

나는 아빠와 악수했다. 아빠가 농담으로 시작하는 게 좋았다. 이 렇게 농담하고 날 죽이진 않을 테니까. 용기가 없어 반항하지 못한 10대를 보낸 결실을 이제 보는지도 몰랐다.

"만나서 반가워요. 좋은 집을 소유하고 계시는군요. 한 말씀만 드리자면 화장실 휴지는 좀 더 보드라운 게 좋겠어요."

아빠가 내 책가방을 받아서 식탁에 올려놓으신 뒤 팔을 벌려 나 를 꼭 끌어안으셨다.

"요즘 좀 바쁘다고 하던데."

"맞아. 어두컴컴한 골목에서 셀카 찍느라."

"대단한 딸내미네."

"어떻게 된 거야?"

엄마가 곧장 치고 들어왔다.

나는 아빠에게 떨어져서 가장 만만하다고 생각한 설명을 시작했다. 아무도 알지 못하는 금서 목록에 대해 말씀드렸다. 그걸 가만히 보고만 있고 싶지 않았다고 했다. 물론 그렇다고 어떤 행동을 취한 건 아니라는 말도. 도서관에서 《초콜릿 전쟁》을 들고나오다가 걸린 이야기를 했다. 케이웰 선생님께 피해가 가지 않게 조심했다. 또 학교가 그런 목록이 없으면서 목록이 있다고 말하는 속임수를 쓰는 것 같다고 말씀드렸다. 비도만 빼고 모든 것을 털어놓았다.

비도를 말씀드리지 않은 건 그게 위험하다는 걸 이미 알고 있기 때문이다. 부모님이 아시면 뭐라고 하실지도 뻔하니까 다시 들을 필요 없었다. 나는 벌써 그 문제로 골머리를 썩고 있다. 어떻게 해야 할지 몰라 바보 같은 기분을 느끼고 있다. 부모님으로 인해 죄책감을 한 단계 더 높이고 싶지 않았다. 이 상황을 스스로 책임지고 싶었다.

"그게 잘한 일인지 엄만 모르겠다, 클라라."

엄마의 시적인 어투는 자취를 감추었다. 보통 사람처럼 말하고 있었다. 그건 좋지 않은 신호였다.

"여보."

아빠가 말했지만 엄마는 무시했다.

"정확히 뭐가? 하도 여러 가지 일을 말해서 어떤 게 그렇다는 건지 모르겠네."

"이제 1년 남았는데 선생님께 대들었다고? 학칙에 꼬투리를 잡는 어리석은 짓을 하면서?"

"반항하려고 그런 거 아니야. 화나서 그랬어. 그날 일진도 사나웠단 말이야. 내가 일진이 나쁘면 내 성격에 심층적인 문제가 있는 거고, 어른들이 일진이 나쁘면 그냥 일진이 나쁜 거야? 리쿼랑 만나서 선생님한테 어떻게 대들지 작당하는 짓 따위 안 해."

엄마가 조용히 말씀하셨다.

"선생님 일은 이해해. 나는 네가 규칙을 시험하는 것 같아서 걱정하는 거야. 그래서 뭘 얻으려고?"

"어떤 이유로 이 말도 안 되는 규칙이 만들어졌는지 알아야겠어. 그런 책을 읽는 걸 왜 범죄로 간주하는지도."

엄마가 고개를 끄덕이셨다.

"그건 합당한 의문이야. 그래도 주먹이 평화와 온정이라는 힘든 노력을 대신하게 해서는 안 된단다."

"무슨 말이 하고 싶은 거야? 돌리지 말고 말해."

아빠가 말리셨다.

"클라라, 진정해. 네가 공격당한 기분을 느낀다는 걸 알아. 하지만 엄마는……."

엄마가 아빠를 매섭게 쏘아봤다.

"……엄마, 아빠는 네가 설립자 장학금 받을 기회를 놓칠까 봐 그러는 거야. 학교에서 문제를 일으키면 기회가 날아가 버릴 수 있잖아."

"여보, 난 지금 설립자 장학금 얘기하는 게 아니야. 내가 말하려는 핵심은 따로 있어. 나는 지금 클라라가 늘 배후에 악마가 있다고 믿는 사람이 되지 않길 바란다고 말하려는 거야. 저항할 건수를 기다리면서, 늘 공격받았다는 생각에 분노할 대상을 찾는 그런 사람이 되길 원치 않아. 나는 이게 그 어떤 것보다 중요해."

"아, 알았어. 당신 말이 맞아. 정말 중요한 얘기지."

아빠가 말씀하셨다.

나는 어이없다는 표정을 지었다.

"엄마 말을 들으니까 내가 책을 읽는 것만큼이나 화도 잘 내는 사람 같네."

"네가 안 그런 거 다 알아, 클라라. 그저 네가 생각해 봤으면 좋겠어. 그게 다야. 엄만 시위하거나 목소리를 높여서 변화를 끌어내려고 고민하는 일에 반대하지 않아. 하지만 주먹을 치켜든다고, 소리를 지른다고 변하지 않는단다. 우리 때는 평화가 시위만큼이나 혁명적이었지. 네가 시위보다 평화를 무기로 저항했으면 해."

엄마가 말씀하셨다.

"다 해 봤어. 나도 평화적인 방식을 시도해 봤다고. 학생회장이랑 서한을 보내서 LA한테 설명할 기회를 줬단 말이야. 그런데도 부인했어. 남아 있는 거라곤 싸우는 게 단데, 그럼 어떻게 해?"

짜증 섞인 날카로운 목소리가 나왔다.

"그럼 싸워야지. 평화롭게."

나는 으르렁댔다.

"그게 도대체 어떻게 하는 건데?"

"레프트 훅으로 강하게 쳐서 상대를 쓰러뜨린 다음, 팔을 내밀어 상대를 도와주어야지."

방 안에 정적이 흐른 끝에 아빠가 입을 여셨다.

"학교에서 온 전화 때문에…… 우린 좀 충격을 받았단다. 반항이라곤 날밤을 새워서 책을 읽는 게 다인 녀석이 선생님께 대들고 학교 규칙에 빈틈이 있는지 찾아낸다는 얘기를 듣고선……."

"잠깐만, 형광펜 올나이트에 대해 알고 있었어?"

엄마가 웃었다.

"새 학기가 시작되면 네 서랍에 형광펜이 생기는 게 넌 마법인 줄 알았니?"

나는 지금까지 알고 있었던 걸 진지하게 되새겨 보았다.

"난 그게 본래 있던 건 줄 알았는데."

"그건 불가능해. 이 집에서는 형광펜이 사라지거든."

엄마는 아빠에게 의미심장한 눈길을 보냈다. 내가 오렌지색 형광펜을 좋아하게 된 것도 아빠 때문이다. 아빠는 잡지를 읽거나 할인가로 산 교양서를 읽을 때 늘 오렌지색 형광펜을 사용했다. 십자낱말 퍼즐을 하다 마음에 드는 단어를 발견했을 때도. 심지어 그걸로 메모하기도 했다. 내 형광펜 사랑은 딱 거기서 멈췄다. 오전 6

시 30분에 파란색 대문에 붙은 형광 노란색 접착 메모지에 적힌 형광 오렌지색 글씨를 보는 특별한 괴로움만큼은 내 손으로 이어가고 싶지 않았다.

"난 평생을 거짓으로 살았네. 언제부터 알고 있었어?"

"항상. 스네이프 교수처럼."

나는 웃음을 터뜨렸다. 대꾸하려는데 엄마가 내 말을 가로막았다.

"주제에서 벗어나고 있잖아."

나는 한숨을 쉬었다.

"별일도 아니야. 정말이야. 선생님은 그냥 사나운 일진이었어. 빈틈은 그냥 호기심이고."

경계를 밀어붙이지 않으면 이런 일이 생긴다. 어쩌다 그렇게 하면 그게 무엇이든 간에 나는 갑자기 《아나키스트 요리책》을 읽고, 얼굴에 문신을 새기고, 화장실에서 대마초를 피우는 사람이 되는 것이다. 믿기 힘들 정도로 화나는 일이다. 이 세상에 완벽한 사람은 없지만 나는 결함이 있어서도, 일진이 나쁜 하루를 보내도 안 되는 것이다. 아무런 문제를 일으키지 않는 A 학점 학생이거나 얼굴에 문신을 새기는 딸, 둘 중 하나가 되어야 한다. 부모님께 별일이 아니라고 말씀드린 건 더는 내게 아무것도 묻지 말라는 뜻이 아니었다. 나는 그 양극단 사이에 있어도 된다는 허락을 받고 싶었다. 부모 역할에 실패한 게 아니니 걱정하지 말라고도 하고 싶었다.

아빠가 말했다.

"네가 지난 2년간 한 일들이 우린 정말 자랑스럽단다. 우린 그저 네가 학교에 이런 불만이 있는지 몰랐어. 우리한테 말을 하지 그랬니."

나는 어깨를 으쓱했다.

"엄마, 아빠가 할 수 있는 건 별로 없다고 생각하니까."

이번엔 아빠가 어깨를 으쓱했다.

"우릴 스피커로 사용할 수 있어."

"우린 네가 공격받았다고 느끼면서 방어적이고 분노에 찬 인생을 살지 않기를 바란단다."

엄마가 덧붙였다.

"세상에, 알았어. 알아들었다고. 정말이야. 내가 무슨 방화라도 저지른 것처럼……. 그만해. 방어적인 거랑 어떤 일에 저항하는 건 엄연히 달라."

"먼저, 어떤 일에 저항하는 것보다 어떤 일을 옹호하는 게 더 중요하지."

"내 말이 그 말이야."

말은 이렇게 하면서도 확신은 들지 않았다. 아마도 난 그 둘의 차이를 모르는 것 같다.

엄마가 내 생각을 읽기라도 한 듯 말했다.

"온정과 패기. 믿음으로 맞서는 거야. 이기고 싶어서가 아니라. 안 그래도 증오가 넘치는 세상에 네가 보태지 않았으면 좋겠어. 이미 충분하니까. 시위하거나 질문해도 좋아. 하지만 저항은 너도 모르는 사이에 증오로 바뀔 수 있어. 변화를 만들어 내고 싶을 때 증오로 시작하는 것보다 나쁜 건 없지."

나는 반박할 수 없었다. 나는 고등학교에 들어온 첫날부터 별별 들에게 반감이 있었다. 솔직히 말하면 그 애들이 싫었다. 그 애들이 한 인간이 될 기회를 무시하고, 그저 모든 부분을 증오했다. 그 애들의 실체를 대신해서 나 혼자 소설을 쓴 뒤, 그것이 그 애들의 진짜 모습 대신 그 애들을 정의하게 만든 것이다.

나만의 소설.

나는 증오를 범했다.

그게 끝이 아니다.

이기고 싶은 마음에 비도를 시작했다면, 난 진정 비도에 믿음이 있었던 걸까?

세상에.

생각이 멈췄다.

모든 것이 너무 무거웠다.

나는 손에 머리를 파묻고 엉엉 울고 말았다.

또다시.

자정에 온 못 본 문자

모르는 번호[12:11 AM]

안녕, 나 잭이야.
《호밀밭의 파수꾼》다 봤어.
내일 이야기 좀 할 수 있어?

못 본 문자에 오전에 보낸 답장

나[5:58 AM]

아, 미안. 지금 일어났어.
좋아! 학교에 일찍 갈 건데,
이야기하고 싶으면 도서관으로 와.
읽고 어땠는지 너무 궁금해.

사건은 꼬리를 물고

우정이 형성되는 순간을 정확히 알 순 없다. 그릇을 한
방울 한 방울씩 채워 나가다 보면 마지막 한 방울째 물
이 넘치듯, 친절한 일이 연속해서 일어나면 적어도 한 곳
에서 마음이 왈칵 쏟아지는 것이다.

-레이 브래드버리,《화씨 451》

내 뇌는 작동을 멈추겠다고 위협하고 있지만, 적어도 자료실은
그 어느 때보다 깨끗이 정돈됐다.

정말 깔끔했다. 정말 끝내주게 깔끔했다.

케이웰 선생님께 바치는 마지막 프로젝트다. 좀 이기적일 수도
있지만 나는 도서실 봉사자로서의 내 유산이 길이 남길 바랐다.
다른 학생 봉사자가 어떤 일을 할 때마다 케이웰 선생님이 '흠, 클
라라였으면 더 잘했을 텐데'라고 생각하실 수 있게.

드디어 기증 도서 상자를 일일이 뒤져보지 않아도 될 체제를 완
성했다. 5년 이상 된 책은 한쪽 책장에, 5년 미만 된 책은 다른 책
장으로 분류했다. '금지된' 도서는 상자에 그대로 두었다. 이미 비

도에 있는 책들은 나중에 꼬맹이 도서관에 가져다 놓을 생각이었다. 이번엔 거짓말이 아니다. 정말 금서들을 꼬맹이로 가져다 놓을 생각이었다. 비도에 여분의 도서가 필요할 경우를 대비해 먼 벽 쪽에 놓인 낡은 갈색 책상 서랍장에 흰색 판지를 잔뜩 가져다 놓았다. 거기서 흰 책가위를 만들 계획이었다. LA의 골칫덩이를 내부에서 제작하는 것이다. 하지만《날짓마》세 권 이후 아직 새로운 책가위를 만들지 않았는데, 비도에 흰 책가위가 더는 필요치 않아서는 아니었다.

나는 책더미에서 금서 두 권을 집어 들었다. 이론상으로 비도에 필요하다고 여겼기 때문이다. 한 권은《호밀밭의 파수꾼》여분 도서, 다른 한 권은 처음 입고할《캡틴 언더팬츠》였다. 그렇다.《캡틴 언더팬츠》도 금서였다. 나는 그 책들을 변신을 기다리는 또 다른 도서들이 있는 책상 위로 던졌다.

아직 개조 안 된 책들이 쌓여 있는 모습에 절로 한숨이 나왔다.

"어떻게 너희도 날 쳐다볼 수 있는 거니?"

책에 대고 물었다. 그리고 1초 뒤 문이 열렸다. 케이웰 선생님이 '헉' 하고 놀라며 얼마나 깔끔하게 정돈됐는지 칭찬을 쏟아 내실 거야. 하지만 잭 로든하우어였다. 뭐랄까…… 어딘가 이상했다. 잘 모르겠다. 그 애의 눈은 끝없이 나아가는 것 같았다. 한 사람이 감당하기에는 너무 광활한 무한대의 공간이라고나 할까.

잭이 방안을 둘러보았다.

"누구랑 얘기하고 있었어?"

"응? 내가? 아니."

그 애가 주머니에 손을 찔러넣고 눈을 내리깔았다.

"응…… 난 또 네가 누구랑 대화하는 줄 알았어."

나는 손사래를 치며 어색하게 웃었다.

"여기 아무도 없어. 사람이 없는데 어떻게 얘기할 수 있겠어. 아, 물론 혼잣말을 해 본 적은 있어. 근데 오늘은 아니야. 그러니까 내 말은, 아무랑도 얘기하지 않았다는 얘기야."

그리고 갑자기 잭 로든하우어가 울기 시작했다.

나는 책상에서 얼른 튀어나와 문을 닫았다. 머릿속에는 '어, 이 제 이 농담은 절대 하면 안 되겠다'는 생각뿐이었다. 그 애를 안아 주어야 할지, 그칠 때까지 기다려 줘야 할지 종잡을 수 없었다. 난 비도를 꾸리기 전까지 그 앨 싫어했다. 증오했다. 너무 싫어했기 때문에 그 애를 안아 주어야 할 선택이 필요한 때나 장소를 상상해 본 적 없다. 하지만 그건 산산이 부서졌다. 그 애가 내게 기대오더니 내 어깨에 얼굴을 파묻으며 엉엉 운 것이다. 그래서 놀라거나 혼란스러워하는 대신 나는 우주가 내게 그런 순간을 선물해 준 것으로 받아들이기로 했다.

우리는 잠시 그렇게 있었다. 그 애는 울고, 나는 소매가 촉촉이 젖어 드는 걸 느끼면서. 마침내 그 애가 내게서 떨어졌다. 내 앞에 서 그렇게 울음을 터뜨린 걸 당황스러워할지언정 전혀 내색하지 않았다. 내색했다고 해도 전날 밤 퀘소 모임에 가면서 리퀴의 차 안에서 똑같이 펑펑 울었던 얘길 해 줄 참이었지만. 적어도 그 앤

울면서 숨 쉬는 능력이 있었다. 난 그렇게 하지 못했다.

"이해가 안 돼."

잭이 눈물을 훔치며 말했다.

"뭐가? 그 책이?"

"홀든은 왜 뭣 같은 정신병원으로 간 걸까? 왜 잘 풀리지 않았을까?"

"음, 난 그랬다고 생각하는데? 물론 로또에 당첨돼서 행복하게 잘 살았다는 건 아니지만, 어쨌든 도움을 받게 됐잖아. 그전까지는 한 번도 경험하지 못했던 치유의 시작 아닐까? 마침내 자신의 아픔에 집중하게 된 거지. '완전히 다 나았다'는 결말은 아닐지도 몰라. 하지만 난 그게 더 현실적이라고 생각해, 안 그래? 갑자기 씻은 듯이 낫는 경우는 잘 없으니까."

"그래도 정신병원에 들어갔잖아. 우울증과 씨름했는데 결국 정신병원에 갔어. 《월플라워》에서 찰리도 그렇고."

"근데 내용이 그게 전부가 아니잖아. 너무 그 부분만 파고들어선 안 된다고 생각해."

"홀든이 행복한 순간은 한 번뿐이었어. 딱 한 번. 여동생 피비가 회전목마를 탈 때."

"맞아. 피비는 순수했으니까. 그 책의 주제는 순수야. 자라서 세상의 골칫거리를 상대하게 하는 대신 어린이 나라에서 지내게 하는 거지."

나는 손으로 방 안을 휘휘 저으며 말했다.

"근데 난 그 순간 홀든도 자기 자신으로서 성장해야 한다는 걸 깨달았다고 생각해. 늙지 않으면서 성장해야 하는 거야. 새로운 홀든과 행복해지는 법을 배워야 했던 거지. 정말 좋은 생각 같지 않아? 그렇게 자신과 연결하는 거. 자신이 혼자가 아니라는 걸 느끼는 거."

"왜 이 책을 나한테 준 거야?"

나는 고개를 갸우뚱했다. 그 애가 읽은 게 나랑 같은 책이었는지 이해가 잘되지 않았다. 어떻게 그걸 읽고 속상해질 수 있는 거지? 내겐 세상을 바꾸고, 올바르게 성장하라는 교훈을 줬는데 어떻게 이렇게 슬픔에 잠기다시피 하는 걸까? 내가 얻은 건 이랬다. '상냥해지고 사람들의 말에 귀 기울일 것.' 난 걸어가면서도 '사람들은 숨 쉰다. 사람들은 먹는다. 사람들은 무거운 짐을 들었다. 맥박만 뛴다면, 다들 문제를 안고 있다'는 생각을 했다. 그 책을 읽고 나서 이 세상을 모든 사람이 자신만의 약점을 가지고 돌아다니는 곳으로 인식하게 되었기 때문이다. 모두 두려워하고 걱정한다. 홀든도 마찬가지라는 사실에 모든 게 덜 두려워졌다.

"어린이의 순수는 영원할 수 없지. 그래서도 안 되고. 사람들은 그게 행복의 가장 고귀한 형태인 것처럼 행동하지만, 그건 잘 몰라서 그래. 아이들이 행복한 건 세상을 모르기 때문이지. 그래서 다행인 거고. 애들한텐 말이야. 하지만 우리는? 세상의 진짜 모습을 아는 상태에서 행복을 선택하고, 그걸 얻기 위해 투쟁하는 게 훨씬 중요하지 않을까? 세상을 대면하고 스스로 행복을 만들어나가는 게? 솔직히, 너도 그렇게 느낄 거라고 생각했어."

잭이 벽에 몸을 기대고 눈을 감았다. 아무 말 하지 않았지만, 분명히 할 말이 있지만 그럴 용기가 없는 것처럼 보였다. 에어컨 실외기 옆에서 봤던 그 표정이었다. 밝은 데여서 볼 수 있는 것뿐이었다.

"하고 싶은 말 해. 화 안 낼게."

잭이 머리를 흔들었다.

"못 해."

내가 눈을 치켜떴다.

"왜 못 해?"

"내가 사는 곳이 남부니까. 나 같은 사람이 문제가 되니까. 그래서 말할 수 없어."

"잭, 네가 무슨 말을 하려는지 잘 모르겠어. 내가 알기로 남부 사람도 《호밀밭의 파수꾼》을 안 좋아할 수 있거든. 욕하고 싶으면 욕해도 괜찮아. 우린 그저 취향이 다른……."

"나 게이야. 애슈턴이랑 레지 빼고 아무도 몰라. 홀든이 내가 어울려 살아갈 수 있다고 느끼게 해 줄 줄 알았어? 아니면 찰리가? 둘 다 내가 실패작이라는 생각만 들게 했어. 홀든은 게이도 아니고, 진짜 거리로 내쫓아 버리겠다고 협박하는 가족이 있었던 것도 아니잖아? 걘 그냥 우울증에 걸렸을 뿐이야. 집에 올 때마다 피비가 냉랭하게 대한 것도 아니었어. 난 그런 어린 시절의 순수를 원해. 호밀밭의 파수꾼 따위 되고 싶지 않아. 난 잡히는 쪽이 되고 싶어. 거기 다른 누군가가 있었으면 좋겠어. 물론 그런 사람은 없지만. 넌 왜 내가 무지하게 사는 대신 세상이 날 얼마나 증오하는지 되새기며 사는 쪽을 원한다고 생각했니?"

눈물이 소리 없이 잭의 뺨을 타고 흘러내렸다. 나는 무슨 말을 해야 할지 알 수 없었다. 할 말이 없었다.

나는 늘 책을 나랑 똑같이 경험하지 않은 사람을 보면 제대로 읽지 않았다고 생각했다. 핵심을 놓쳤다고, 잘못 이해했다고 생각했다. 하지만 고려해야 할 전후 사정이란 게 있었다. 나는 특혜를 받아서 아픔이 흘러넘치는 글을 읽으면서도 절망하지 않을 수 있었던 걸까? 아니면 사람마다 다른 걸까? 아님 두 개 다인 걸까? 하지만 이 책을 아주 좋아한 친구들이 있었다. 아픔에 공감하면서도 나처럼 느꼈다. 퀘소 회원인 숀도 그중 한 사람이었다. 숀은 엄마가 암으로 돌아가셨을 때 《월플라워》를 읽었고, 그 책을 더 특별하게 생각하는 계기가 되었다.

"미안……. 정말 미안해, 잭. 난 정말 몰랐어."

"뭐, 어쩔 수 없지. 아무도 몰라. 아무도 알아선 안 돼. 절대 말하지 마. 소문나면 부모님은 나랑 의절할 거야. 지인들한테 손을 써서 난 일자리도 얻지 못할 거라고. 살 곳도 없을 테고. 이게 나야."

"걱정하지 마. 아무에게도 말 안 할게. 혹시 내가 도울 일이 있어? 대학에 가면 달라지지 않을까? 너도 설립자 장학금 최종 후보잖아, 맞지? 네가 뽑히면 원하는 곳은 어디든 갈 수 있어."

마치 그 애가 원하는 곳을 갈 수 없기라도 하듯 말했지만, 우리

둘 다 그건 사실이 아니란 걸 알고 있었다. 그 애는 돈 때문에 설립자 장학금이 필요한 게 아니니까. 하지만 다른 할 말이 없었다.

잭이 고개를 흔들고는 어깨를 으쓱했다.

"나도 몰라. 만약…… 만약에 내가 여길 떠나 진짜 나의 모습으로 살아간다면? 난 가족에서 제명될 거야. 돈, 인맥, 모든 게 사라지겠지."

난 바닥을 내려다보았다. 무슨 말이라도 해야 했다. 명언? 이 상황을 나아지게 할 수 있는 어떤 것이든. 하지만 그럴 수 없었다. 무엇이 도움이 될지 알 수 없었다. 이런 상황에서는 보통 책을 주는데, 잭에게는 이미 그것을 줬다. 그것도 네 권이나. 그런데 결과는 참담했다. 그 책 때문에 더 많은 상처를 입은 것이다.

"학교 전체가 날 싫어하는 건 덤이지. 전부 날 싫어해."

"난 널 싫어하지 않아."

"아니, 북클럽 첫날 밤 네가 날 어떻게 쳐다봤는지 알아? 넌 날 싫어해. 나도 내가 싫어."

"그래……. 알았어. 맞아. 그랬어. 그땐 그랬어. 널 싫어했어. 근데 그건 내가 널 몰랐기 때문이야."

"이제 날 '아는데' 달라진 게 있어? 난 게이 버전 홀든이야. 불평불만을 쏟아내면서 덤으로 보수적인 남부라는 주홍글씨까지 새겨져 있지."

"잭……."

"에머슨이 여기 9학년이야. 그 녀석이 나한테 말하는 거 본 적 있어?"

없다. 그때서야 깨달았다. 에머슨은 별별 테이블에 앉지 않았다. 잭의 남동생 에머슨은 잭이 존재하지도 않는 것처럼 행동했다.

"날 싫어하지 않는 사람은 애슈턴과 레지뿐이야. 이젠 싫어하겠지만."

잭이 입을 닫았다.

"혹시 애슈턴 좋아하니?"

"아니."

"뭐…… 적어도 그건 아니네."

잭이 날 잠시 바라보더니 웃기 시작했다.

"그래. 적어도."

나는 그 애 눈을 똑바로 바라보았다.

"내가 어떻게 도와주면 되겠어?"

"글쎄. 나도 날 어떻게 도울 수 있을지 몰라."

"넌 네가 생각하는 것보다 강해."

"아니, 그렇지 않아. 음주운전도 일부러 걸린 거야. 이 지옥 같은 곳에서 잠시라도 벗어나고 싶어서. 가는 곳마다 내 이름을 속닥대는 곳이 아닌 데서 졸업반을 마치고 싶었어. 하지만 엄만 여기가 좋나 봐. 여기 오면 내가 정상으로 돌아올 거라고 생각해. 책임감도 생기고. 그래서 돈 주고 다시 넣은 거야. 자기 대신 날 감시하는 이곳으로."

"그럼 가족들도 알고 있어?"

잭이 고개를 끄덕였다.

"응. 작년에 커밍아웃했어. 그래서 에머슨이 나랑 말 안 하는 거야."

또다시 침묵.

"거짓말은 못 하겠다."

내가 잠시 뜸을 들였다.

"니네 엄마 진짜 나쁘다."

잭이 다시 웃었다. 하지만 아무 말 하지 않았다.

"네가 볼만한 책이 있어. 이 책을 보고 나면 기분이 좋아질걸. 내가 장담할게. 잠시만."

나는 책상에 가서 서랍에서 흰색 판지 두 장을 꺼냈다. 입고를 기다리고 있던 《캡틴 언더팬츠》에 책가위를 씌운 뒤 앱에 등록을 마치고 잭에게 대출했다. 책을 건네자 그 애가 대충 훑어보았다.

"《캡틴 언더팬츠》라."

별 감흥이 없는 목소리였다.

"금서로 지정됐어. 믿거나 말거나."

"믿어. 내 얘기 아무한테도 하지 않겠다고 약속해 줘."

"약속해."

또다시 침묵.

"뭐 하나 물어봐도 돼?"

잭이 고개를 끄덕였다.

"넌 날 잘 모르잖아. 근데 왜 나한테 얘기했어?"

《월플라워》.

참 간단명료했다.

"1년 전에 그 책을 빌린 적 있어. 그땐 금서가 아니었어. 케이웰 선생님이 '어, 이거 클라라가 제일 좋아하는 책 중 하나야'라고 하시더라. 그래서 네가 그 책을 좋아한다면 날 이해해 주지 않을까, 하고 생각한 거야. 네가 관심을 둘 거라고."

내 눈에 눈물이 차올랐다. 뚝 하고 흐르자 나는 얼른 훔쳐냈다.

"근데 왜 하필 나야?"

"너무 외로워서 그냥 여기 있기 싫었거든. 그래서 애슈턴을 끌고 네 북클럽에 찾아간 거야. 난 그저…… 날 이해해 주는 곳을 찾고 싶었어."

"내가 너한테 쏘아붙였을 때, 네가 이해받을 수 있을 거라고 생각한 사람들조차 그렇지 않다고 생각했겠구나."

"그 얘기 더 할 필요 없어."

"하지만 사실이잖아."

"네가 사과했잖아."

"아무리 그래도…… 난 이유 없이 널 막 대한 거야."

"뭐, 됐어. 나도 마찬가지니까. 나도 다른 사람들한테 그렇게 해. 그러니까 우리가 다를 거 없어."

"그럼…… 된 거야?"

"뭐가?"

"다들 혐오하니까 누가 우리를 혐오해도 그냥 받아들여야 하는 거야?"

"뭐, 그렇지. 혐오하지 않는 사람이 어딨겠어. 대상이 자기 자신이냐, 남이냐일 뿐이지."

"그렇다고 좋아지는 건 없어, 잭. 받아들이지 마."

잭이 소리를 질렀다.

"받아들이지 않아! 그저 우리가 누굴 싫어하지 않는다거나 그렇지 않을 거라고 생각하는 게 말도 안 되는 헛소리라는 거야! 우리 스스로 그걸 어떤 식으로 바라볼지 배우는 게 더 중요해. 그러면 우리가 누굴 싫어해도 그걸 알아차릴 거고, 알아차리면 멈추기 쉬울 테니까."

나는 푹 하고 한숨을 쉬었다. 잭 말에도 일리가 있었다.

"넌 누굴 그렇게 혐오하는데?"

그 애 옆에서 나도 벽에 등을 기댔다.

"전부. 그리고 나 자신."

"그럼 그걸 아니까 멈출 수 있겠네?"

"아니. 왜 혐오하는지 그 이유를 몰라. 그냥 그렇다는 것만 아는 거지. 자기가 모르는 걸 어떻게 멈출 수 있겠어?"

"어쩌면 혐오보다 분노에 좀 더 가까울지 몰라."

"그 두 개가 뭐가 다른 건지 모르겠다."

나도 잘 알지 못했다.

"잭, 넌 장인이 손으로 빚은 작품이야. 이 세상에 단 하나밖에 없는 예술 작품. 할 수만 있다면 내가 너 대신 네 인생에서 짜증 나는 것들…… 너희 엄마, 네 가족…… 전부 갖다 버려 주고 싶은 심정이야. 더 이상 내가 무슨 말을 할 수 있을지 모르겠지만, 내가 여기 있으니까 넌 혼자가 아니야."

잭이 고개를 끄덕했다. 쉽고 명쾌한, '물론' 같은 끄덕임이었다. 그 애가 이런 이야기를 듣는 게 처음이 아니고, 아무런 도움이 안 되는 것 같다는 생각이 들었다.

평생 꾸준히 책을 읽어 왔지만 마침내 할 말이 떨어지고야 말았다.

뛰는 사람, 점프하는 사람,
경주하는 사람, 땜질하는 사람,
잡는 사람, 뺏는 사람,
나는 사람, 수영하는 사람

낮잠 아니면 종이팩에 가득 담긴 프라이드 치킨이 시급했다.

수업이 모두 끝났다. 나는 사물함 문을 닫은 뒤 그날 마지막으로 한 대출 정보를 써 넣었다. 점심시간에 일곱 명이 찾아와 반납했는데 앱을 업데이트하지 못했다. 그날 오전 잭과 나눈 대화가 나를 짓눌렀지만 좀처럼 곰곰이 생각해 볼 시간이 나지 않았다.

밀린 대출을 마저 끝내느라 방과 후에 학교에 잠시 남아 있었다. 일을 마무리한 뒤 리퀴에게 문자를 보냈다. 구내식당에는 발도 들이지 못했다. 점심시간 내내 책 때문에 바빴다. 하루 종일 먹은 거라곤 사물함 구멍 사이로 리퀴가 쑤셔 넣은 쿠키 한 조각이었다. 아까 리퀴에게 오늘 밤 할 얘기가 있다고, 치킨이 시급하다고 —이번만큼은 치즈가 아니다.— 말해 두었다.

나오는 길에 자료실에 있는 역사 숙제를 가지러 잠시 도서실에 들렀다. 깨끗하게 정돈한 뒤부터 자료실은 기증 도서를 보관하는 장소에서 내 물건들을 전부 던져 놓는 곳으로 바뀌었다.

옆문을 통해 도서실로 들어갔다. 책장에 가려져 책상 쪽에서는 보이지 않는 곳이었다. 내가 모습을 드러내기 직전 교장 선생님 목소리가 들렸다. 나는 걸음을 멈추고 살그머니 책장 뒤로 몸을 감췄다.

책 너머로 교장 선생님이 보였다. LA의 독재자는 등을 내 쪽으로 돌리고 서서 팔짱을 끼고 있었다. 진짜 독재자처럼. 딱 붙는 양복 조끼에 달린 버클에서 광채가 번뜩이며 벽을 비췄다.

"전 교원 중 한 사람이 제한된 매체 목록을 언론에 퍼뜨릴 모양입니다."

교장 선생님의 목소리는 팽팽하고 껄끄러웠다. '전 교원'. 언론. 크로프트 선생님이 움직이신 모양이다.

"《타임즈 프리 프레스》에 연줄이 있어요. 거기 편집자 중 한 사람이 럽튼 졸업생이에요. 그래도 만일 기사화되기라도 한다면……. 어찌 됐든 약속해 주세요. 이 문제를 해결하는 데 절대적으로 협조하겠다는 약속 말입니다. 언론은 특히 신경 써야 해요. SPA 계약이 이루어지는 중요한 시점에 부정적인 언론 기사가 나오면 안 됩니다. 별것도 아닌 책 때문에 요란법석 떨 필요 없어요."

"교장 선생님, 제 생각이 어떤지 다 알고 계시지 않습니까. 금지된 게 뻔한 책을 가지고 도서실에 비치되어 있지 않다는 거짓말은 할 수 없습니다. 도서실에서 그런 일을 할 순 없어요."

"난 그렇게 생각하지 않아요, 케이웰 선생. 말을 돌리고 비슷한 다른 책을 알려 주면 될 거 아닙니까. 도서실에 없으니 신청을 하라고 하세요. 대처법은 다양합니다. 확답해 주시길 바라요. 그 사람이 며칠 안에 언론을 찾아갈 테니 선생이 우리 편이 돼 주셨으면

합니다."

케이웰 선생님이 한숨을 쉬셨다.

"정중히 거절하겠습니다. 《헝거 게임》이 금지됐을 때도 학생들은 행정실에서 다 치워 버린 걸 알고 있었어요. 사실을 숨기면 더 나빠질 뿐입니다. 애들은 생각보다 영리합니다. 다른 공지가 있을 때까지 비치 도서에서 제외됐다고만 말하겠습니다."

"시키는 대로 하세요. 그건 시키는 대로 하는 게 아니잖아요."

케이웰 선생님이 미소를 지었다. 하지만 그건 미소가 의미하지 않는 모든 것을 의미했다.

"나는 행정실을 위해서 내 도서실을 찾아와 금지 도서를 찾는 학생들에게 거짓말을 하지 않겠습니다. 게다가 그런 공정하지 않은 학칙에는 동의하지 않습니다. 저랑 상의하시거나 사전에 알리신 것도 아니고요."

교장 선생님이 고개를 끄덕이셨다. 팔에 힘이 들어간 게 보였다.

"잘 알았어요. 케이웰 선생. 선생 뜻은 알겠어요. 정확한 명칭은 '제한된 매체'입니다. '금지 도서'는 너무 공격적으로 들리는군요. 어쨌든, 법정 휴가를 며칠 사용하면서 이 자리는 학교와 학생들을 위해 일하는 자리라는 걸 되새겨 보시길 바랍니다. '개인적 사유로 인한 단기 안식 휴가'라고 합시다. 적어도 이 일이 마무리될 때까지요."

맙소사, 말도 안 돼. 내가 지금 뭘 들은 거지?

케이웰 선생님이 너털웃음을 터뜨리셨다.

"진심입니까?"

"물론입니다. 학교에 가장 이로운 결정을 내리는 게 내가 하는 일입니다. 게다가 지금 내가 부임한 이래 추진해 온 일이 중대한 갈림길에 서 있단 말입니다. 이 문제는 당장 싹을 잘라 내지 않으면 걷잡을 수 없이 퍼져 나갈 거란 말입니다. 선생의 의견과 지금까지 해 온 노고를 높이 삽니다. 하지만 이 간단한 일에도 학교의 뜻을 따르지 않겠다면 학교를 위해 나는 이런 결정을 내릴 수밖에 없어요. 내 진심을 알아주길 바랄 뿐입니다. 여기서 8년이나 계시지 않았습니까? 선생은 훌륭한 사서입니다. 학생도 많이 따르고요. 견해차가 있으니 이게 가장 효과적인 차선책 같군요."

케이웰 선생님이 교장 선생님을 응시했다. 아마 나랑 같은 생각을 하고 계실 것이다. 교장 선생님은 금서 문제로 언론이 부정적인 시기에 도서실 문을 닫는 게 진정 해결책이라고 생각하는 걸까?

"그러죠. 좋은 방법 같군요. 어머니를 뵙고 와야겠습니다."

교장 선생님이 미소를 지었지만 승리자의 그것이라고 할 순 없었다. 마치 케이웰 선생님에게 마땅한 조처를 했다는 듯한 미소였다. 정말 옳은 일을 행하고 있다고 믿는 듯.

교장 선생님이 케이웰 선생님의 어깨에 손을 올리셨다.

"잘 생각했어요. 물론 유급 휴가입니다. 그 정도는 해 드려야지요."

케이웰 선생님이 바닥에 있던 가방을 집어 들고 짐을 챙기며 메마른 목소리로 말씀하셨다.

"네, 고맙습니다."

"이해해 줘서 고맙군요, 케이웰 선생. 이만 가 봐야겠어요. 관계 부서에 잘 해결되었다고 말하지요. 그럼 안녕히! 다 잘 해결되고 좀 조용해지면 다음 주 월요일쯤 다시 나오시게 될 겁니다."

"네."

교장 선생님이 마치 생애 가장 뿌듯한 대화를 마친 양 발뒤꿈치로 빙글 돌았다. 도서관을 나서는 활기찬 발걸음에서 열여섯 살 생일 선물로 빨간색 스포츠카를 선물 받은 아이가 생각났다. 주머니에 손을 찔러 넣고 휘파람까지 불었다. 나는 그 소리가 사라진 뒤에야 비로소 모습을 드러냈다.

케이웰 선생님은 도서실 불을 끄려다 나를 기다리기라도 했다는 듯 고개를 끄덕하셨다.

"여기 있을 줄 알았다. 피 냄새가 진동하니 말이다."

"정말 여길 닫으실 거예요? 그럼 LA는 도서실이 없는 거예요?"

"그걸 아무도 눈치 못 채고 그냥 지나갈 것 같으냐?"

나는 고개를 저었다.

"아뇨."

"도서실 문을 닫는 게 이 상황에서 더 나은 해법이라고 생각하지 않니? 교장 선생님은 스스로 무덤을 파는 거야. 나는 줄곧 기다려왔어. 저렇게 성급하고 정치적으로 행동하느라 당연한 걸 못 보게 되는 날이 오길. 내가 나가는 건 교장 선생님이 지금까지 금지했던 모든 책을 위해서다."

그렇다, 선생님한테는 이 모든 게 아주 분명한 것이다. 공들여 미

친 사람을 상대해 오다 갑자기 자신의 신념을 내세울 기회가 주어
진 것이다. 나는 지금까지 크로프트 선생님만 싸우는 줄 알았다.
실질적으로 뭔가를 하시는 건 크로프트 선생님뿐이라고 생각했다.
하지만 이건 계산된 움직임이었다. 케이웰 선생님은 거리에서 폭동
을 일으키지 않고 침투하고 계셨던 것이다. 때를 기다리면서. 이제
는 공격할 타이밍이다. 끝내준다.

그런데 선생님의 말씀이 마치 복수하는 것처럼 들린다는 게 좀
이상했다. '내가 나가는 건 교장 선생님이 지금까지 금지했던 모든
책을 위해서다.' 이해가 잘 가지 않았다. 만약 케이웰 선생님의 행
동이 복수에서 비롯된 거라면 한계점이 어디였을까? 그런 게 있기
나 한 걸까? 크로프트 선생님의 행동은 복수일까 신념일까? 둘 다
일 수도 있을까? 어쩌다가 한계점을 넘은 걸까? 왜 모든 것이 이리
도 복잡할까?

자료실로 달려가 물건을 챙겨 나오자 선생님이 도서실 불을 껐
다. 함께 밖으로 나와 선생님이 도서실 입구에 있는 보안 창살을
내린 뒤 잠그는 걸 지켜보았다.

선생님이 날 돌아보시고는 말씀하셨다.

"내가 교장 선생님 말씀에 동의하는 게 딱 한 가지 있다. 내가
없는 게 학교에 도움이 된다는 거지."

선생님이 도서실을 향해 팔을 뻗으셨다.

"널 믿는다, 클라라. 네가 뭘 할 수 있고, 뭘 해야 하는지 모르겠
지만. 하지만 도서실이 이렇게 문을 닫은 건 교장 선생님이 충동적

으로 주신 선물이나 다름없으니까 이 기회를 놓쳐선 안 된다."

'이 기회를 놓쳐선 안 된다'에서 느껴지는 무게가 지난 밤 퀘소 모임에서 크로프트 선생님이 하신 '좀 도와주지 않을래?'의 무게에 더해졌다.

"어머님께 안부 전해 주세요."

케이웰 선생님 등 뒤로 내가 힘없이 말했다.

선생님의 웃음소리가 복도에 메아리쳤다.

"그러마. 되도록 유명한 우리 엄마표 초콜릿 바나나 머핀을 가지고 오마."

나는 창살 사이를 물끄러미 바라보았다. 나를 짓누르는 무게가 지긋지긋했다. 모든 게 엉망진창이었다. 교장 선생님이 문제를 회피하기 위해 도서실 폐쇄라는 극단의 조처를 한 것은 아주 특별한 권위를 내세운 거라고 할 수 있었다. 거기서 내가 할 수 있는 건 없었다. 내년이 졸업인데 모든 걸 걸 순 없었다. 리바이와 조스가 있는 곳은 교전 지역이었다. 사방에는 죽음밖에 없었다. 하지만 난 달랐다. 내겐 미래가 있었다.

책을 믿으면서 비도를 그만둘 수 있을까? 어떤 것을 믿으면 모든 걸 희생해야 하는 걸까? 희생하지 않는 것이 공공의 이익에 더 득이 됐던 때가 있었을까? 만일 비도를 계속 운영한다면 설립자 장학금을 받지 못하게 될지도 모른다. 리퀴와 함께 밴더빌트 대학에 가는 일이 무산될지도 모른다. 아니, 아예 대학 등록금이 허공에서 사라질지도 모른다. 대학에 진학하면 더 효과적으로 투쟁할 수 있을까? 더 좋은 일을 많이 할 수 있게 될까?

만일 '다음번'이 존재하지 않는다면? '다음번'이 존재하더라도 내가 똑같이 '다음번'이라고 말한다면?

하지만…… '다음번'과 관계없이, 이 모든 의문과 관계없이, 비도는 책에 등장하는 상상 속 이야기가 아니었다. 그저 교장 선생님이 틀렸다는 걸 증명하려고 꾸민 일도 아니다. 책에 대한 믿음에서 시작한 일도 아니었다. 내 방식대로 힘 싸움을 한 것이다. 화합하기 위해 책을 모으는 대신, 전쟁에서 이기기 위해 책을 무기처럼 사용한 것이다. 나는 리바이도, 조스도 아니었다. 나는 또 다른 교장 선생님이었다. 싸움을 위한 싸움을 하며 책에 대한 내 의견을 강요하며 멋대로 책 선정을 해 온 것이다. 더는 그럴 수 없었다.

멈춰야 했다. 그렇게 해야만 했다.

나는 심호흡을 했다. 가슴을 무겁게 누르던 고민이 해소된 느낌이었다. 나는 자유로웠다. 그리고 결심했다. 마침내.

진짜 도서실이 문을 닫았다. 여기서 그만둘 순 없었다. 케이웰 선생님의 빈자리를 채워야 했다. 돌아오실 때까지 내가 도서실이 되기로 했다. 그러다가 진짜 도서실이 다시 문을 열면 그때 그만둘 것이다. 그땐 정말로 흰 책가위를 캠퍼스 밖으로 가지고 나가 꼬맹이 도서관에 갖다 놓을 것이다. 그런 다음 졸업과 LA를 벗어나는 데 집중할 것이다. 이 장기적 계획이 마음에 들었다. 아, 물론 단기적 계획 또한 마음에 들었다. 오늘 저녁 프라이드 치킨을 먹는다는 계획 말이다.

책 애인

이상하고 바보 같다고 느껴지는 곳에 있는 사람을 보
면 가엾게 느껴진다.

-로이스 로리,《기억 전달자》

나는 커다란 머그잔에 망고 주스를 콸콸 쏟아붓고 내 개인 소
유의《날 짓밟지 마》를 빤히 들여다보았다. 다시 읽고 싶은 마음이
굴뚝 같았지만 그 대신 잭을 생각했다. 우리가 나눴던 대화에 대
해 생각했다. 그 애를 잘 알지도 못하면서 얼마나 오랫동안 그 애
를 싫어했고, 그 사실조차 인지하지 못했는지를. 그것 때문에 그
애에게 더 깊은 상처를 주었다는 것을. 내가 어떻게 도울 수 있을
지 고민했다. 아니면 적어도 그 애에게 희망을 줄 수 있는 책이 무
엇이 있을까 생각해 보았다. 그 와중에도《날짓마》를 다시 읽어 보
고 싶은 충동이 들었다. 그 책은 이미 내가 감당하기 힘들 정도로
내 인생을 송두리째 뒤흔들어 놓았다. 그런데도 다시금 그 책을 숙
지하고 싶은 건가? 다행히 문을 두드리는 노크 소리에 책 신에게
서 잠시 벗어날 수 있었다.

"들어오세요."

아빠가 방문을 열었다.

"난 네 방문을 두드리는 게 참 좋아. 네가 집에 있다는 뜻이
거든."

내가 웃었다.

"잘나가는 비영리단체를 운영하고, 좋은 성적을 받고, 원만하게
교우관계를 맺으면서 가정에까지 충실할 순 없어요."

"내가 왜 자동차 세일즈맨이 됐게?"

"할 게 없어서?"

"전부 다 가지기 위해서다!"

내가 웃었다.

"그건 그렇고, 아래층에 리퀴가 왔어."

그제야 나는 몸을 돌려 아빠를 쳐다봤다.

"들어오라고 했어요?"

"안 들어오겠대. 둘이 같이 저녁 먹으러 간다고?"

"프라이드 치킨이요. 오늘 내내 그게 당겼어요."

"이해해. 난 피자가 먹고 싶었어."

"아, 피자. 그것도 맛있겠다."

"이런, 너랑 프라이드 치킨 사이에 끼어들 생각은 아니었는데."

나는 한숨을 쉬고 몸을 굴려 침대에서 빠져나왔다.

"왜 절 미워하세요?"

아빠가 나를 안아 주셨다.

"치킨에게 안부 전해다오."

"우리 아빠가 우리 관계를 허락하지 않고, 내가 피자 만나기를 원한다고 전할게요."

아빠가 짐짓 심각한 얼굴을 하셨다.

"치킨이 그걸 어떻게 받아들일까?"

내가 고개를 가로저었다.

"아마 힘들어할 거예요."

"다 널 위해서란다. 잘 다녀오너라."

"모든 상처는 시간이 지나면 괜찮아져요. 갔다 올게요."

나는 아래층으로 뛰어 내려가 엄마를 지나친 뒤 대문을 빠져나왔다. 리쿼가 계단에 앉아 있었다.

"왔어?"

옆에 앉자마자 갑자기 리쿼가 내 품 안으로 파고들더니 5분간 엉엉 울었다. 아니, 내가 무슨 페로몬이라도 분비하면서 '나한테 기대고 울어'라는 신호를 주는 걸까? 도대체 다들 왜 그러지?

실컷 울고 난 뒤 리쿼가 말했다.

"미안, 아마 넌 또 끝내주는 책을 읽으면서 말도 안 되는 대담한 일을 구상하고 있었겠지. 내가 여기 앉아서 호락호락 당하고 있는 동안."

도대체 무슨 일 때문에 호락호락 당했다고 하는지, 어떻게 대답해야 할지 알 수 없었다. 대답하기 싫어서가 아니라 보통 리쿼가 속말을 쏟아 낼 때는 가만히 있는 게 나았다.

"루카스한테 화났어. 머리끝까지. 그 사람이 섹시하든 말든 상관 없어."

나는 혼란스러웠다.

"루카스? 지금 '내' 루카스 말하는 거야? 도대체 왜 그러는데?"

리쿼가 고개를 끄덕였다.

"《날 짓밟지 마》 때문은 아니야. 솔직히 그건 그저 그랬어."

"그 말 용서해 줄게."

"《목재 창이 있는 집》 말하는 거야."

"아, 그 책도 강력한 한 방이 있긴 하지."

리쿼가 손등으로 눈물을 훔쳐냈다.

"나 짱 먹고 싶어졌어."

"눈치 없게 물어봐서 미안한데, 넌 이미…… 그렇다고 할 수 있 잖아?"

"내 말은 미국 대통령."

"그렇게까지? 설마 애슈턴이 한 얘기 때문에 그러는 거야?"

그 애가 날 노려보았다.

"좋아. 상원의원으로 만족할게. 내 말은, 경영학 학위로 버는 돈 으로 세상을 바꿀 수 없다는 건 아니지만, 나는 릴라 스태비처럼 되고 싶어. 리바이랑 조스처럼 전략적으로 싸우고 싶어. 변호사가 되고 싶어. 그러고 나서 상원의원. 그다음은 대통령. 사실 뭐, 경영 학 학위도 괜찮았어, 정말이야. 그런데 그동안 학생 권리랑 사립학 교 계약법 자료를 찾아보고, 행정실이 어떤 식으로 돌아가는지 봤잖아. 네 책 사업 뒤치다꺼리도 했고. 그런데 네가 그런 일을 하는 걸 보고, 또《목재창》읽고 나니까 경영학을 전공하는 게 솔직하지 못하다는 생각이 들었어. 뼛속 깊숙이 시민운동, 풀뿌리 운동을 원하는데 말이야. 나도 몰라. 어쩌면 미친 생각일지도."

리쿼가 말을 흐렸다.

"리쿼. 정말이지…… 대단한 생각인데? 정말로."

내가 힘주어 고개를 끄덕였다.

"넌 미치지 않았어. 나도 네 안에 그런 게 있다고 생각해. 넌 정말 잘해 낼 거야."

그 애가 슬며시 웃더니 눈물을 닦아 냈다.

"이제 네가 왜 그렇게까지 네 '책 애인'을 좋아하는지 알았어. 진짜 그 작가한테 제대로 한 방 맞았다니까."

"《날 짓밟지 마》도 좋았구나?"

"《목재창》이 훨씬 더 낫다는 것뿐이야."

"그럼……."

"그래서 어떻게 해야 할지 모르겠어. 가족들에게 내 계획을 말해서 분란을 일으켜야 할까? 할아버지 할머니 지원이 끊기면 부모님이 화를 낼 텐데. 그렇게 되면 난 아마도 2년제 공립대학에 진학하게 되겠지. 네가 밴더빌트에 가는 동안."

"네가 할아버지 할머니께 미국 대통령이 되고 싶다고 말씀드리면 경영학 학사학위를 따지 않아도 용서해 주지 않으실까?"

"네가 그분들을 몰라서 그래."

"그건 그래. 부모님은 뭐라고 하셔?"

리쾨가 한숨을 푹 쉬었다.

"'등록금 대는 사람 말 들어.' 어쨌거나 프라이드 치킨 먹으러 가자. 이 눈물은 네 잘못이기도 하고, 정서적으로 불안정한 상태에서 운전하다 어디 도랑에라도 빠질까 봐 여기서 다 털어놓은 거야."

"엄밀히 따지면 그건 게브하르트 작가 잘못이지. 비도를 시작하게 만든 책을 쓴 장본인이니까."

"글쎄, 내가 《목재창》을 읽게 한 사람은 따로 있는데."

내가 손가락을 좌우로 흔들었다.

"난 아냐. 《날 짓밟지 마》 읽으라고 했지, 《목재창》은 아니었어."

"그럼 좋아. 내가 운 건 매브 때문인 걸로 해."

"어련하시겠어."

리쾨가 한숨을 푹 쉬었다.

"네 말이 맞아. 참, 나한테 데이트 신청하더라."

"누가?"

"매브지, 누구야? 내가 여러 가지 얘길 해도 좀 집중해 줄래?"

두 번째로 놀랐다.

"음······. 니들이 말한 대로 '완전히 영영 쫑났어'인 줄 알았는데."

"《엘리노어 & 파크》를 읽더니 파크가 남자 친구의 정석이라고 생각했나 봐. 그러니까 그렇지."

"그럼······."

"대통령이 먼저 돼야지."

내가 웃었다.

"내가 늘 그랬잖아. '연애보다 큰일을 먼저 해야 한다.'"

리퀴가 피식 웃더니 뺨에서 눈물 한 방울을 더 닦아 냈다.

"근데 기분 좋지 않았어? 걔한테 싫다고 거절하는 거."

"응. 어차피 걘 다른 학교로 가서 풋볼 할 테고, 가까이 있게 되더라도 예전처럼 끌리지도 않아. 근데 책 한 권에 갑자기 대단한 로맨티시스트라도 된 양 행동하는 건 정말 웃겨."

"매브는 그렇다 치고, 할아버지 할머니 일은 정말 유감이야. 정말 힘들 텐데."

리퀴가 내게 기대어 오며 말했다.

"그러게. 왜 가끔은, 자기 자신을 알면 알수록 더 힘들어지는 걸까?"

곧바로 책이 떠올랐다. 나 자신이 떠올랐다. 모든 사람이 떠올랐다.

"자기가 믿는 게 뭔지 알기 힘들다는 것과 같은 이유겠지."

"그게 뭔데?"

"두려움."

우리 사이에 잠시 침묵이 흘렀다.

먼저 일어서서 리퀴를 일으켜 세웠다.

"치킨 말고 피자 먹는 건 어때?"

리퀴는 내가 계획을 바꾸자는 게 불만인 듯 코웃음 쳤지만 고개를 갸우뚱거리며 내 제안을 고민했다. 잠시 뒤 그 애는 '왜 모든 결정이 이렇게 어려운 거지?' 하는 표정으로 나를 바라봤다.

내가 고개를 끄덕였다.

"내 말이 바로 그 말이야. 차 타고 가면서 생각해 보자."

사서는 엄마랑 수다 중

이상한 점 세 가지.

내 몸은 일찍 일어나는 훈련이 돼 있다. 도서실이 문을 닫았다. 사서가 엄마랑 노닥거리고 있다.

여기에는 문제점이 있다. 일찍 일어나도 갈 데가 없다는 것. 그래서 나는 새로운 전통을 만들기로 했다. 먼저 문학의 집으로 온 이메일에 답장하고 꼬맹이 도서관에 책이 갖춰졌는지 확인했다. 그런 다음 국도에 진입하기 전 주유소에 들러 혹시 신문에 럽튼 기사가 났는지 살펴보았다. 하지만 학교 이름은 한 번도 언급되지 않았다.

그런 뒤에도 시간이 남아서 국도를 타는 대신 채터누가 시내로 나가기로 했다. 집에서 학교까지는 신호등이 꽤 많아서 시내를 통과하는 데 시간이 훨씬 오래 걸렸다.

방향을 틀면서 법원을 지나 헌터 미술관이 자리한 예술 지구에 들어섰다. 한때 미술관으로 현장학습 나갔을 때 바닥에 리쿼의 안경을 놓고 사람들이 마치 그것이 설치 미술이라도 되는 양 바라보는 모습을 구경했다. 테네시강을 가로지르는 다리는 총 네 개다. 27번 국도(내가 보통 다니는 길), 마켓 스트리트 다리(오늘 건넌 다리), 전쟁 기념 다리, 월넛 스트리트 다리다. 월넛 스트리트 다리에는 차가 다니지 못한다. 세계에서 가장 긴 보행교 중 하나다.

이따금 방과 후 집에 곧장 돌아가고 싶지 않을 때 리퀴랑 월넛 스트리트 다리를 산책하곤 했다. 내가 채터누가에서 가장 좋아하는 장소다. 강 위에 서서 오랜 시간 흘러온 뿌연 강물을 바라볼 수 있다. 구름 한 점 없는 날이면 나는 다리의 푸른색 철골 구조물이 대기권의 필수 요소라는 상상을 한다. 채터누가가 있어서 하늘이 움푹 꺼지지 않는 거라고.

마침내 보통 학생처럼 교정으로 들어와 졸업반 전용 주차장의 얼마 남지 않은 자리에 차를 댔다. 로터리를 돌아 럽튼홀에 도착했다. 교실에 도착하기도 전에 도서실에 대해 여기저기서 수군대는 소리가 들렸다.

음.

그리고 잭은 수업에 오지 않았다. 또다시.

두 번째 별, 그리고 안전지대

점심시간에 우리가 앉은 테이블을 한 번만 쳐다봐도 세상이 이해할 수 없는 방향으로 기울어져 있다는 사실을 알 수 있을 것이다.

애슈턴이 항상 비어 있던 내 옆자리에 앉았다. 다행히 아이들은 낮은 목소리로 도서실이 문 닫은 이야기를 하느라 우리 테이블의 새로운 점거자에 대해 별다른 관심이 없었다. 도서실이 사라진다는 사실이 테이블 규칙마저도 잊게 만드는 게 신기했다.

"두 번째 별에 온 걸 환영해."

내가 애슈턴에게 말했다.

그 애는 잠시 어리둥절한 표정을 짓다가 고개를 들고 잠시 위치를 가늠했다. 그러다가 위쪽에 있는 해 그림을 보고 빙그레 웃었다.

"난 왜 오늘에서야 여기에 앉은 거지?"

리퀴가 어깨를 으쓱했다.

"우린 쭉 여기 있었다네."

"그게 무슨 소리야? 난 저쪽이야말로 완벽하다고 생각했는데."

스콧이 처음으로 뱉은 말이었다.

나는 재빨리 스콧에게 눈으로 '부잣집 애들을 주제로 실없는 소리 했다간 가만 안 둬'라는 신호를 보냈다.

스콧이 얼굴을 찡그렸다.

"미안, 너한테 부정관념이 있는 건 아니야."

"스콧, '고정관념'이야."

리퀴가 고쳐 주었다.

"둘 다 부정적인 건 맞잖아?"

"그건 그렇고."

다시 애슈턴을 보며 내가 입을 열었다. 잭에 대해, 잭의 가족에 대해, 그 애가 얼마나 괴로워하는지 이야기하고 싶었다.

"잭은 어떻게 된 거야? 왔다가 다시 사라졌던데."

애슈턴이 어깨를 으쓱했다. 내게 얘기해도 되는지 고민하고 있었다. 하지만 안전하다고 느꼈는지 조심스럽게 말을 꺼냈고, 나는 그걸 보며 뿌듯함을 느꼈다. 우리가 바로 안전지대다.

"다들 화나 있어. 난 잭에게 화났고, 잭은 레지에게 화났어. 레지는 내가 잭에게 화난 것 때문에 나한테 화났고. 완전체가 따로 없어. 참, 리퀴. 네게 할 얘기가 있어."

내가 잭에 관해 안다는 사실을 애슈턴도 알고 있는지 궁금했다. 하지만 그 애의 눈길에서 '아, 너도 이제 아는구나'가 느껴지지 않았다. 아마 모르는 듯했다.

리퀴가 손으로 부채질을 하며 말했다.

"말해 봐."

"혹시 GSA라고 들어 본 적 있어?"

리퀴가 고개를 갸우뚱했다.

"게이-스트레이트 연합* 말하는 거지? 아는데, 왜?"

"정식으로 인정받았는데도 지원금 못 받은 거 알고 있어? 2년 동안이나."

리퀴의 입이 쩍 벌어졌다.

"설마. 그럴 리가. 말도 안 돼."

"사실 어젯밤에 《날 짓밟지 마》 읽었어. 읽고 나니까 내가 싫어하는 것들을 전부 바꾸고 싶더라. 그래서 오늘 아침에 지원금 신청하러 교장실에 세 번이나 들렀어."

"그 책은 정말이지…… 위험하군."

내가 그렇게 말하지 않았다는 사실에 안도의 미소를 지었다.

"네가 그동안 GSA를 운영하고 있었단 말이야? 그런데 왜 지금까지 지원금 얘기 안 했어?"

애슈턴이 웃었다.

"여긴 럽튼이잖아! 학교가 이런 식으로 나와도 우리가 할 수 있는 게 없어. 나는 돈 뒤에서 어떤 일이 벌어지는지 다 알아. 너희는 우리가 얼마나 힘없는 존재인지 잘 모를걸. '돈이 말한다'는 말 다들 알지? 여기선 돈이 가르쳐. 돈이 규칙을 정하고 돈이 공식 기록을 삭제하고, 정학을 없던 일로 만들어."

* 성소수자와 비 성소수자가 함께 어울리는 미국 고교의 자율 동아리.

"진짜 그래. 학생회 하면서 나도 조금은 알아. 이렇게 심한 줄은 올해 들어서 처음 알았지만."

"최악이야."

애슈턴이 축 늘어진 샐러드에 포크를 찔러 넣으며 말했다.

"그런데 왜 하필 지금이야? 왜 이제 와서 싸우는 거야? 학교가 아무것도 안 할 거라는 걸 알면서? 도움을 요청하면서까지."

내가 물었다.

리퀴가 콧방귀를 꼈다.

"그건……."

사실 알고 있었다. 잭을 위해 할 수 있는 일이 이것뿐이기 때문이다. 잭. LA에서 가장 큰 유산을 이어받은 집안의 자손. 집안 장손을 지지하는 동아리에 지원금을 허용하지 않는 집안. 이제 애슈턴의 눈동자에 깃들어 있던 무게가 선명하게 보이기 시작했다. 그 애는 더 이상 세상에서 가장 재수 없는 부잣집 도련님의 가장 친한 친구가 아니었다. 별별도 아니었다. 친구를 도울 방법을 알지 못하는, 대단히 의리 있는 친구였다.

"그래서 어떻게 됐어? 교장 선생님이랑 얘기했어?"

"항상 안 계시더라. 늘 부재중이었어."

"딴 데 또 교장실이 있는 거 아닌가 몰라."

리퀴가 말했다.

"스마트 기기 차고 계시는 거 알아?"

내가 물었다.

"학교가 안 주고 버티는 거, 내부 규정에 어긋나는 거 맞지? 한 번이라도 행사를 할 수 있으면 좋을 텐데."

리퀴가 고개를 푹 숙였다.

"내가 조사해 본 결과, 아니야. 사립학교라서 그래. 사립학교는 마음대로 차별할 수 있거든."

애슈턴이 한숨 쉬었다.

"젠장, 난 왜 여길 3년이나 다닌 거지?"

비도 및 도서실 폐쇄와 관련해서 온 문자 개수(제발 그만해!)

점심시간 : 5

점심시간 후 : 24

미적분 수업 후 : 35

방과 후 흰 책가위를 나눠 주는 사이 : 41

집에 귀가했을 때 : 56

풋볼 경기 보러 가기 전 : 67

하나도 근사하지 않은 편지

파트 A : 문제의 이메일

받는 사람 : clara.evans@luptonacademy.edu

보낸 사람 : shellibrown@foundersfoundation.org

제목 : 설립자 재단 만찬의 밤 최종 점검 사항

클라라 에번스 님께,

설립자 재단 임직원 모두를 대신해 다시 한번 설립자 장학금 최종 후보가 되신 것을 진심으로 축하드립니다. 설립자 재단 만찬의 밤 행사가 얼마 남지 않았음을 알려드리게 되어 기쁘게 생각합니다!

참석자 모두가 최종 후보들의 연설을 고대하고 있습니다. 그날을 위해 열심히 준비하셨을 귀하께 미리 감사의 말씀을 드립니다. 행사가 열리는 다음 주 토요일과 관련해 숙지할 세부 사항과 정보를 전달하오니 아래에서 확인해 주십시오.

장소 : 헌터 미술관

시간 : 6:45 p.m.

의상 : 정장

테이블 번호 : 6번. 귀하의 테이블에는 변화를 위한 채터누가 교육위원회 설립자인 재닛 로든하우어가 함께 합니다. 질문 몇 가지를 준비해 오시기 바랍니다.

저녁 식사 : 전채 요리를 간단히 즐긴 뒤 7시 15분경 만찬이 시작될 예정입니다. 귀하와 귀하가 동반하는 게스트 중에 사전 고지가 필요한 음식 알레르기가 있으면 가급적 빨리 해당 이메일에 답장해 주시길 바랍니다.

궁금한 점이 있으면 언제든 문의해 주십시오.

감사합니다.

셸리 브라운

설립자 재단 이사장

파트 B : 뒤이은 내 반응

제길.

까먹었다. 까먹었다. 까먹었다. 까먹었다. 까먹었다. 까먹었다. 까먹었다. 까먹었다. 까먹었다. 까먹었다. 까먹었다. 까먹었다. 까먹었

다. 까먹었다.

연설에 대해서 까맣게 잊고 있었다.

일주일 안에 뭐라도 준비해야 한다. 옷도 필요하다. 부모님이 갈 수 있는지도 여쭤봐야 한다. 게브하르트 작가에게 물어보고 싶지만 알리기에 이미 너무 늦었다. 3일 안에 뭐든 준비해야 한다.

관람석의 네 사람

꾸준히 쌓이는 눈처럼 도서관이 천천히 불어났다. 정말
아름다웠다. 시간을 들여 우리 안에 진실이 녹아들게 했
던 바로 그것이 자신도 시간을 필요로 한다는 것이 정말
잘 맞아떨어진다는 생각이 들었다.

-루카스 게브하르트,《날 짓밟지 마》

금요일이었다. 고등학교 들어와서 처음으로 세 사람과 함께 경기
를 관람했다. 리쿼, 잭(오늘 수업에 안 들어왔지만, 혹은 아예 학교에
나오지 않았지만 묻지 않기로 했다), 그리고 애슈턴과 함께였다.

나는 애슈턴이 이렇게나 많은 아이와 얘기하는 줄 몰랐다. 거의
모든 사람과 쉼 없이 재잘거렸다. 원맨쇼 그 자체였다. 그런 모습이
익숙지 않았다. 그 애가 별별들하고만 이야기하는 모습이 머릿속에
선명했기 때문이다. 몇 년 동안이나 그랬다. 어떻게 이런 모습을 못
알아봤을까? 잭이 상처 입은 영혼이란 걸 어떻게 몰랐을까? 탐탁
지 않으니까, 부자니까, 아무런 문제가 없으니까 바뀌라는 소리에
늘 괴로워했다는 걸 어떻게 눈치채지 못했을까?

왜 어떤 사람은 절대 상처받지 않을 거라고 생각했을까? 상처란 빗물 같다. 어디에서나 내리고 뚝뚝 흐른다. 빗물이 닿지 않는 곳은 존재하지 않는데, 어떻게 누군가의 아픔을 별것 아닌 것으로 치부하며 깡그리 무시할 수 있을까? 마치 이 세상에는 아픔이 될 수 있는 기준이 있고 그것을 통과해야만 공감을 얻을 수 있는 것처럼.

나는 생각에 잠겨 잭과 대화를 나누는 애슈턴을 물끄러미 바라보았다. 놀라운 녀석…… 아니, 그 녀석은 이제 내 친구였다. 두 사람은 LA에 갓 들어온 사람들 같았다. 리퀴가 내가 빤히 그 애를 쳐다보는 걸 알고 발로 툭툭 쳤다. 그러더니 가까이 다가와 귓가에 소곤거렸다.

"너 지금 그거 진심이지?"

"뭐? 아……. 애슈턴? 아니야! 난 그냥…… 아무것도 아냐. 근데 우리가 다 안다고 생각했었던 게 정말 어처구니없지 않니?"

리퀴는 별로 감흥이 없어 보였다.

"맞아, 그래."

"진짜로 말이야! 이런 상황이 올지 누가 알았겠어? 잭 로든하우어하고 애슈턴 브릭스하고 같이 있다는 게 말이 돼?"

리퀴가 어깨를 으쓱했다.

"나도 몰라. 그냥…… 재밌잖아."

필드에서 누가 볼을 잡은 것도 아닌데 나는 자리에서 벌떡 일어났다.

"과자 좀 사 올게. 금방 올 거야."

내가 관찰한 또 다른 사실 한 가지. 애들은 애슈턴에게 말을 걸지 않으면 나에게 도서실에 관해서 물었다. 하지만 이 순간만큼은 아무런 생각도 하고 싶지 않았다. 한동안은 있는 그대로 얘기해 주었지만 하도 애들이 쿡쿡 찌르는 통에 내 비꼼 지수가 점점 올라가기 시작했다.

경기 초반
그들 : "도서실이 왜 닫혔는지 알아?"
나 : "아니, 전혀 몰라."
그들 : "네 도서관은 여는 거지?"
나 : "도서실이 다시 열릴 때까지는."

한 시간 뒤
그들 : "도서실 뭣 때문에 닫혔어?"
나 : "책에 쉼표가 우글거려서."

두 시간 뒤
그들 : "도서실 왜 닫은 거야?"
나 : "불 켤 줄 아는 사람이 없어서."

3쿼터 끝나고

그들 : "도서실 왜 닫혔어?"

나 : "누가 구내식당에서 가져온 햄버거를 안내데스크 옆에 떨어뜨렸는데 거기서 평행우주로 통하는 문이 열린 거야. 그래서 이제는 바닥에 뚫린 큰 구멍 사이로 내려다보면 대체 가능한 현실에서 자기 모습을 볼 수 있어. 아, 물론 그건 이미 죽지 않았다는 전제 하에서 말이야. 어쨌든, 우린 관리팀이 수리해 주길 기다리고 있어. 유한한 운명을 보고 애들이 기절초풍하면 안 되니까. 럽튼의 첫 번째 원칙이 '집중'인 거 알잖아?"

질문이 들어올 때마다 내가 LA의 유일한 문학 대사라는 압박감이 점점 더 벽돌처럼 어깨를 짓눌렀다. 이 임무가 머잖아 끝날 것이라는 게 유일한 위안이었다.

다 같이 먹을 수 있게 나초 스낵을 잔뜩 샀다. 내가 먹을 트위즐러(밋밋한 동시에 자꾸 당기는 이상한 과자다.)도 한 봉지 샀다. 관람석으로 가지고 돌아와 나초를 내밀었지만 잭은 내 트위즐러에 눈독을 들이는 것처럼 보였다. 그래서 그 애 옆에 앉아 포장지를 뜯어서 내밀었다. 오늘 왜 결석했는지 묻고 싶은 걸 꾹 참으며.

"이거 뇌물 아니야? 설마 설립자 장학금 후보 경쟁에서 더 높이 올라가게 우리 엄마한테 말 넣으라는 뜻 아니지?"

반은 농담, 반은 진담 같았다.

목구멍에서 방어하려는 말이 간질대는 걸 느꼈지만 나는 오히려 과자봉지를 더 가까이 들이밀었다.

"너한테 트위즐러 주려고 그런다!"

잭이 물끄러미 내려다보더니 이윽고 손을 집어넣어 한 개를 쏙 빼 갔다.

"트위즐러는 괴상해. 아무 맛도 안 나는데 계속 손이 가."

내가 웃었다.

"나도 그 생각 하고 있었어! 진짜 어떻게 한 거지?"

애슈턴이 팔을 뻗어 그대로 봉지 속에 손을 집어넣었다. 리퀴랑 〈뉴저지의 진짜 주부들〉 이야기를 하느라 여념이 없었다. 쳐다보지도 않고 트위즐러를 한 움큼, 장작 두께만큼 집어가 버렸다. 나는 텅 비다시피 바스락거리는 과자봉지를 움켜쥐었다. 갑자기 우울해졌다.

"내 트위즐러……."

혼잣말처럼 중얼거렸다.

잭이 깔깔 웃기 시작했다.

"내가 지금까지 봤던 것 중에 가장 비극적인 광경이야. 네 표정을 봐야 하는데. 야, 애슈턴!"

애슈턴이 홱 돌아보았다. 트위즐러 두 개를 입에 물고서.

"왜 그래?"

"네가 클라라 트위즐러를 반이나 가져가서 얘 지금 울기 일보 직전이야."

다들 날 쳐다보더니 트위즐러를 잃은 내 슬픔에는 아랑곳하지 않고 웃어댔다. 나도 웃었다. 그리고 나도 모르는 새에 애슈턴이 매점에서 트위즐러 세 봉지를 사 와서 내 무릎 위에 떨어뜨렸다.

잭과 나, 우리 두 사람이 그걸 전부 먹어 치웠다.

별별과 퀘소를……

별별 두 명이 우리와 함께 퀘소를 먹는 게 아무렇지도 않다는 게 정말 놀라웠다. 잭 옆에 리퀴가, 내 옆에는 애슈턴이 앉아 있었다. 반쯤 먹었을 때 레지가 와서 합류했다. 애슈턴이 다들 화가 났다고 했었지만 그렇게 보이지 않았다. 다 같이 모여 있다는 게 어색할 법도 한데 전혀 그렇지 않았다. 그 애들도 사람이었다. 나랑 리퀴처럼 그 애들도 자기들끼리 어울려 다니는 것이다.

이전까지만 해도 리퀴와 나는 우리 사이가 너무나 특별하고, 학교에 우리 말고 이렇게 각별한 친구 사이는 없다고 생각했다. 하지만 애슈턴, 잭, 레지가 어울리는 것을 보니 전등 스위치가 켜지는 것 같았다.

잭과 애슈턴은 자신들이 독점적으로 왕재수가 되고 싶어서 별별인 게 아니었다. 그 애들이 별별인 건 리퀴와 내가 리퀴와 나인 것과 같았다. 모든 별별 애들이 다 그렇다고 장담할 순 없지만 이 셋만큼은 달랐다. 이 아이들의 특별함은 못 봐주면 위선, 잘 봐줘도 상상의 산물이었다. 그걸 깨닫는 데 필요한 건 지레짐작하는 게 아니라 눈을 뜨고 보는 것이었다.

배터리의 죽음

모호 부리토에서 별별들과 만나고 난 뒤 월요일이 돌아왔다. 기사가 터지지도, 케이웰 선생님이 돌아오지도 않았다. 아이들은 도서실이 폐쇄됐다고 수군거리는 데서 그치지 않고 조금씩 아쉬워하기 시작했다. 그것이 교장 선생님한테는 좋은 소식일 리 없었고, 나는 내심 그 사실이 기뻤다. 도서실의 부재를 몸소 느끼는 건 나였다. 그게 원인인지는 모르겠지만, 갑자기 사람들이 책을 찾기 시작했다. 내가 가지고 있지 않은 책들, 심지어 금지되지 않은 책까지도 원했다. 전형적인 '남의 떡이 더 커 보인다' 증후군이다.

우리는 항상 갖지 못하는 걸 원한다.

지금의 비도 일과 비교하면 지난주는 휴가라고 할 수 있었다. 아무래도 도서실이 문을 닫았기 때문이다. 일주일이 눈 깜짝할 새 지나갔다. 너무 빨라서 쫓아가기도 힘들었다. 점심을 거를 때가 많았고 수업도 간신히 지각을 면하는 수준이었다. 책 거래가 이뤄지는 곳은 다양했다. 복도 아니면 내 사물함, 급수대 옆, 화장실, 문 열린 사물함 뒤 등등. 그 주의 데이터를 기재하느라 휴대폰을 너무 많이 두드린 나머지 오전에 꽉 찬 100퍼센트에서 시작한 배터리가 점심 때쯤이면 30퍼센트 아래로 줄어 있었다.

책과 대출인 정보를 빠르게 교환하는 데 통달했다. 일은 순조롭게 진행되었지만 고단했다. 리퀴와는 전혀 함께 시간을 보내지 못했다. 자율학습 시간이 돌아올 때마다 임박해 오는 설립자 재단 만찬 때 사용할 연설문 초고를 쓰려고 했지만 그럴 수 없었다. 그 대신 제출까지 고작 몇 분 남은 밀린 숙제를 하느라 정신이 없었다. 수요일에 역사 시간 숙제로 제출한 다섯 장짜리 '향신료 무역의 기원' 리포트에는 온기가 아직 남아 있었고 잉크가 채 마르지 않은 상태였다.

목요일, 수업을 마치고 집으로 돌아갈 즈음 리퀴와 애슈턴의 사물함이 텅 비었다. 내 사물함에도 딱 네 권이 남아 있었다. 4. 쿼트로. 수많은 욕을 구성하는 글자 수가 내게 남아 있는 책의 개수와 일치했다. 총 예순여섯 권을 빌려 갔다. 비도를 운영하며 혼란스러울 때가 많았지만, 끝나가는 시점에 이르러 최대치로 대출된 것을 보니 흐뭇했다. 사람들이 책을 읽는다. 잘된 일이었다. 나는 그들에게 책을 조달해 주는 사람이었다. 럽튼 아카데미에서 대마초를 유통하는 사람과 한 끗 차이일 것이다. 동업을 제안해 볼까 잠시 고민했다.

아니, 그건 아니다.

농담이다. 정말 그런 고민은 하지 않았다.

그 목요일, 모든 것을 끝낸 뒤 집으로 향했다. 돌아가서 부모님께 설립자 재단 만찬에 대해서 말씀드렸다. 살짝 많이 놀라시긴 했

지만 그럴 만도 했다. 부모님이 행사에 대해 들은 건 그날이 처음
인 데다 겨우 이틀 남은 걸 고려하면 말이다. 찬장에서 시리얼 바
를 꺼내 방으로 들고 들어가며 저녁을 먹지 않겠다고 말씀드렸다.
연설문을 작성하기 위해서였다. 그게 아니라면 멍하니 벽을 바라보
며 우주를 떠올릴 것이다. 쓸 만한 주제를 떠올리지 못해 자기 비
하에 빠질지도. 다행히 그럴 일은 없었다. 너무 지쳐서 책상에 앉
자마자 바로 곯아떨어졌기 때문이다.

파수꾼은 없다

갑자기 고독감이 밀려왔다. 죽었으면 좋겠다고 바랄 뻔했다.

-J. D. 샐린저, 《호밀밭의 파수꾼》

책상에 올려 둔 휴대폰이 진동했다. 번쩍하고 눈을 떴다. 주위가 캄캄하고 종이에 침이 흥건하다는 사실을 깨닫기까지 몇 초가 흘렀다. 연설문이었어야 할 종이였다. 오히려 이렇게 된 게 더 잘 어울린다는 생각이 들었다.

눈을 비비고 있을 때 한 번 더 진동이 울렸다. 전화를 받았다.

"여보세요?"

전화를 건 사람은 애슈턴이었다. 잔뜩 겁에 질린 목소리였다. 거친 숨소리에 두려움이 깃들어 있었다.

"애슈턴?"

머릿속이 하얗게 되면서 아드레날린이 위로 솟구쳤다.

"애슈턴?"

애슈턴이 울면서 말했다.

"나 그냥 여기에 서 있어. 119 불렀는데 아직 안 왔어. 난 그냥 여기에 서 있고, 저 녀석은 바닥에 누워 있어."

나는 자리를 박차고 일어섰다.

"뭐? 무슨 일이야?"

"잭 말이야. 내 생각에 잭이……. 나도 몰라. 숨을 안 쉬어. 약병이 흩어져 있어. 내 생각에 죽은 거 같아."

갑자기 너무 무거웠다. 머리가 두 배로 불어난 느낌이었다.

"119 불렀다고? 지금 어디야?"

"학교."

"뭐?"

"저 녀석이 학교에 몰래 들어와서는 다 끝내겠다고 문자를 보냈어. 호밀밭에 파수꾼이 없다는 둥 그런 말 하면서."

가슴이 쿵 하고 내려앉았다. 깊이, 아득하게 깊은 곳으로.

"내가 지금 갈게."

"아니, 오지 마."

"금방 갈게. 전화 끊지 마."

나는 아래층으로 달려가 문 옆에 있는 고리에서 차 키를 잡아챈 뒤 운전석에 뛰어들었다. 잭에게 《호밀밭의 파수꾼》을 건네지 않았더라면, 그저 함께 트위즐러를 먹었더라면, 그래도 이런 일이 생겼을까?

전화기에는 애슈턴의 숨소리밖에 들리지 않았다. 차에 탄 지 1분쯤 지났을 때 구급대원들의 소리가 들렸다. 애슈턴이 말하는 소리도 들렸다. 나는 운전을 하며 귀를 쫑긋 세웠다. 온 세상이 휑뎅그렁했다. 두려움이 고동쳤다. 지난주에 함께 보낸 시간이 떠올랐다. 풋볼 게임을 관람하며 함께 트위즐러를 먹던 그 날. 웃음소리. 동시에 자료실에서 나눴던 대화도 떠올랐다.

나 때문이었다.

속도를 올려 학교로 향했다. 도착하니 불빛이 빙빙 돌아가고 있었다. 번쩍이는 빨간 색과 파란색이 뒤섞인 어둠. 교장 선생님과 잭의 부모님이 계단에 서 있었다. 애슈턴은 인도 옆 작은 풀밭 위에 쪼그리고 있었다. 어둠 속에서 구급대원들이 잭을 들것에 싣고 구급차에 올라타는 걸 말없이 지켜보며.

"애슈턴?"

속삭이듯 말했다.

그 애가 날 올려다봤다.

"왔어?"

그 옆에 나도 쪼그리고 앉았다.

"스프레이로 도서실 벽에 뭔가를 갈겨 놨더라. 거기서 녀석을 발견했어. '홀든 콜필드에게. 홀든 콜필드에게서. 이것은 나의 진술이다.'라고. 그게 무슨 뜻이야?"

애슈턴이 물었다.

"나도 몰라."

나는 거짓말 했다. 온 모공에서 죄책감이 새어 나왔다. 창자가 칼에 찔린 듯한 기분이었다. 칼끝이 온몸 가장 구석진 곳까지 후

비듯 파고드는 것 같았다. 그것은 비틀스 멤버인 존 레넌을 살해한 범인인 마크 데이비드 채프먼이 체포됐을 때 그가 소지하고 있던 《호밀밭의 파수꾼》에서 발견된 글귀였다. 하지만 잭에게 그건 또 다른 어떤 것을 의미했다. 이게 자신의 해결책이라는 뜻이었다. 홀든은 정신병원에 입소했지만 자신은 모든 것을 끝내겠다는 뜻이었다. 이건 퀘소의 방식과는 전혀 달랐다. 거기서는 그저 책에 동의하지 않는 것으로 끝난다. 이래선 안 되는 거였다. 이건 책에서 악영향을 받은 거였다.

"다 내 잘못이야. 내가 그 책을 줬어. 그게 도움이 될 거라고 생각했어. 이런 결과가 나올 줄은 몰랐어. 상상도 못 했어."

내가 말했다.

나는 눈물을 흘리고 애슈턴이 나를 끌어당겨 안아 주었다. 그 애도 울고 있었다. 우린 무슨 말을 해야 할지 알 수 없었다. 책 한 권이 어떻게 한 사람은 살인을 저지르도록, 다른 사람은 자살하도록 만들 수 있는지 이해할 수 없었다. 그런 생각, 이 상황이 전부 견딜 수 없어서 교장 선생님이 눈에 들어왔을 때 지금까지 선생님이 한 말이 전부 맞았던 게 아닐까 하는 생각이 들었다. 선생님이 책을 보며 볼 수 있던 것을 마침내 나도 보게 된 것이 아닐까 하는. 예측 불가능한 힘 말이다.

무서웠다.

이런 적은 처음이었다.

책이 무서웠다.

내가 틀렸다

전과 다른 메스꺼움이 제리를 장악했다. 자신이 무엇으로 변했는지 알고 나니 욕지기가 치밀어 올랐다. 그는 또 다른 짐승, 또 다른 괴물, 또 다른 폭력적인 인간이 되었다. 이 폭력적인 세상에 해를 가하고 있었다. 우주를 뒤흔드는 것이 아니라 훼손하면서.

−로버트 코마이어,《초콜릿 전쟁》

금요일 오전이 되었다. 비도의 마지막 날이었다. 전날 밤 집에 돌아간 뒤 다시 잠들지 못했다. 그 시간에 만찬에 쓸 연설문을 작성했어야 했다. 하지만 내 짧은 생에서 겪은 일을 토대로 무언가를 쥐어짤 때마다 들것에 실린 잭이 눈앞에 어른거렸다. 문학의 집에 대해 곰곰이 생각해 보려고 해도, 꼬맹이 도서관에 대해 써 보려고 해도 그림자와 이빨로 된 무시무시한 괴물에게 둘러싸인 느낌이 들었다.

책은 내 전부였다. 물론 내겐 리쿼와 부모님이 있지만 그들을 제외하면 누가 있겠는가? 나는 책으로 만들어진 사람이었다. 이제 내 인생에서 멀쩡한 건 아무것도 없었다. 어떤 답도 듣지 못한 채 의문의 바닷속으로 가라앉아 버리고 말았다. 그것을 부당하다고 느끼는 것만으로도 나는 이기적인 사람이었다. 내가 가장 필요로 할 때, 내 뿌리가 사라져 버렸다. 우주에 둥둥 떠 있는 느낌이었다. 축도, 밧줄도 없이 유영하는 기분이었다. 이런 기분으로는 장학금을 탈 수 없을 것 같았다.

학교에 가려고 차에 탔을 때 휴대폰이 울렸다. 애슈턴이었다.

"여보세요?"

"나야."

"응."

"잭은 괜찮아. 지금은 병원에 있는데, 며칠간 청소년 재활 센터에서 지켜봐야 한대."

"그럼 언제 만날 수 있어?"

"잘 모르겠어. 지금 알아보려고 노력 중이야."

"잭이 말해 줬어. 지난주에. 다 말해 줬어."

"너한테 커밍아웃했어?"

"응."

애슈턴이 안도의 한숨을 내쉬었다.

"클라라, 고등학교 들어와서부터 줄곧 지켜봐서 잘 알아. 지난 3년간 잭은 못 봐 줄 정도였어. 너무 불쌍하더라. 두려움과 외로움에 힘들어했어. 내가 커밍아웃하라고 밀어붙였지. 가족한테 얘기하라고. 그래서 그렇게 했는데 결과는 참담했어. 그 뒤로 큰 상처를 받았고. 그래서 다시는 누구에게도 얘기하지 않을 줄 알았어."

"레지도 안다고 하던데."

"맞아. 근데 레지는 잭이 가장 편안한 걸 해야 한다며 강요하고 싶지 않아 했어. 지난주에 우리가 싸운 것도 그것 때문이야. 내가 사람들한테 커밍아웃하라고 몰아세웠거든. 잭이 없던 일로 하겠다 면서 자신을 망가뜨리는 걸 더는 두고 볼 수 없어서. 내가 잭에게 강요한다며 레지가 화냈고 나는 레지에게 친구가 망가지는 걸 보 면서 아무것도 하지 않는다고 비난을 퍼부었지. 그냥 그렇다는 얘 기야. 이번 학기 시작하기 전에 잭이 네 북클럽에 가 보고 싶다고 하더라. 정확히는 몰라도 내 생각에 잭은 그곳에 가면 사람들이 게 이에 관한 책을 읽고, 네가 거기에 대해 비난하지 않을 거라고 생 각했나 봐. 그래서 거기 가서 네가 어떤 얘기를 하나 듣고 싶어 했 지. 만약 거기가 안전하다고 느꼈다면 커밍아웃을 했을 거 같아. 자기 가족과 다른 사람들 앞에서라면 그러고도 남았을 거야."

나는 고개를 저었다.

"그리고 첫날이 가기도 전에 내가 성질내고 말았지."

"그건 좀 그랬지만, 솔직히 그 녀석이 먼저 너희를 비난했잖아. 그땐 말이야, 잭이 날 끌고 온 게 미안해서 좀 재밌게 해 줘야 한다 고 생각했던 거 같아."

"애슈턴, 나 때문일까?"

"나도 몰라. 내 말은, 그럴 수도 있다는 얘기야. 하지만 단지 너 뿐만 아니라 수많은 사람에게 책임이 있어."

"우리가 무얼 할 수 있을까?"

"글쎄…… 잘은 몰라도, 그냥 곁에 있어 주는 거. 그 애를 인정하는 거? 다른 건 잘 생각 안 나. 지금으로선 곁에서 있는 그대로 그 녀석을 받아 주는 게 다인 거 같아."

"알았어. 좀 이따 보자."

"그래. 이따 봐."

전화를 끊고 나 자신에게 이건 내 잘못이 아니라고 되뇌었다. 하지만 상관관계가 너무나 분명했다. 다 내 손에서 시작한 일이다. 내가 책을 골랐고, 전해 주라며 애슈턴에게 건네지 않았나.

학교에 도착하니 이미 깨끗이 청소되어 있었다. 전날 밤 소동의 흔적은 보이지 않았다. 충격에서 헤어나지 못한 채로 문학 고급반 교실에 마지못해 들어갔다. 망망대해에서 길을 잃은 느낌이었다. 괜히 수업에 왔나 싶기까지 했다. 애슈턴 옆자리에 앉았다. 필시 그 애도 같은 생각일 것이다. 나는 팔을 뻗어 그 애의 손을 잡았다. 리퀴가 봤으면 호들갑을 떨었을 게 분명하다. 마치 내가 애슈턴에게 키스라도 할 것처럼. 하지만 그런 게 아니었다. 물론 내가 지금까지 읽은 수많은 책에서 그랬듯, 만일 내 인생이 한 권의 책이었다면, 애슈턴과 나는 지금쯤 서로 사귀게 된다. 그리고 갑자기 모든 것이 해결되고 돼지가 하늘을 날아다닌다. 독자들은 몇 장 뒤 우리가 키스하길 고대할 것이다. 하지만 그런 게 아니었다.

이건 뭐랄까…… 성별이 잠시 뒤로 물러나고, 그 자리에 그 애가 내 친구이며, 그 애 편이 되어 주고 싶지만 이렇게 하는 것만이 내가 할 수 있는 최선이라는 사실이 들어선 거라고 할 수 있었다.

수업이 시작되고 얼마 지나지 않아 누군가 교실 문을 두드렸다. 행정실에 근무하시는 보르겐 선생님이었다.

펜슬 스커트 여사가 돌아보았다.

"무슨 일이세요, 보르겐 선생님?"

"교장 선생님께서 애슈턴 브릭스를 좀 보자고 하세요."

나는 고개를 휙 돌려 애슈턴을 쳐다봤다. 그 애도 날 보더니 자신의 가방을 향해 눈짓했다.

가슴이 철렁했다. 어제 학교가 끝난 뒤 내게서 《목재 창이 있는 집》과 《스피크》를 한 번 더 빌려 갔기 때문이다. 《스피크》는 찾고 싶은 글귀가 있어서, 《목재창》은 게브하르트 작가의 다른 책을 읽고 싶어서였다. 처음으로 도서관에서 일하고 싶게 만들었던 책들 때문에 비도가 몰락할 수도 있다는 생각이 사라지지 않았다. 사라지기는커녕 생생하게 되살아났다.

"나중에 하면 안 될까요? 지금 수업 중인데."

"교장 선생님이 급한 일이라고 하셔서요."

나는 출구로 달음박질치고 싶었다. 창문에서 뛰어내리고 싶었다. 기절하는 것도 한 방법이었다.

애슈턴이 가방을 집어 들더니 다시 나를 쳐다봤다. 이번에는 '미안해'라고 하고 있었다. 애슈턴과 눈을 마주치면서 지금 내 기분이 드러나지 않기만을 빌었다.

애슈턴이 나간 뒤, 전날 밤 일로 멍해서가 아니라, 두려움에 휩

싸여 좀처럼 수업에 집중할 수 없었다. 학교의 두터운 자부심을 건드렸다며 교장 선생님이 애슈턴을 못살게 구는 건 아닐까? 애슈턴이 비도의 비밀을 다 말해 버리면 어쩌지? 그러지 않을 거라는 걸 알면서도 그런 생각이 들었다. 말해 버린다고 해도 소용없을지 모른다. 교장 선생님이 흰 책가위에 대해 알고 있다면 더 이상 그 작전은 비밀 작전이 아니다. 암행도 끝이다.

비도를 시작하고 나서 처음으로 내가 그동안 얼마나 멍청했는지 깨달았다. 책가위에 적힌 소감문으로 교장 선생님을 이기겠다는 꿈을 꿨기 때문이 아니다. 소감문과 무관하게, 책 전쟁에서 단순히 이기고 싶었기 때문도 아니다. 비도를 시작함과 동시에 설립자 장학금이 위태로워졌기 때문이다. 여기까지 오게 될 줄 몰랐다. 처음 계획대로라면 침묵 속 전쟁이었다. 아무도 모르게 뒤에서 이루어지는 일이어야 했다. 계획대로 된 건 하나도 없었다. 왜 난 이런 일을 자초한 걸까?

그리고 그때, 맨 처음 비도를 시작해야겠다는 영감을 받았던 바로 그 문학 고급반 수업 중에 문득 어떤 사실을 깨달았다.

책은 언제나 내 인생에서 긍정적인 부분을 차지했다. 빠져들어도 칭찬받은, 유일하게 좋은 것이었다. 아마 그래서였을 거다. 누군가가 '이건 네게 해로운 거야'라고 했을 때 화가 났다. 이제 그 자리는 걱정과 혼란스러움이 대신했다. 지금에 와서 처음으로 유해하다고 말한 이유가 무엇일지 궁금했다.

한 번도 책을 의심해 본 적이 없기에 비도를 시작할 때부터 혼란스러웠다. 책 모양이면 다 좋은 거라고 알고 있었기 때문이다. 아빠 엄마도 늘 그렇게 말씀하셨다. 마찬가지로, 나는 책이 실제로 나에게, 나를 위해, 나와 함께 무엇을 했는지에 관해서도 의심해 본 적 없다. 평생 두 팔 벌려 책을 환영하는 세상만 봤다. 그런데 갑자기 교장 선생님이 나타나 그 책이 나한테 좋지 않다고 말한다? 책을 읽으면 읽지 않았을 때보다 나빠질 수 있다고 믿는 사람이 있다는 걸 이해할 수 없었다. 책 읽기에 반대하는 사람이 있다는 것도.

나는 그걸 참을 수 없었다.

하지만 왜?

왜?

내가 놓친 게 뭘까?

마침내 깨달았다.

해를 끼칠 수 있다는 것.

나는 리바이가 아니었다.

나는 조스가 아니었다.

나는 캣니스가 아니었다.

나는 구이 몬타그가 아니었다.

나는 릴라가 아니었다.

처음엔 내가 그런 줄 알았다. 하지만······.

난 너무 순진했다.

내가 틀렸다.

어디에서나 친구들

오, 셀리. 불신은 끔찍한 거야. 자기도 모르게 남에게
주는 상처도 마찬가지란다.

-앨리스 워커, 《컬러 퍼플》

문학 고급반 수업 후 다른 교실로 이동하고 있을 때 안내 방송
이 흘러나왔다. 아이들은 가던 길을 멈추고 천장을 올려다보았다.
스피커를 덮고 있는 금속망을 보면 어떤 말이 흘러나올지 힌트라
도 얻을 수 있는 것처럼.

"교원과 학생 여러분, 주목해 주시기 바랍니다."

교장 선생님이었다.

"10분 뒤 체육관에서 비상 조례가 열릴 예정입니다. 다시 한번
말합니다. 지금으로부터 10분 뒤 체육관에서 비상 조례가 열릴 예
정입니다. 모든 교원과 학생 여러분은 최대한 빨리 체육관으로 모
여 주시길 바랍니다. 의무적으로 참석해야 합니다. 다시 한번 더
말합니다. 10분 뒤 체육관에서 비상 조례가 열립니다, 의무적으로
참석해야 합니다. 감사합니다."

비도와 아무런 관련이 없다고 하기에는 너무나 우연의 일치라고 할 수 있었다. 애슈턴은 끝내 돌아오지 않았다. 조례가 잭에 관한 것이기를 바라는 마음이 조금 있었다. 교장 선생님이 우리가 3년 동안 매일 잭을 진흙탕으로 밀어 넣었다며 혼내실지도 몰랐다. 물론 나를 포함해서 말이다.

"클라라."

애슈턴이었다. 나는 뒤돌아서 그 애가 다른 말을 하기 전에 그 앨 꼭 끌어안았다. 동시에 눈물이 터졌다.

"어떻게 됐어?"

겨우 떨어지며 내가 물었다.

"설명하기 복잡해."

내가 더 묻기 전에 리퀴가 학생회 임원들과 함께 우르르 몰려왔다. 덕분에 복도 중간에서 옆으로 밀려나, 지나가는 애들이 보기에 울고 있는 이상한 클라라가 되고 말았다.

"더는 못 하겠어. 다 끝났다고."

내가 마침내 말했다. 나는 친구들에게 애슈턴이 불려 나갔을 때 내가 얼마나 공포에 떨었는지 말해 주었다. 비도를 끝낼 계획에 대해서도 털어놓았다. 사실 더 빨리 끝냈어야 했다. 제일 처음 망설였을 때 말이다.

생각을 미처 다 정리하기도 전에 날카로운 안내 방송이 다시 울렸다. 체육관에서 비상 조례가 있을 것이며 의무적으로 참석해야 한다는 내용이 반복되었다.

"저기, 애들아……. 내가 새로운 학교에 가게 되더라도 나랑 친하게 지낸다고 약속해 줄래? 너희가 모두 대학에 가도 말이야. 너희를 잃어버리는 일은 없을 거라고 약속해 줘."

눈물을 훔치며 내가 말했다. 온몸의 신경이 바싹 곤두서 있었다. 산들바람이라도 불면 쓰러질 것 같았다.

리퀴가 나를 끌어안았다.

"골칫거리는 어느 방향으로 튈지 모르지. 하지만 나, 이 리퀴도 마찬가지야."

애슈턴이 고개를 끄덕였다.

"우리도."

리퀴가 내 어깨에 손을 올렸다.

"우리는 여기 있어. 저기든, 어디든 있을 수 있겠지만, 그럴 때도 우린 여기 있을 거야."

내가 끄덕였다.

"넌 할 수 있어, 클라라. 넌 내가 아는 책벌레 중에서 가장 센 녀석이야."

스콧이었다.

내가 눈물을 닦았다.

"넌 아는 책벌레가 나밖에 없잖아. 게다가 난 이젠 책벌레를 더 하고 싶은지도 모르겠고."

"괜찮아. 그거 매브한테 줘 버리자."

리퀴가 말했다.

모두 깔깔대기 시작했다. 나도 눈을 문지르며 웃었다. 그런 다음 리퀴의 손을 잡고, 어깨에 애슈턴의 팔을 두르고 미래를 향해 발걸음을 내디뎠다.

그 글 제가 썼어요

나는 여기서 용기를 찾았다.

　　　　　　　　　　-레지 앨리스터, 흰 책가위 위에 쓴 글

　교장 선생님은 뒷짐을 지고 체육관 정중앙에 서 계셨다. 어떤 미세한 움직임도 느껴지지 않았다. 평소 짜증을 불러일으키는 별난 친밀함은 아예 찾아볼 수 없었다. 늘 내가 본래의 모습일 거라고 생각했던 바로 그 모습이었다. 화가 나 있고 공격적이었다. 복도를 돌아다니면서 보여 주었던 가짜 모습이 아닌, 교장 선생님의 참모습이었다.

　팔 밑에 흰색 책가위를 들고 계셨다.

　관중석 의자가 모두 치워진 바람에 딱딱한 모서리에 앉아야 했다. 내가 울면서 시간을 끈 바람에 제일 늦게 들어가다시피 했고, 어쩔 수 없이 두 번째 줄에 앉아야 했다. 딱 교장 선생님의 눈높이였다.

　나는 친구들 사이에 끼어 있었다. 한쪽에는 애슈턴이, 다른 한쪽에는 리퀴와 학생회 임원들이 있었다. 뒤이어 몇몇 학생이 들어왔고 그 순간을 틈타 레지가 자리를 옮겨 내 뒤에 앉았다. 마지막으로 매브가 내 앞에 앉았다. 거대한 덩치 덕에 교장 선생님의 시선에서 벗어날 수 있었다. 지금 내 주변에는 내 주변에 있을 거라고 상상도 못한 사람들이 나를 둘러싸고 있었다. 리퀴를 빼고 왜 이들이 내 곁에 있는지 의아했다.

다들 자리에 앉자 교장 선생님이 입을 열었다.

"여러분도 알다시피 학교에는 지켜야 할 규율이 있습니다."

마치 자신이 한 말에 놀란 듯 잠시 뜸을 들이셨다.

"학교에 이렇게 생긴 책이 돈다는 걸 알게 되었습니다."

사람들이 볼 수 있게 선생님이 책을 번쩍 들었다. 학생 중에 누가 그것을 알아볼지, 혹은 못 알아볼지 알 길이 없었다. 지난 몇 주간 너무나 많은 책을 대출해 주어서 누가 내 고객인지 알기 힘들었다.

"모르는 사람이 있을까 봐 다시 말하지만, 이 책은 제한된 매체 목록에 있는 책입니다. 목록은 학생 규범집에 보면 나와 있어요."

규범집에 목록이 없다는 사실에 대해 아무도 언급하지 않았다. 리퀴 말이 맞았다. 아무도 읽지 않거나(보통 이 경우다) 아니면 아무도 눈치채지 못했거나.

"제한된 매체를 소지하는 것은 허용되지 않으며 소지 시 처벌받게 됩니다. 이 수칙의 중요성을 잊어서는 안 됩니다. 그래서 수칙을 거역하는 것이 우스운 일도, 현명한 일도 아니며 여러분의 안녕에도 좋지 못하다는 점을 기억하도록 처벌 수위를 높이도록 하겠습니다."

교장 선생님이 목소리를 높였다.

"이미 한 학생이 정학당했고, 그 수는 얼마든지 더 늘어날 수 있어요."

나 때문에 애슈턴이 정학을 당했다. 잭을 벼랑 끝으로 밀어 버리기까지 했다. 내가 끼친 해악, 책이 끼친 해악은 이미 감당하기 어려운 지경에 이르렀다. 나는 애슈턴을 돌아보았다. 그런 얘기는 하지 않았는데. 그 애는 나와 눈을 마주치고 손을 저었다. 어쩜 저리도 아무렇지 않은 걸까?

"수업이 다 끝나고 학교를 나서기 전에 제한된 매체가 있는지 여러분들의 소지품을 검사하겠습니다. 이런 책을 가지고 있다가 발각되면 그 자리에서 정학을 당하게 될 겁니다. 하지만 조례가 끝나고 하루가 다 가기 전에 자진해서 반납하면 경고로 끝내겠습니다. 여러분의 선택입니다. 또 한 가지. 이 책에는 누군가가 쓴 글귀가 있어요. '나는 여기서 용기를 찾았다.' 이 글을 쓴 사람에게 한마디 하죠. '너는 나락으로 추락할 위험이 있다'라고요. 이런 책을 제한하는 데는 다 그만한 이유가 있습니다. 자신들이 내린 판단을 다시 생각해 보고 나서 어떤 것을 소비하는 게 올바른지 진지하게 고민해 본 적이 있는지 자신에게 한번 물어보길 바랍니다.

한 번 더 기회를 주겠습니다. 이 책에 대한 책임이 있는 사람이 있으면 앞으로 나와 주시길 바라요. 솔직히 인정하면, 다른 사람들이 정학당하는 일은 없을 것이며, 내가 지금까지 내린 정학 조치도

철회하도록 하지요. 그 사람에 할 말은 이것입니다. '너는 선택할 수 있다. 같은 학교 학생들과 그들의 안녕을 진심으로 생각한다면 네 행동에 책임지기 바란다.'"

어떤 여자애가 손을 들었다.

"책을 금지하는 게 잘못된 거 아니에요?"

"특정 매체를 제한하는 것은 사립학교 정책이 미치는 범위 내에 있습니다. 행정실에서 학생으로서 여러분의 형성과 성장에 무엇이 가장 도움이 되는지 결정했고, 여러분이 할 일은 그렇게 우리가 정해 놓은 수칙을 믿고 존중하는 것입니다."

나는 그 자리에서 엉엉 울고 싶었다. 멀리 달아나고 싶었다. 지금 자수해야 한다. 애슈턴은 이미 정학을 당했다. 다른 누가 정학을 당했는지는 상관없었다. 애슈턴은 이런 일을 당할 아무런 이유가 없다. 그것도 졸업반에. 잭에게 친구로서 최선을 다한 지금에 와서 더더욱.

교장 선생님이 학생들을 죽 훑어보셨다.

"다른 질문 있는 사람? 그럼, 여기까지 하지요. 나는 여러분 중 상당수가 옳은 선택을 할 거라고 믿어요. 자, 이제 교실로 돌아가서 잠시 앉아서 기다리도록 하세요. 교직원 여러분들은 잠시 더 남아 주세요. 방과 후에 할 일에 대해 논의하겠습니다."

내가 졸업반을 되풀이해야 할 정도로 학교를 많이 빠지기라도 했나? 리퀴가 나 없이 졸업하고 대학에 가는 걸 지켜봐야 하나? 설립자 장학금을 놓치게 될까? 대학에 갈 수 있기나 할까?

그런 건 아무런 문제가 되지 않았다. 나는 자수해야 했다. 내가 틀렸다. 나도 알고 있다. 내가 틀렸다.

나는 앞으로 나가려고 자리에서 일어섰다. 그때 매브가 날 뒤로 밀치고 일어섰다.

"교장 선생님, 그 글 제가 썼어요. 이걸 시작한 것도 접니다."

교장 선생님이 의아해하며 매브를 쳐다봤다. 무시할 생각도 없지만 그렇다고 믿기도 어렵다는 표정이었다. 아니, 이건 말이 안 된다. 내 멍청한 행동을 매브가 책임져서는 안 된다.

"아니에요. 매브가 한 게 아니에요. 제가 썼어요. 이것도 제가 시작했고요. 그동안……."

내가 말을 끝내기도 전에 애슈턴이 일어섰다.

"그거 제가 쓴 거예요. 제가 시작한 일이에요."

나는 배신감에 가까운 감정을 느끼며 애슈턴을 쳐다봤다. 왜 이러는 거지? 이미 곤경에 처했으면서. 그 앤 조례에 참석할 필요도 없었다. 정학당했기 때문이다. 일이 더 커질 필요는 없었다. 왜 바보같이 상관없는 싸움에 끼어드는 걸까? 이건 내 문제란 말이다.

애슈턴을 제지하려고 입을 여는 순간 리퀴가 벌떡 일어섰다.

"그거 제가 쓴 글귀예요. 제가 그랬어요. 다 제가 벌인 일이에요."

레지가 일어섰다.

학생부 임원들이 일어섰다.

그러자 맞은편 관람석에 있던 누군가가 일어섰다. 내가 모르는 아이였다.

"그거 제가 썼어요."

갑자기 하나둘씩 아이들이 자리에서 일어섰다. 그중에는 내가 아는 얼굴도 있었고 모르는 얼굴도 있었다. 다들 자기가 쓴 글이라고 했다. '다 내 잘못이다'라는 뜻으로 하는 말들이었다.

영화에서나 보듯 전교생이 일어나는 일은 없었지만 그렇게 느껴졌다. 실제로 그 수는 많지 않았다. 졸업반 500명 중에 한 40명쯤 되었다. 내 친구들 전부와 내가 얼굴은 알지만 잘 알지는 못하는 대출자들, 그리고 문학 고급반 수업을 함께 듣는 열두 명이었다.

수적으로 보면 일어선 사람이 그렇지 않은 사람에 훨씬 못 미쳤다. 하지만 차례대로 비도가 자기가 시작한 일이라고 주장하는 학생들을 보며 교장 선생님은 점점 더 화가 나셨다. 늘어나는 절차와 시간으로 교장 선생님의 앞길이 점점 혼탁해지고 있었다.

나와 친구가 아닌 아이들은 도대체 무엇 때문에 일어나는지 잘 이해하지 못했다.

마침내 더는 아무도 일어나지 않았다. 체육관에 약 30초간 어색한 정적이 흘렀다. 내가 잘 모르는 별별 중 한 명이 손을 들었다.

"그럼…… 나머지 사람들은 이제 가도 돼요?"

체육관이 웃음소리로 들썩였다. 긴장이 탁 하고 풀어지는 순간이었다.

하지만 그 별별의 말이 맞았다. 일어선 사람들이 자수한 셈이기 때문이다.

교장 선생님이 한숨을 쉬며 일어선 사람들을 가리켰다.

"자리에서 일어난 학생들은 오늘 안에 내 비서와 상의해서 면담 시간을 잡으세요."

아이들이 왁자지껄 떠드는 소리와 발에서 나는 끼익 거리는 소리가 체육관을 메우기 시작하자 교장 선생님이 허둥지둥 체육관을 빠져나갔다.

나는 일어선 아이들을 바라보았다.

그런 다음 울기 시작했다.

화가 났다. 혼란스러웠다. 행복했다.

외롭지 않았다.

영웅의 후퇴

우리는 광차에 책을 실었다. 아무렇게나 던져 넣었다. 동굴 앞에 군대와 무기들이 포진해 있었다. 조심스럽게 넣을 시간이 없었다. "리바이, 이 차를 먼저 밀어." 내가 말했다. 리바이가 힘주어 광차를 밀자 천천히 움직이기 시작했다. 끼이익 하고 새된 금속 소리가 동굴에 울려 퍼졌다. 리바이가 싱긋 웃었다. '어디 한번 해 보자'라고 말하고 있었다. 그때 갑자기 검은색 서부 지방 군복이 선로에 나타났다. 나를 향해 웃고 있는 사이 탄환이 날아와 리바이의 심장에 박혔다.

 −루카스 게브하르트,《날 짓밟지 마》

조례가 끝난 뒤 나는 수업에 들어가는 대신 교장 선생님 비서를 찾아가 면담 시간을 잡았다. 그 뒤 학교를 나왔다. 두 발로 서 있을 수조차 없었다. 학교가 끝난 뒤 줄 서서 흰 책가위를 반납하는 아이들의 모습을 보고 싶지 않았다. 그 사이 누가 내 이름을 말할까 봐 전전긍긍하고 싶지도 않았다. 문 앞을 봉쇄하는 것도 보기 싫었다. 나를 위해 일어선 아이들도 만나기 싫었다.

그래서 나는 달렸다. 비도가 갈기갈기 찢어지도록 남겨둔 채.

너무나 리바이와 조스답지 않았다.

나는 내 방으로 뛰어 올라갔다. 집 안이 조용했다. 아빠, 엄마는 딸이 당신의 시간과 돈을 허사로 만든 것도 모르고 일하고 계실 것이다. 졸업반에 학교에서 퇴학당하고, 목전에 놓인 굉장한 장학금을 받을 기회를 날려 버린 것도 모른 채.

침대에 누웠다. 여러 명이 함께 자수했다는 건 어떤 의미일까? 비도가 내가 한 일이라고 주장이나 할 수 있을까? 그렇게 해야 할까? 애슈턴은 계속 정학을 당하게 되는 걸까? 어쩌면 다 같이 일어난 게 아무런 의미가 없을지도 모른다. 교장 선생님은 알아낼 테니까. 시간문제일 뿐이다. 아이들이 책을 빌린 사람은 그 누구도 아닌, 바로 나다. 결국 누군가 그 사실을 털어놓게 될 것이다.

첫 번째 그룹 문자

애슈턴 [8:22 PM]

클라라, 집에 갔어?
내일 잭 면회가 가능하대.
같이 갈래?
그리고 리퀴한테도 문자 보내고 있는데 괜찮지?

나 [8:22 PM]

난 못 가. 설립자 재단 만찬이 내일이거든.
모레 가면 안 돼?
그리고 집에 간 거 맞아. 낮잠 잤어.

리퀴 [8:23 PM]

애슈턴, 내가 갈게. 시간은 아무 때나 괜찮아.
그리고 클라라, 잘했어. 솔직히.
모호 타임 할래?

나 [8:23 PM]

모르겠어.

애슈턴 [8:23 PM]

좋아. 클라라는 아니어도 난 모호 타임이 필요해.
일요일에도 면회 가능하다니까 일요일에 가자.
근데 리퀴…… 조례 끝나고 식수대 옆에서
매브랑 키스한 거 맞아, 아니야?

나 [8:23 PM]

뭐

리퀴 [8:23 PM]
애슈턴, 죽을래.

애슈턴 [8:24 PM]
아, 이런. 미안. 난······.
무슨 생각이었는지 모르겠다.
우리의 첫 그룹 문자를 망쳐 버렸군.

나 [8:24 PM]
뭐.

리퀴 [8:24 PM]
그런 얘기는 그냥
그룹 문자 할 때 해선 안 되는 거라고!

나 [8:24 PM]
조례에서 나 대신 일어선 애가
매브 맞지?

리퀴 [8:24 PM]
지금까지 걔가 한 일 중에 가장 섹시했어.
식스팩 복근 소유자에다
풋볼 선수기까지 하지만.

애슈턴 [8:24 PM]
30분 뒤 모호?

리퀴 [8:24 PM]
네가 사는 거다.
방금 한 실수 만회해.

애슈턴 [8:24 PM]
좋아, 그건 인정.

나 [8:24 PM]
알았어.

책을 읽기 전과 읽고 난 후

일어나지 않았어도 그게 진실이다.

-켄 키지, 《뻐꾸기 둥지 위로 날아간 새》

테이블 위에 모호의 보라색 접시와 엄청난 양의 퀘소가 놓였다. 이 와중에 웃음이 나왔다.

칩을 푹 적신 뒤 혀로 가져갔다. 스르륵 녹는 치즈가 내 문제를 녹여 없앨 수 있도록. 리퀴를 쳐다봤다.

"매브랑 다시 사귀는 거야?"

리퀴가 손을 들어 제지했다.

"잠깐. 조롱할 생각이면 그냥 넘어가."

"안 그래. 다시 사귀어?"

리퀴가 얼굴을 찡그렸다. 아직 방어적인 태도를 완전히 풀지 못했다.

"응, 아니 내 말은 아니란 뜻이야. 아니라고. 근데 매브 얘기하러 온 거 아니잖아. 그러니 진정해."

내가 폭발해 버렸다.

"진정하라고? 진정하라고 했어? 난 어제 새벽 2시에 깨어 있었어. 왜 그런지 알아? 잭이 자살을 결심하게 만든 책을 내가 줬기 때문이야. 나 때문에 애슈턴도 정학을 당했어. 그리고 다들 용기를 내 주었지만 난 실질적으로 퇴학 처분을 기다리고 있다고. 그렇게 되면 장학금도 끝이야. 모든 걸 잃게 되는 거야. 그런데 날 보고 진정하라고? 왜 넌 날 말리지 않았어? 왜 내가 그걸 계속하게 했냐는 거야. 그럴 만한 가치도 없는 일을."

한동안 다들 말이 없었다. 침묵을 깬 건 리퀴였다.

"그건 좀 합리적이지 못한 데다 독선적인 거 같은데, 클라라."

"무슨 말이야 그게? 합리적이지 못하다니. 네가 그런 게……."

"비도는 네 것인 만큼 우리 것이기도 해. 우린 널 지지했어. 너랑, 너를 위해, 싸웠어. 온 힘을 다한 탓에 '너'가 '우리'가 돼 버렸다고. 금서 목록에 반대할 수 있는 허점을 찾아 힘들게 계약법 조사한 거, 온갖 아이디어를 짜낸 거, 그거 다 내가 한 선택이야. 그것뿐이야? 네 덕에 할아버지 할머니에게 맞설 계획을 짤 수 있게 됐어. 네 덕에 매브가 나랑 다시 만나고 싶어 해.《엘리노어 & 파크》를 읽어서 그런 거야. 애슈턴이 여기, 바로 이 자리에 있는 것도 네 덕이고. 네가 친구로서 도와줬기 때문이겠지. 아니면 여기 있을 리 없잖아. 며칠 전에는 스콧이 《월플라워》 읽고 나서부터 손에서 책을 못 놓겠다더라. 도미노야, 도미노! 도미노 본 적 있지? 심지어 우리가 알지 못하는 일도 일어났을지 어떻게 알아?"

"레지도 확실히 변했어. 잭도 그날 정말 행복해했어. 다 같이 풋볼 경기 본 날 말이야. 난 알아. 그렇게 웃는 건 정말 오랜만이었거든."

애슈턴이 거들었다.

리퀴가 계속했다.

"비도로 인해서 어떤 일이 더 있었는지 모르잖아. 그러니까 그럴 만한 가치가 없었다고 말하기 전에 주위를 좀 둘러보지 그래? 물론 모든 일이 다 잘 풀리지 않았어. 하지만 우린 선택을 했고, 그건 '우리가' 한 선택이야. 네가 애슈턴에게 책을 빌려 가라고, 그걸 들키라고 강요한 것도 아니잖아. 피해가 전부 네 탓이라고 생각하는 건 남은 우리한텐 모욕으로 들려. 특히 잭이 그럴 거야. 넌 개가 한 일을 전부 네 탓으로 생각하는데, 그건 그 애가 다른 어떤 일을 겪고 있었는지 완전히 무시하는 처사라고."

리퀴가 나설 테면 나서서 반박해 보라는 얼굴로 나를 쳐다봤다. 싸울 준비가 된 것이다. 하지만 그 애가 한 말이 와닿지 않는다는 게 아니었다. 그저 중요하지 않게 여겨질 뿐이다. 잭은 책을 읽고 나서 자살을 시도했다. 그 사실이 두려운 사람은 나밖에 없나? 나 말고 우리가 책과 그 영향력 앞에서 얼마나 무력한지 보이는 사람은 없는 걸까?

애슈턴이 고개를 들었다.

"할 말 있는데 해도 돼?"

리퀴가 내 앞에서 손을 흔들었다. 내가 고개를 끄덕였다.

"솔직히 난 책에 대해서 잘 모르지만, 이게 바로 크로프트 선생님이 가르쳐 준 거 아닐까? 책에 제한 없이 접근할 수 있어야만 책이 우리에게 도전 의식을 불어넣고 변화를 이끈다고 한 말 말이야. 새로운 것들을 배우고 그걸 비판적으로 사고하고 두려워하지 않을 거라는 말. 책을 읽기 전보다 더 나은 상태가 될 거라는 거."

나는 어깨를 으쓱했다. 알 수 없었다. 더는 어떤 것도 확신할 수 없었고, 그 사실이 불시착한 우주선과 악당이 후퇴하면서 남긴 먼지처럼 내 주위에 내려앉았다. 얼마든지 책을 낭만적으로 이야기할 수도 있겠지만 그건 병원에 있는 친구에 대한 어떤 설명도 되지 못한다. 그걸 설명하는 건 아무것도 없다. 잭은 비판적으로 사고하지 않았다. 그렇게 할 여유도 없었다. 그렇다면…… 누군가에게 책이 '부적절하다'라는 건 어쩌면 맞는 얘기인지도 모른다.

알 수 없었다.

그리고 알지 못한다는 사실이 뼛속 깊은 곳까지 나를 뒤흔들었다.

클라라에게 온 근사하지 않은 편지

파트 A : 문제의 이메일

받는 사람 : clara.evans@luptonacademy.edu

보낸 사람 : m.walsh@luptonacademy.edu

제목 : [중요] 월요일 오전

클라라 에번스,

월요일 오전 수업 시작 전에 교장실에서 면담이 예정돼 있다는 걸 잊지 말길 바란다. 이번에는 네가 직접 이 문제에 대해 부모님께 말씀드리도록.

월시

파트 B : 뒤이은 내 반응

받는 사람 : m.walsh@luptonacademy.edu

보낸 사람 : clara.evans@luptonacademy.edu

제목 : RE : [중요] 월요일 오전

네.

잠 못 이루는 밤

당신이 물러설 수 없는, 단호한 태도를 고수해야 하는
것들이 있다. 하지만 그것이 무엇일지는 당신에게 달렸다.
　　　　　　　　　　　　－밀드레드 테일러, 《천둥아, 내 외침을 들어라》

　잠을 잘 수 없었다.
　잭에 대한 생각을 멈출 수 없었다. 설립자 재단 만찬에서 사용할
연설문이 아직 준비되지 않았다는 사실마저도 잊어버릴 정도였다.
사실 그게 있으나 마나 아무 소용도 없지만.
　월요일에 난 퇴학 처리될 것이다.

야성적인 책과 야성적인 사람

　　그는 그녀가 아름답다고 했다. 하지만 그녀의 손에 있
는 책이 부적절하다고도 말했다. 릴라는 다음 한 말이 처
음 한 말을 부정하는 것이라고 생각했다. 세상의 책이 추
하다고 말하는 것은 곧 그 안에 있는 모든 아름다움을
부정하는 것이기 때문이다. 책에 추한 부분이 있을 수 있
지만 하나부터 열까지 추한 책은 없다. 그가 그녀의 책에
서 그런 사실을 볼 수 없다면 그녀에게서도 그런 사실을
절대 볼 수 없을 것이라고 짐작할 수 있었다.

　　　　　　　　　　　　－루카스 게브하르트, 《목재 창이 있는 집》

　　무릎까지 오는 검은색 브이넥 원피스에 엄마한테 빌린 진주 목
걸이를 했다. 거기 어울리는 귀걸이에 단순한 검은색 끈 달린 하이
힐을 신었다. 속이 울렁거렸다. 계속 토가 나올 것만 같았다. 나는
부모님과 함께 헌터 미술관에 입장했다. 금속과 유리로 만들어진
건물로 테네시강 위에서 경계라도 하는 듯 우뚝 서 있었다. 외벽과
맞닿은 25미터 높이 절벽 아래는 강물이 굽이쳐 흘렀다.

유리 벽으로 된 입구를 지나 안으로 들어가면서 나는 계속 침묵했다. 검은색 차단봉을 따라 전시관을 지나 널찍한 로비에 도착했다. 모든 것이 정말 근사했다. 판석으로 된 바닥. 깨끗한 검은색 천을 씌운 둥근 탁자 여덟 개. 긴 초록색 띠가 그 위를 가로지르고 있었다. 탁자 한가운데는 리본 장식이 달린 큰 유리 화병이 있었고, 그 안을 목련 가지와 목화송이가 가득 메우고 있었다. 굴곡진 금속 난간과 유리 방어벽을 측면에 두고 곡선으로 된 계단을 올라가면 2층으로 올라가서 로비를 내려다볼 수 있었다. 그곳에서는 거대한 유리벽 너머로 월 스트리트 다리의 푸른색 철골 구조물, 노스쇼어 지역, 강 수평선, 유서 깊은 물살을 가르는 작은 섬이 더 잘 보였다. 로비에서 이어진 테라스를 바라보며 도저히 못 참겠으면 그곳에 가서 토해야겠다고 생각했다. 중심부에서 멀리 떨어진 데다 조명도 없어서 진주 목걸이를 한 여자애가 비싼 저녁을 강물에 쏟아 내는 모습을 볼 사람은 없을 것이다.

쾌적한 저녁이었다. 산들바람이 불고 시원한 기온 때문에 여름의 끝자락이라기보다 가을밤처럼 느껴졌다. 날씨가 아무리 완벽하다고 해도 그 밤은 완벽과는 거리가 멀 것이라는 사실을 알고 있었다.

부모님은 내 이런 기분을 전혀 모르고 계셨다. 눈에서 자부심이 넘쳐흘러서 부모님이 내게 얘기라도 거시면 견디기 힘들었다. 학교에서 처음 경고를 들은 날 엄마와 나누었던 대화가 생각났다. 엄마는 규칙을 따르는 데 단호하셨다. 나도 스스로 결정을 내리는 데 단호했던 탓에 연설도 없이 이 자리에 왔다. 이미 다 끝난 일이기 때문이다.

하지만 부모님에게 말할 수 없었다. 그에 대해서는 어떤 얘기도 할 수 없었다. 나는 그 밤을 즐기지 못할지언정 부모님만큼은 좋은 시간을 보내길 바랐다. 딸이 학교에서 퇴학당했다는 사실을 발견하시기 전까지 내가 해 줄 수 있는 건 그게 다였다.

"정말 근사하구나. 네가 대통령에 당선된 거 같은 기분이야."

아빠가 두리번거리시며 말씀하셨다.

"아빠도 참. 대통령은 내가 아니라 리쿼라고."

나는 기분 좋은 척 가장했다.

"너희 둘 다 대통령이 되지 말라는 법 있냐? 누가 먼저 할 건지가 문제지."

"두 사람 때문에 쫓겨나겠다. 품위 있게 행동해."

엄마가 말했다.

"난 이렇게밖에 못 해."

내가 손으로 몸을 쓸어내리는 동작을 취했다. 아빠가 고개를 끄덕이며 동의해 주었다.

"그럼, 그럼."

우리는 목련 가지 위로 솟아오른 숫자 6이 적힌 종이 팻말을 발견했다. 우리 자리라는 확인을 받고 빈 테이블에 가서 앉았다. 아직 초청 게스트는 도착하지 않았다. 사실 누구인지도 기억나지 않았다.

다른 설립자 장학생 후보가 누구일지 궁금해 주위를 둘러보았다. 내가 아는 다른 후보는 잭뿐이었지만 잭의 모습은 보이지 않았다.

내가 알아본 유일한 사람은 놀랍게도 레지 앨리스터였다. 가족들과 함께 2번 테이블에 앉아 있었다. 눈이 마주치자 그 애가 손을 흔들었다. 그리고 내 예상을 깨고 그 애는 자리에서 일어나 내 쪽을 향해 걸어왔다. 나는 부모님께 금방 돌아오겠다고 말씀드렸다.

우리는 마주 보고 걸음을 멈췄다.

"네가 최종 후보인지 몰랐어."

내가 말했다.

"사실 아니었어. 차점자였어. 잭이 자격을 박탈당하고 나서 전화가 왔어."

"그랬구나. 잭은 왜 그렇게 된 거야?"

"나도 자세한 건 몰라. 내 추측이긴 한데, 잭의 가족들이 쉬쉬하려고 했지만, 잭이 벌인 일은 알 만큼 다 알려졌잖아. 거기다 그 사건 전에도 벌어진 일들이 많아서 선발위원회가 어쩔 수 없이 제명하지 않았을까? 나도 잘 몰라. 로든하우어 여사가 노발대발하고 있을 거라는 거 말고는."

휴. 이건 불공평하다. 잭은 여기에 있어야만 했다.

"잭 만나 봤어?"

"아니, 아직. 내일 가 보려고."

내가 고개를 끄덕였다.

"그럼 우리랑 같이 안 갈래? 우리도 내일 가기로 했어."

"그래, 애슈턴이 그러더라. 그렇게 할게."

잠시 침묵이 흘렀다. 그런데 갑자기 레지가 내 어깨에 손을 올렸다.

"고마워."

"고맙다고?"

"여러 가지로."

어안이 벙벙했다. 레지가 내게 고마워해야 할 일이 정말 단 한 가지도 떠오르지 않았다.

"넌 정말…… 올해 대단했어. 그 전에 네가 꼬맹이 도서관이랑 해 오던 일들도 말이야."

나는 어느 별에서 뚝 떨어졌기 때문에 못 믿겠다는 듯 눈을 치켜뜨기만 하고 고맙다고 인사하지 않았다.

레지가 웃었다.

"네가 문학의 집을 시작했을 때, 내가 속한 커뮤니티 리더십 동아리에서 네가 화제의 중심이었어. 너한테 영감을 받아서 시작한 프로젝트 덕분에 나도 이 자리에 올 수 있었던 거야."

내 입이 떡 벌어졌다. 무슨 말을 해야 할지 알 수 없었다.

"그런데 내가 진짜 고맙게 생각하는 건 네가 애슈턴과 잭에게 좋은 친구가 되어 준 거야. 난…… 그동안 둘 중 누구 곁에 있어 주지 못할 때가 많았거든. 네가 있어 주어서 얼마나 고마웠는지 몰라."

"레지, 내가 그 애들 곁에 있어 준 게 아니야. 잭이 어느 날 날 찾아온 거야. 물론 네 말은 고마워. 하지만 난 네가 생각하는 것처럼 그렇게 멋진 사람이 아니야. 문학의 집은 그냥 문학의 집인 걸, 뭐. 내가 잘못하고 있는 건 아닌가 늘 의심해. 그냥 그렇다고."

이제 레지의 입이 떡 벌어질 차례였다.

"왜 문학의 집이 잘못하고 있는 거라고 생각해?"

"이제 책을 안 믿으니까. 너도 알다시피 책은 상처를 주니까."

레지가 미간을 좁혔다.

"비도 때문에 그런 거야? 그때 학교에서 있었던 일 때문에 그렇게까지 생각해도 되는 거야?"

"학교 일 때문만 아니라…… 레지, 내 인생 말이야. 내가 지금까지 한 거라곤 책과 관련된 일뿐이었는데 잭이 그러고 나서…… 나도 이제 모르겠어."

"클라라, 넌 잭이 한 일이랑 아무 상관 없어. 아, 물론 조금은 관련 있을 수 있어. 하지만 걘 말이야, 어떤 일이 있어도 그걸 부정적으로 만들어 버려. 한동안 계속 그랬어. 물론 걔한테도 그럴 만한 이유가 있어. 어쨌든, 올해 첫 풋볼 경기가 있던 다음 날 밤 말이야. 잭이 음주운전으로 걸린 날. 그날 우리 그룹이 파토 났어."

레지는 잠시 말을 멈추고 심호흡을 했다.

"다른 애들과 마찬가지로 애슈턴과 나도 잭을 포기할 뻔했지. 하지만 그러지 않았어. 왠지 알아? 《스피크》 때문이야. 《스피크》가 우리 경우와는 좀 다르다는 건 알아. 그래도 거기 주인공도 깊은 상처를 입고 삶의 매 순간을 암울하게 보내잖아. 우리가 계속 나아가는 데 정말 딱 맞는 이야기였어. 근데 네 도서관이 없었다면 어땠겠어? 바로 그때, 우리가 정말 필요로 할 때 네 책이 없었다면 어땠을까? 우린 어쩌면 포기했을지도 몰라. 어쩌면 책이 목요일 밤 문자를 보낼 사람이 아무도 없었을지도 모르지. 교장 선생님보고 마음대로 금서를 지정하라고 해. 마음대로 합리화해서. 하지만 네 도서관에 있는 책들은 시간과 공간을 바꿔 버렸어. 그게 바로 네가 빌려준 책들이 네 주변의 세상을 변화시켰다는 명백한 증거라고."

레지의 눈은 자신의 말을 들어 달라고 간곡히 빌고 있었다.

"하지만 비도를 잘못된 이유로 시작한 건 맞아. 내가 무슨, 책 전사가 되어서 친구들에게 책에 접근할 수 있게 해 주려고 시작한 게 아니었어. 문학의 집을 시작할 땐 그랬지만. 내가 비도를 시작한 건 화가 나서였어. 내가 옳다고 증명하고 싶었거든. 이기고 싶었어. 그래서 책을 무기로 사용한 거야."

"뭐, 썩 좋은 이유는 아니지만 그건 중요하지 않아. 내 말뜻 오해하지 마. 넌 그렇게 중요하지 않아. 넌 변화에 대한 책임이 없어. 넌 천사 같고 완벽할 필요가 없어. 책을 전달해 줄 의지가 필요했을 뿐이야. 지난 몇 년간 넌 그걸 가능하게 해 줬어. 비도뿐만이 아니야. 네 꼬맹이 도서관을 생각해 봐. 이렇게 짧은 시간에 네 사물함에 있는 작은 도서관이 한 일을 생각하면 꼬맹이 도서관은 얼마나 많은 일을 해 왔겠어? 책은 야성적이야. 그걸 길들일 순 없어.

사람들도 야성적이고 길들지 않아. 그 두 가지를 붙여놓았을 때 어떤 일이 벌어질지는 아무도 예측할 수 없어. 하지만 네 잘못은 아니야. '학생들에게 그 책이 적절한가'에 대한 고민을 할 거면 그건 부모님들께 맡겨. 그러라고 있는 사람들이니까. '자, 여기 있습니다' 하고 넌 거기서 손 떼고 네 갈 길 가면 되는 거야."

나는 레지를 빤히 쳐다보았다. 무슨 말을 해야 할지 알 수 없었다. 고맙다고 인사했으면 좋았겠지만 입이 움직이지 않았다. 아무 말 못 하고 가만히 서 있었다.

레지가 사과했다.

"미안. 난 그냥…… 네가 포기하지 않았으면 해. 네가 많은 일을 했다는 걸 너도 알았으면 좋겠어. 넌 그렇게 생각하지 않는다고 해도 말이야. 고마워."

나는 땅바닥을 쳐다보았다. 내가 그런 사람이라는 실감이 나지 않았다.

"네 테이블에 초청된 내빈은 누구야?"

기억이 안 나서 나는 어깨를 으쓱했다.

"까먹었어. 지난 몇 주 동안 너무 정신이……."

"나다."

나이 든 여성이 우리 쪽으로 다가왔다. 레지를 쳐다보는 냉담한 눈길이 내게도 느껴졌다. 레지는 억지로 미소 지었다.

"로든하우어 여사님. 안녕하세요."

맞다. 로든하우어 여사.

재닛 로든하우어 여사.

지난주에 받았던 이메일이 빠르게 뇌리를 스쳤다. 완전히 잊고 있었다.

잭 엄마가 내 테이블의 내빈이었던 것이다. 서 있는 자세에서, 날 쳐다보는 눈길에서 나는 그녀도 그 사실이 탐탁지 않다는 사실을 알 수 있었다. 내가 탐탁지 않은 이유는 하나밖에 없었다. 내가 바로 《호밀밭의 파수꾼》을 몰래 빌려준 사람이라는 걸 아는 것이다. 잭이 그렇게 된 게 나 때문이라고 생각하는 것이다.

또다시 속이 울렁거렸다.

로든하우어 여사는 레지 말에 대답하지 않았다. 레지한테도 책임이 있다는 듯 그 애를 향해서도 냉담한 경멸을 뿜어내고 있었다.

로든하우어 여사가 나를 쳐다봤다.

"나랑 얘기 좀 하자꾸나."

레지가 팔을 뻗어 내 손목을 잡았다. '정말 안됐다'라는 뜻이 아니었을까. 레지가 미소를 지었다.

"끝나고 보자."

로든하우어 여사를 향해서도 딱딱하게 손을 흔들었다.

"만나 봬서 반가웠어요."

그런 다음 그 애는 내가 아는 가장 차가운 분노, 쓰림, 불만에 나를 남겨 두고 멀어져 갔다.

갈기갈기 찢기다

사람들은 자기 자신을 표현하지 않으면 한 번에 한 부분씩 죽는다. 얼마나 많은 어른이 알고 보면 내면이 죽어 있는지 상상도 못 할 것이다. 자신이 누구인지 모른 채 하루하루 보내면서 심장마비나 암이 찾아오거나 대형 트럭이 할 일을 대신해 주길 기다리는 것이다. 내가 아는 것 중 가장 슬픈 일이다.

-로리 할스 앤더슨, 《스피크》

로든하우어 여사는 나에게 한마디 말도 없이 날 지나쳐갔다. 당연히 내가 따라올 것이라고 여기는 듯해 더더욱 따라가고 싶지 않았다. 사실 그분의 모든 것이 내가 따라가고 싶지 않게 만들었다. 너무나 끔찍한 사람이란 걸 알게 되자 잭이 점점 더 안됐다는 생각이 들었다. 굳이 대화하지 않아도 알 수 있었다. 물론 아들이 불과 얼마 전 자살 시도를 했고, 기분이 좋을 리 없을 것이다. 하지만 그분의 분노는 시간을 초월했다. 위층을 향해 또각대며 걷는 발걸음에는 오래되고 부패한 데서 나는 악취가 풍겼다.

멀리서 부모님이 마치 내가 로또에 당첨되기라도 한 듯이 손을 흔드셨다. 나도 손을 흔들긴 했지만 어떤 표정이었는지는 잘 모르겠다. 행복한 얼굴이었을까? 아마 아닐 것이다. 미소를 짓는 노력도 하지 않은 것 같다.

위층에 올라왔다. 사람들과 가장 멀리 떨어진 곳으로 가더니 갑자기 확 돌아서 몇 초간 날 매섭게 노려보셨다.

"네가 뭐라도 된다고 생각하니?"

갑자기 쏘아대는 말에 너무 놀라 내 입에서 저절로 말이 튀어나왔다.

"제가 뭐라고 생각하시는데요?"

그분이 입을 삐죽댔다.

"내가 모를 것 같니? 잭 방에서 나온 그 흰 종이로 싼 쓰레기 말이야."

나는 아무 말도 하지 않았다.

"잭이 그러더구나. 네가 그 책을 줬다고. 모르는 척하지 마, 클라라. 다 알고 있으니까. 그리고 내가 아는 건 교장 선생님도 다 알고 있어. 그러니 솔직히 말하는 게 좋을 거다. 그 도서관 말이야. 사물함에 책을 넣어 놓고 대출해 준다지? 다시 한번 물어보마. 네가 뭐라도 된다고 생각하니?"

나는 어깨를 으쓱했다. 월요일의 내 운명이 결정 난 소리를 들으며.

"아니요."

"넌 반칙자야. 다른 학생들 손에 쓰레기를 밀어 넣는 걸 아무렇지도 않게 생각하고 심지어 싸워서라도 그렇게 하는 사람. 네가 한 짓을 알면 우리 남편의 할아버님은 아마 심장마비로 쓰러지셨을 거다. 우리 로든하우어가의 유산이 바로 럽튼 아카데미야. 나도 여길 나왔고, 우리 남편도 여길 나왔지. 우리가 기부한 돈만 해도 수백만 달러야. 우리 돈으로 럽튼 아카데미를 세웠다. 우리가 없으면 여긴 아무것도 아니야."

그녀가 잠시 말을 멈췄다. 콧구멍이 벌어졌다.

"내가 그 금서 목록을 늘리려고 교장 선생님과 얼마나 오랫동안 실랑이를 벌였는지 아니?"

내게 한 발짝 가까이 와서 계속 말씀을 이어나가셨다.

"그분은 정치에는 관여하고 싶지 않아 했지만 모든 사람은 값이 매겨져 있지. 그분의 값은 SPA고. 그래서 거래가 이뤄졌다. 학교에 SPA를 매입할 돈을 주고 그 금서 목록을 산 거야. 책이 아이들한테 하는 짓을 잘 아니까. 그리고 네가 나타났지. 개교 이래 지속한 학교 운영 방침에 대해 할 말이 있는 양. 네가 한 짓을 보렴. 네경솔한 행동, 권위를 무시하는 행동, 어떤 책이 적절한 책인지 볼 줄 모르는 좁은 시야 때문에 내 아들이 지금 정신병원에 있어. 네가 SPA 매입 비용을 대신 내게 해야겠어. 네가 잭 대학 등록금을 대게 해야겠어. 너 때문에 잭이 설립자 장학금 받을 기회를 놓쳤으니까. 네가 아니었음 그 앤 오늘 여기 있었을 거야. 바로 너 때문에 금서 목록이 생긴 거다. 평생 책만 끼고 살았겠지. 근데 지금 널 봐

라. 네 생각을 다른 사람들에게 강요하고 있잖니? 넌 도덕관념이라고는 없는 애야. 패널들을 속여서 마치 네가 장학금을 받아야 하는 것처럼 꾸며댔겠지만 너 따위는 중요하지 않아. 넌 할 말이 없어. 네 책은 사람들에게 상처만 줬어. 넌 맥도날드에서 프렌치프라이를 튀기는 일밖에 못 할 테고, 그때나 그 지식을 유용하게 사용할 수 있을 거다."

나는 울었다. 첫마디와 마지막 문장 사이 어디쯤에서 눈물이 흐르기 시작했다. 하지만 소리를 내지 않으려고 애를 썼다. 자기가 내뱉는 말에 내가 큰 충격을 받았다는 만족감을 주고 싶지 않았다.

"쓸데없고 유치하기 짝이 없어! 너도 알겠지만 다음 주 월요일이면 다 끝이야. 그런데 여긴 뭣 하러 왔니? 올 필요가 전혀 없는데 말이다. 10분이라도 우리의 귀중한 시간 뺏지 말고 하찮은 연설 따위 집어치우고 그냥 돌아가거라. 정신병원에 들어가야 하는 건 책이 아니라 너야. 그 애는 희생양이야. 네가 초래한 이 모든……."

"그만하시죠. 누구신지는 모르겠습니다만, 이제 와서 그건 아무래도 상관없습니다. 딸애에게 한마디라도 더 했다가는 나도, 그쪽도 원하지 않는 결과가 나올 겁니다."

아빠가 내 옆에 나타났다.

로든하우어 여사가 비웃더니 자신의 귀를 잡아당겼다. 그러더니 시선을 내리깔고 말했다.

"딸이 아버지를 닮아 행실이 그렇군요."

아빠가 미소 지으셨다.

"네, 그래서 참 자랑스러운 딸입니다. 정중하게 부탁드리는 겁니다. 다시는 딸애에게 말 걸지 마세요."

"남은 학교생활 잘해라."

아빠 손에 이끌려 내려가는 내 등 뒤로 로든하우어 여사가 내뱉 듯이 말했다. 엄마가 기다리는 테이블로 돌아가면서 아빠는 로든 하우어 여사가 도대체 무슨 말을 했는지 계속 물으셨다. 하지만 나는 생각에 빠져 있었다. 거기에 너무 몰두한 나머지 내 자리에 돌아왔을 즈음에는 눈물이 이미 다 말라 있었다. 이런 일로 울지 않으리라. 그분은 제정신이 아니었다. 하지만 그럴 권리는 없다. 그게 옳은 일도 아니었다.

그분이 내게 퍼붓는 소리를 들으며 마음속에서 무언가가 꿈틀거렸다. 문득 잭이 한 선택이 책에서 얻은 메시지와는 별개라는 생각이 들었다. 그 애의 심장은 상처가 겹겹이 둘러싸고 있었다. 그 애 엄마가 날 갈기갈기 찢었을 때 그 아픔을 조금이나마 이해할 수 있었다. 잭을 벼랑 끝으로 민 게 순전히 《호밀밭의 파수꾼》 때문이라는 건 부당했다. 재닛 로든하우어 같은 사람이 매일 그 애를 무너뜨리던 상황에서는 더욱이. 잭의 자살 시도가 '호밀밭' 탓이라는 건 — 심지어 내 탓이라는 건 — 그 애 엄마에게 면죄부를 주는 셈이 된다. 잭은 엄마의 영향에서 분리될 수 없다. 어쩌면 책을 읽고 난 뒤 우리가 하는 행동도 마찬가지일 것이다.

우리는 우리 자신을 책 속으로 데리고 간다. 우리를 이루는 모든 부분과 함께 말이다. 빛, 어둠, 열정, 아픔. 우리 자신을 결정하는 요소들이 겹겹이 층을 이루어 필터 역할을 한다. 우리가 태어나서 눈으로 본 모든 것, 마음으로 느낀 모든 것과 함께 책을 읽는 것이다. 이 세상에는 수많은 사람이 존재하는데, 그들이 책을 잘못 이해하지 않도록 우리가 할 수 있는 일은 없다. 책도 마찬가지다. 책이 사람들이 스스로 목숨을 끊도록, 다른 사람을 미워하도록, 심지어 사랑하도록, 대통령에 출마하게 만들 수 없다. 책을 읽기 전과 읽은 후에 우리가 하는 일은 우리의 선택이다. 그리고 그 선택이 바로 자유다.

문득 이런 생각이 들었다. 만일 로든하우어 여사도 잘못된 선택을 하며 인생을 낭비하지 않았다면 지금과는 다른 모습일지도 모른다. 독서에 대한 그분의 견해와 세상을 두려워하는 고약한 사람이라는 사실 사이에 어떤 상관관계가 있는지는 모르겠다. 그분의 문제가 단순히 《호밀밭의 파수꾼》을 읽지 않아서라고는 말할 수 없지만, 그 이유도 분명 한몫했다고 확신한다.

만일 그분이 책을 읽었다면 그것이 지금껏 가장 많은 사랑을 받은 문학 캐릭터 홀든이 정신병원에서 지내며 알게 된 사실을 적은 글이라는 걸 알았을 것이다. 그리고 아들을 부끄럽게 여기는 대신 새로운 시작을 보았을 것이다.

《날 짓밟지 마》를 읽었다면 리바이와 조스가 궁극적으로 전쟁의 쌍방을 결합하는 대의를 위해 죽었다는 것을 알았을 것이다. 또한 책이 독이 아니라 자유의 원천이라는 사실을 깨달았을 것이다.

《스피크》를 읽었다면 날 괴롭히기 위해 갈기갈기 찢는 대신 그냥 내 의견에 동의하지 않았을 것이다.

《월플라워》를 읽었다면 아들이 성적지향으로 인해 어떤 식으로든 부당한 대우를 받는 것을 볼 수 있었을 테고, 일순간이라도 혐오를 내려놓고 곁에 있어 주고, 사랑해 주고, 아들이 돌아갈 집이 되어 주지 않았을까.

"클라라, 도대체 그 사람은 누구냐? 왜 너한테 그런 식으로 얘기하는 거야?"

의아한 표정으로 아빠가 다시 물었다.

나는 깊숙이 숨을 들이마셨다.

"나중에 말씀드릴게요. 지금 연설문을 작성해야 하거든요."

두 분의 눈이 똥그래졌다.

"연설문을 아직 안 썼다고?"

"클라라, 10분 뒤에 만찬이 시작해."

엄마가 말했다.

나는 벌떡 일어나 엄마의 핸드백에서 펜을 꺼냈다. 그런 다음 전채 요리가 차려진 테이블에서 냅킨을 한 움큼 집어 들고 가장 가까운 화장실로 달려갔다.

냅킨에 급하게 작성한 도미노 목록

- 잭 로든하우어
- 애슈턴 브릭스
- 리퀴 칼슨
- 스콧 위버딩크
- 크로프트 선생님
- 케이웰 선생님
- 레지 앨리스터
- 매브
- 나

두려움을 벗다

> 용기는 권총을 손에 쥔 사람이 아니다. 시작 전에 패배
> 한 것을 알더라도 시작을 감행하고 어떤 일이 있어도 그
> 끝을 보는 것이다.
>
> —하퍼 리, 《앵무새 죽이기》

단상 앞에 섰다. 눈은 충혈되어 있었지만 손은 차분했다. 다른
테이블에 앉아 있는 로든하우어 여사를 바라봤다. 부모님을 바라
봤다. 레지를 바라봤다. 내가 모르는 얼굴들을 바라보았다. 저널리
스트들. 모든 사람을 바라보았다. 내 안은 고요했다.

내가 겪었던 순간들은 대부분 책을 기반으로 한 내 선택에 따
른 것이었다. 심지어 책에 의구심을 품었던 지난 며칠 동안에도 책
은 하던 일을 멈추지 않았다. 경험보다 책 속의 세계가 더 광대하
다고 말하고 있었다. 이미 다 안다고 생각했지만 타인을 어떻게 봐
야 하는지 말하고 있었다. 어떻게 그들을 깊이 신뢰하는지도. 내가
이 자리에 서 있는 건 책 때문이었다. 그리고 책이 무엇이든, 무엇
이 아니든 더는 두렵지 않았다. 다 로든하우어 여사 덕분이다.

나는 전쟁 중에 새 학년을 맞았다. 럽튼과 싸우는 게 아니었다. 나 자신과 싸우는 전쟁이었다. 나는 이기적인 사람이었다. 책이 내게 어떤 영향을 끼쳤는지, 내 인생을 어떻게 바꿨는지만 생각했다. 교장 선생님이 틀렸다고 증명하고 싶었던 건 증거가 필요했기 때문이다. 내가 한 모든 일들, 모든 선택은 전부 날 위한 것이었다.

LA가 정의하는 책에 어떻게 하면 나 자신을 끼워 맞출지 골몰하느라 정작 책이 모든 것을 바꾸고 있다는 사실을 눈치채지 못했다. 리퀴가 이미 말해 주었다. 난 믿지 않았다. 하지만 사실이었다. 우리는 전부 바뀌었다. 그리고 책이 우리를 바꾸면서 우리 주변에 있는 사람들도 바꾸었다. 단순히 인생의 흐름으로 치부할 힘이었다. 정말 대단하다.

로든하우어 여사, 교장 선생님, 나는 그다지 다르다고 할 수 없다.

어떤 식으로든 우리는 두려웠다. 책이 두려웠다. 하지만 그게 다가 아니다. 우리는 발상, 토론, 변화를 두려워했다. 우리가 그것을 통해 무언가를 빼앗길 것이 두려웠기 때문이다. 우리는 두려웠다. 한 가지 확실한 건, 두려움은 자유의 반대라는 것이다.

나는 목을 가다듬었다. 눈을 감지 않으려고 애썼다.

"안녕하십니까. 클라라 에번스라고 합니다. 제가 운영하는 꼬맹이 도서관을 통해 절 알고 계실 겁니다. 하지만 전 오늘 제가 다니는 학교가 한때 여러 권의 책을 금지했던 이야기를 하고자 합니다. 제가 사물함에서 금서 도서관을 시작한 뒤 어떤 일이 일어났는지, 왜 그게 중요한지 말씀드리겠습니다."

과격한 사서의 귀환

나는 강이 내려다보이는 테라스에 서 있었다. 후보들의 연설이 이어지는 동안 바람을 쐬면서 가라앉길 기다리고 있었다. 연설을 통해 내가 말한 모든 것이 내 머리와 가슴에 뿌리를 내릴 수 있게.

"여어. 참석하길 잘했군. 내가 지금껏 들었던 연설 중에 가장 훌륭한 연설이었다. 네가 자랑스럽구나, 클라라."

누군가 내 옆에 다가와 난간에 기댔다. 케이웰 선생님이었다. 근사하게 차려입으셨다. 이제 선생님이 주신 책으로 내가 어떻게 했는지 다 알게 되셨을 것이다.

"궁금해할까 봐 미리 말하자면, 동생이랑 왔어. 과거 장학생들도 만찬에 초청받거든. 네가 연설할 걸 알기에 꼭 와서 보려고 했다."

"고맙습니다. 그런데 사과드릴 게 있어요."

선생님이 눈을 크게 뜨셨다.

"사과해야 할 사람은 나야."

"잠깐만요……. 왜 선생님이 제게 사과하세요? 제가 거짓말했어요. 학기 첫날 기억하세요?"

"그런데?"

"제가 금서를 꼬맹이 도서관에 가져다 둔다고 했던 거 생각나세요?"

"그런데?"

"사실…… 안 그랬어요."

"생각도 못 한 일이네."

심드렁한 반응이었다.

"잠깐만요……. 왜 비꼬시는 거예요?"

"네가 흰색 판지를 씌운 책을 누가 도서실 반납함에 넣어 놓은 적이 있었거든. 책가위를 벗겨서 네가 치우기로 했던 책인 걸 알고 대충 어떤 일인지 짐작했지."

"아……."

책가방에서 해나 첸이 빌려 갔던 책을 발견한 날이 생각났다. 내가 잊어버린 게 아니었다. 내가 자료실에 있는 사이 선생님이 내 책가방에 집어넣은 것이었다.

"선생님이 아이들을 저한테 보낼 때, 다 알고서 그러신 거예요?"

"그래서 내가 사과해야 한다는 거야. 처음엔 뭐라고 하려고 했지. 그러다가 나도 모르는 새에 관여하게 된 거야. 네가 위험한 일을 하는 걸 알았지만 모른 체했어. 전교생 중에 걸리지 않고 그 일을 해낼 수 있는 사람이 있다면 바로 너일 거로 생각했거든. 널 제지했어야 했는데."

"진심이세요?"

선생님이 몸을 돌려 강물을 바라보았다.

"선생님, 저 후회 안 해요. 적어도 지금은요. 일어날 일은 일어나는 법이니까요. 깨닫기까지 좀 시간이 걸렸지만, 전 제가 옳다고 생각한 일을 했어요. 제 신념대로요. 지난 수년간 선생님이 해 오신 것처럼요. 전 정말 많은 걸 배웠어요. 바뀌었거든요. 새로운 친구들을 만났고, 그 애들도 바뀌었어요. 어떤 것도 후회하지 않아요."

선생님이 미소 지었다.

"월요일에 보자."

"교장 선생님 면담 끝나고 갈게요. 어쩌면 봉사 활동 하는 마지막 날이 될지도 모르지만요."

"어떤 결과가 나와도 난 네가 자랑스럽다. 오늘 밤 네가 뽑힐 만하다."

내가 웃었다. 내가 말한 걸 느꼈기 때문이다. 정말 온몸으로 느꼈다.

나는 후회하지 않았다. 책이 중요하다고 믿은 것을 후회하지 않았다.

내가 감히 우주를 뒤흔들 수 있을까?

자유는 세금이다. 누군가 우리의 발상에 이의를 제기할 때, 우리가 타인의 발상에 이의를 제기할 때 우리는 그것을 지급한다.

반드시 지급해야만 한다.

또한 기쁜 마음으로 지급해야 한다. 그 외 다른 방식으로 소유한다는 것은 곧 자유 그 자체를 잃는 것과 마찬가지기 때문이다.

-루카스 게브하르트, 《날 짓밟지 마》

월요일이 밝았다. LA에서의 마지막 하루가 될지도 몰랐다.

교장실 문을 바라보며 도서실에서 기다리고 있을 친구들을 생각했다. 거기엔 애슈턴도 있었다. 결과가 어찌 되어도 내게는 그들이 있다. 아무리 학교라고 해도 우정을 좌지우지할 순 없을 테니까.

조심스럽게 문을 두드렸다.

"들어와요."

나는 심호흡을 한 뒤 교장실에 들어갔다. 깨끗했다. 흰 책가위는
보이지 않았다.

선생님은 의자에 앉아 계셨다.

나를 보시더니 의자를 손짓하셨다. 럽튼에서 지냈던 시간을 전
부 합친 것보다 이번 학기에 그 의자에 앉았던 횟수가 더 많았다.

"교장 선생님. 다 알고 계시는 거 알아요. 먼저 드릴 말씀이……."

선생님이 손을 흔들었다. 나는 입을 닫았다.

"반납된 책을 전부 합치면 60권이다. 60권."

"저도 알아요. 그래서 제가 책임을……."

다시 손을 흔드셨다.

"책장에 대부분 읽은 소감이 적혀 있더구나."

"네. 그런데 그걸 적은 사람들을 전부 찾아내진 않으시면 좋겠어
요. 그렇게 하라고 한 건 바로 저예요……."

마침내 선생님이 고개를 들어 나를 보셨다.

"클라라 에번스. 우선 내가 하는 말을 들어라."

나는 입술을 깨물고 시선을 아래로 깔았다. 선생님은 자리에서
일어나 뒷짐을 지고 창가 쪽으로 갔다.

"에번스, 소감문을 읽어 봤니?"

"네, 전부요."

"'나는 여기서 용기를 찾았다', '다른 이의 눈으로 세상을 바라
본 뒤 나는 완전히 변했다'. 이런 것도 있었지. '전진하는 내게 누가
일깨워 주길, 먼저 끌어안고 나중에 질문해라', '이 책을 읽고 진심

으로 마음을 써야겠다는 생각이 들었다. 고마워'."

잠시 침묵이 흐른 뒤 선생님이 뒤돌아 나를 바라보셨다.

"이런 글귀를 보면서 어떤 생각이 들었니?"

"죄송합니다만, 질문을 잘 이해하지 못하겠어요."

"읽고 감동했니? 이 글귀 때문에 채터누가 주요 인사들로 꽉 들어찬 공간에서 도서관을 운영했다는 고백을 한 거냐? 럽튼 아카데미 이사진들 앞에서? 대학 장학금을 받을 기회를 위험에 빠뜨리면서까지?"

"아마도요. 그런 이유도 있어요. 다른 이유도 많아요. 어차피 퇴학을 당할 거라는 생각이 지배적이긴 했지만요. 딱히 용기가 필요한 일은 아니었어요."

"《초콜릿 전쟁》은 읽어 봤니?"

다시 의자에 앉아 내 눈을 뚫어지게 쳐다보시며 말씀하셨다.

"오래전에요."

"그 책도 제한된 매체에 속해. 실제로 넌 《초콜릿 전쟁》 두 권을 들고 가다 복도에서 나한테 걸렸었지. 창피한 마음에 최근에 읽은 적 없다고 할 필요 없다."

"정말이에요. 아직 다시 읽어 보지 못했어요. 그걸 들고 가다 들킨 건 그냥 운이 나빴던 거예요. 도서실 기증 도서에서 꺼내 온 거였어요."

"에번스, 왜 여기 있다고 생각하느냐?"

"음…… 퇴학 처분을 내리시려는 거 아니에요?"

"그래. 널 퇴학 시키라는 지시가 떨어졌다. 그래도 대답해 보아라. 왜 여기 있다고 생각하느냐?"

나는 아무 말 하지 않았다. 아무 할 말이 없었다.

"사물함으로 돌아가 짐을 챙기거라."

올 것이 왔다. 나는 숨을 깊게 들이마시고 눈을 감았다. 눈물을 참기 위해서다. 귓가에서 리바이와 조스의 목소리가 들렸다. 눈을 뜨고 그를 똑바로 바라보라고. 그 소리가 점점 커지더니 곧이어 리퀴의 목소리가 들렸다. 그다음은 잭. 그리고 애슈턴. 그리고 책가위에 쓰여 있던 글귀까지.

나는 눈을 뜨고 교장 선생님을 바라보았다.

"네, 알겠습니다."

"그런 다음 수업에 들어가거라. 공부 열심히 해. 그리고 늘 '알겠습니다'라고 대답하고."

나는 그 자리에서 굳어 버렸다. 혹시 장난치시는 건가?

"수업에 들어가라고 하셨어요?"

그가 고개를 끄덕였다.

"공부하라고요?"

끄덕.

"항상 '알겠습니다'라고 대답하라고요?"

또 끄덕.

"무슨 일에요?"

선생님이 일어나서 문을 열었다.

심장이 빠르게 뛰었다. 나는 가방을 들고 선생님이 답하시길 기다렸다.

"내가 감히 우주를 뒤흔들 수 있을까?"

나는 선생님을 빤히 쳐다보았다. 《초콜릿 전쟁》을 읽으셨나? 저말을 어떻게 아시는 거지?

선생님이 고개를 끄덕여 보이셨다.

"마지막으로 한 가지 더 물어보마."

나는 볼을 타고 흐르는 눈물을 닦아냈다.

"네."

"이 모든 걸 벌인 계기가 된 책이 있느냐?"

"루카스 게브하르트의 《날 짓밟지 마》요."

"나도 한번 읽어 보고 싶구나."

내가 미소 지었다.

"꼭 읽어야 하는 책이에요."

"수업에 늦겠다."

"고맙습니다."

"아니, 내가 고맙다."

올바른 불길

친구들을 찾아 다시 문 연 도서실로 향했다. 내 사물함 앞을 지나치는, 늘 지나던 길이었다. 하지만 평소와 다른 느낌이었다. 뭐랄까…… 희망적이었다. 설명하기 힘들지만 달랐다. 마지막으로 그 길을 걸었을 때보다 모든 것이 커진 듯했다. 두 번째 기회라는 위엄. 나의 정체성과 신념에 확신을 가질 때의 풍광이었다.

멀리 내 사물함이 보였다. 나는 그 앞에 멈춰 서서 응시했다. 다시 반복하고, 다시 느끼고, 다시 생각하며.

자물쇠가 사라졌다. 지난 금요일 하교 후에 취해진 조치일 것이다. 새로 받아야겠다고 생각했다.

겹겹이 쌓여있던 흰 책이 사라졌으니 텅 비었을 거로 생각하고 문을 활짝 열었다.

그러나.

책가위가 씌워진 금서들이 그 안을 가득 메우고 있었다.

사물함 바닥에서 천장까지.

그중에 똑바로 세워진 책 한 권이 보였다. 흰색 판지가 씌워져 있었다.

표지에 소감문이 남겨져 있었다.

미안해, 제리
-레온

교장 선생님.

몇 주 전 내게서 앗아간《초콜릿 전쟁》중 한 권이라는 걸 알 수 있었다. 그때 읽어 보신 걸까? 아니면 어렸을 때 읽은 책인 걸까? 어쩌면 그 책을 읽고 교육 행정가가 되고 싶으셨는지도 모른다. 행정가가 된 이후로는 자신이 몸담는 학교가《초콜릿 전쟁》에 등장하는 학교처럼 되는 걸 막기 위한 목표를 세웠을지도 모른다. 그리고 도중에 어딘가에서 길을 잃으셨던 건지도 모른다. 이 사건으로 예전의 선생님으로 돌아간 게 아닐까. 예전 기억을 떠올리시게 된 게 아닐까.

그때 교장실에서《초콜릿 전쟁》을 보고 선생님 얼굴에 떠오른 표정이 생각났다.

기억하신 것이다. 무엇을 기억하신 건지는 모른다. 하지만 날 이곳으로, 내 사물함 앞으로 데리고 오기에는 충분했다.

이사회도 교장 선생님이 하신 일을 알까? 로든하우어 여사도 알까? 나는 고개를 저었다. 아니야. 아까 교장실에서 선생님이 분명히 "널 퇴학 시키라는 지시가 떨어졌다."라고 말씀하셨다. 하지만…… 그렇게 하지 않으셨다. 내가 아직 여기 있는 걸 이사진들이 알게 되면 교장 선생님께 불똥이 떨어질 것이다. 하지만 현장 책임자는 이사회가 아니라 교장 선생님이다. 그게 선생님이 내게 책들을 돌려준 이유일까? 하던 일을 계속하라고? 이 책들은 곧 '재건하라'의 암호라도 되는 걸까?

해답을 찾는 길은 하나밖에 없었다.

나는 내 가방 속에 남아 있는 《날 짓밟지 마》와 교장 선생님이 책가위를 씌운 《초콜릿 전쟁》을 챙겨 교장실로 달려갔다. 선생님은 아직 거기 계셨다.

"무슨 일이지, 에번스?"

내가 《날 짓밟지 마》를 내밀었다.

"한번 읽어 보고 싶다고 하셨잖아요."

비도를 시작하며 나는 책이라면 할 수 있다는 믿음이 깨질까 봐 두려웠다. 하지만 나는 지금 나의 신념을 흔들리게 만들었던 바로 그 사람에게 금지된 책을 내미는 것이다. 예전보다 더 굳게 책을 믿으며.

그 순간 이 세상에 존재하는 모든 말과 마법이 내가 서 있는 바로 그 자리에 집중되었다는 느낌에 사로잡혔다. 내 귓가에 용기, 힘, 희망, 아픔에 관해 알려진 이야기와 알려지지 않은 이야기를 들려주며. 아직 세상에는 아직 감히 우주를 뒤흔들지 못한 수많은 책과 선택, 변화가 남아 있다고 속삭이며.

굿바이, 럽튼 아카데미

5월이었다.

나는 살아남았다.

나는 두렵지 않았다.

적어도 책에 한해서는.

단 하루라도 학교에 소유되지 않는 일 없이 열사병으로 죽는 건?

당연히 그건 두렵다.

나는 앉아 있다. 땀으로 끈적거리는 크고 긴 검은색 가운을 입고. 내 왼쪽으로는 리퀴, 그 옆에는 레지 앨리스터가 있고 내 오른쪽에는 애슈턴, 그 옆에는 잭이 있다. 더 끈적거리는 풋볼 경기장에 설치된 나일론 의자에 앉아 고등학교 입학 후 지금까지 쌓아온 지식의 결말을 기다리는 중이었다. —SPA 부지 확장으로 학교에 절실한 강당이 건설될 것이다.— 우리가 앉았던 관람석은 학부모들이 빙 둘러싸고 있었다. 지난 4년간 리퀴와 내가 앉았던 곳이다. 이곳에서 애슈턴과 처음 대화를 나누고 잭과 앉아서 트위즐러 세 봉지를 뚝딱했었다.

제임스 윌링스 교장 선생님이 작은 단상에서 굵은 목소리로 학생들 이름을 하나하나씩 호명하고 계셨다. 이름이 불리면 측면에서 기다리던 학생이 무대를 가로질러 나가 돌돌 말린 종이를 받았다. 그 안에는 아무것도 쓰여 있지 않았다. 무대 위를 걷는 동안 새로 온 교장 선생님의 비서가 그 학생의 다음 행보를 알려 주는 짧은 글을 읽었다.

제임스 윌링스 교장 선생님은 당연히 밀튼 월시 교장 선생님과 달랐다. 월시 교장 선생님은 날 퇴학시키기를 거부한 그 날, 사임하셨다. 갑작스러운 소식이었다. 그러고 그냥 떠나셨다. 바로 그다음 날, 크로프트 선생님의 기사가 지역신문 《채터누가 타임스 프리 프레스》의 1면에 실렸다.

"럽튼 아카데미 교사, 학교의 금서 정책에 의문 제기한 뒤 해고당하다."

기사에는 크로프트 선생님이 퀘소에서 말씀해 주신 내용이 잘 반영되어 있었다. 특별 게스트로 '밀튼 월시 전 교장'이 인터뷰에 응해 이사회로부터 해고 지시가 있었다고 확인해 주었다. 이제 그는 럽튼, 아니 그보다 로든하우어가의 꼭두각시 노릇을 그만두기로 한 게 틀림없었다.

그 뉴스를 NPR에서 다루었고, 그다음 CNN으로까지 퍼졌다. 갑자기 럽튼 아카데미 소식이 어디서든 들리기 시작하면서 학교는 전방위에서 개혁하라는 압박을 받았다. 한두 달 동안 다시 문을 연 비도는 문전성시를 이루었다. 이전에는 별 관심 없던 아이들까지 책을 빌리기 시작했다. 곧 변화가 임박한 것처럼 보였다. 학생회가 똘똘 뭉쳐 밀어붙였고, 그 선봉에 리퀴가 있었다. 행정실은 반복해서 같은 말만 했다. '방침을 재검토 중이다' 혹은 '다음 이사회 때 논의가 있을 예정이다'라고.

하지만…… 그런 일은 일어나지 않았다. 사람들만 이리저리 바뀌었다. 이사진들은 친척들로 바뀌었다. 졸업식 전날까지도 '제한된 매체'라는 언급은 학생 규범집에 그대로 남아 있었다.

레지가 아무것도 적히지 않은 학위를 가지고 자리로 돌아왔다. 시간이 한참 지난 것 같았지만 이제 겨우 성이 'B'로 시작하는 아이들 절반쯤 도달했다. 매브가 막 무대를 가로질러 나왔고 애슈턴은 한쪽에서 대기 중이었다. 극도의 무더위와 지루함 속에서 알파벳 열 번째 글자 사이에 이렇게 많은 친구가 있었는지 실감하는 중이었다.

체온을 태양 표면에서 전자레인지에 갓 덥힌 파이피자로 낮추기 위해 고개를 뒤로 쭉 뻗었을 때 팔에 무언가가 닿는 느낌이 들었다. 다시 고개를 숙이니 잭이 대용량 사이즈 트위즐러를 들고 있었다.

"애슈턴이 앞에 나갔을 때 먹어 둬. 그래야지 음미하면서 먹을 수 있지 않겠어?"

"너 이제 애슈턴 집에서 살잖아. 그러니까 애슈턴이 먼저 먹게 해 줘야지."

리퀴가 지적했다.

나는 웃으며 과자봉지에서 두 개를 꺼내 레지와 리쿼에게 전달했다.

"요즘 어떻게 지내, 잭? 룸메이트로서 애슈턴 괜찮아?"

내가 물었다.

"말 그대로 최고야. 커밍아웃은 내가 지금까지 한 일 중에 가장 잘한 일이야. 브릭스 사람들은 날 정화하려고 하지 않아. 이제 숨 좀 쉴 수 있을 거 같아."

잭 로든하우어는 파크뷰 정신 건강 센터에서 돌아오자마자 그 사실을 모르고 있던 친구들에게 커밍아웃했다. 물론 소문은 금방 퍼졌다. 사람들은 잠깐 관심을 가졌고, 장안의 화제였다. 하지만 대부분 잊어버렸다. 물론 그렇지 않은 사람들도 있었다. 하지만 그들은 거의 다 잭을 사랑하는 사람이 아니었다. 그렇다면 잭은 친구들은? 그들은 잭의 곁에 남았다. 나도 남았다. 우리는 남았다.

그렇다면 잭의 가족들은 어땠냐고? 그들은 '그렇지 않은 사람들' 범주에 있었다. 실제로 그 뒤로 잭의 가족들은 대화를 단절했다. 에머슨은 아주 가끔 잭에게 문자했다고는 하지만, 소문에 잭이 답장을 하면 바로 지워 버린다고 했다. 부모님이 아시게 되면 어떻게 될지 두려워서라고 한다.

"나는 여기서 용기를 찾았어."

잭을 가리키며 내가 말했다.

잭이 고개를 끄덕이고 시선을 아래로 두었지만 이내 미소 지었다.

"나도 알아."

나는 다시 단상을 바라보았다.

레지가 리퀴 쪽으로 몸을 기대더니 내 다리를 톡톡 쳤다.

"클라라, 괜찮니?"

나는 고개를 끄덕였다.

"그럼, 괜찮지. 정말이야. 네가 받았으면 좋겠는걸? 어제 얘기 다했는데. 다시 그 얘기 안 해도 돼."

레지의 시선이 바닥을 향했다.

"알아. 난 그냥……. 네가 받았어야 해. 내가 아니라."

"레지, 널 사랑하지만, 사실 그 말이 맞아."

리퀴가 말했다.

나는 어깨를 으쓱했다.

"설립자 장학금을 받진 못했지만 재단에서 보조금을 조금 받았어. 밴더빌트에 합격했으니 여름 내내 어떻게 할지 궁리하다 보면 어떻게든 될 거야."

"혼자 궁리할 필욘 없어."

레지가 말했다.

"그래. 우리 할아버지 할머니가 주시는 돈을 나눠도 되고."

리퀴가 거들었다. 나는 어이가 없다는 듯 눈을 치켜떴다.

"리퀴, 미합중국 대통령 학위를 따도 된다고 겨우 허락받았는데 나랑 그 돈을 나눈다고?"

"뭐 어때? 우린 룸메이트야, 클라라. 룸메이트. 난 제이슨 프라즈

355

음악이나 듣고 '내 방에 향도 못 피우게 하다니 말도 안 돼' 하는 여자애랑 같이 살 수 없어. 그 앨 죽여 버릴지도 몰라. 거짓말 아냐. 우발적인 게 아닐 거라고!"

"나도 요즘 향에 꽂혔다고 하면 어쩔 건데?"

리퀴가 손을 들었다.

"그런 건 안 통하니 그만하는 게 좋을 거다."

"뭐⋯⋯. 방법을 생각해 보자."

레지가 다시 의자에 등을 기대며 말했다.

"애슈턴 브릭스!"

교장 선생님의 외침에 우리는 모두 자리에서 벌떡 일어나 경기장이 쩌렁쩌렁 울리는 큰 소리로 환호했다. 너무나 크게 소리를 지르는 바람에 '학생의 다음 행보' 부분을 놓치고 말았다.

리퀴가 일어섰다.

"혹시 내가 단상에서 넘어지면 퀘소 쏠게. 몇 달 동안 이 하이힐 위에서 걷는 연습을 했거든. 잘 봐 둬."

그러더니 단상으로 걸어 나갔다.

계속해서 이름이 호명되고 사람들이 앞으로 나갔다. 이 자리에 있다는 게 어리벙벙했다. 친구들과 나란히 앉아 있다는 것에. 그리고 이 무더위에. 하지만 마음 깊숙이에는 더위에 감사한 마음이 있다는 걸 알고 있다. 내가 여기까지 무사히 올 수 있었다는 걸 뜻하기 때문이다. 월시 교장 선생님이 날 그냥 보내 주셨지만, 학교를 떠나신 뒤 이사회가 새로운 교장 선생님에게 같은 지시를 내릴까 봐 걱정했다. 재닛 로든하우어 여사는 학교 일에 깊숙이 관여하고 있고 날 없애는 데 혈안이 되어 있기 때문이다. 하지만…… 아무 일도 일어나지 않았다. 겨울방학이 왔다 가고, 다시 학교에 나가면서 그제야 안심할 수 있었다. 추측하건대 크로프트 선생님이 언론에 터뜨린 후에, 나에게 어떤 조처를 했다간 여론이 더 나빠질 걸 안 게 아닐까.

그래서…… 무사히 학년을 마칠 수 있었다.

리퀴가 단상 위에 올랐다. 살짝 삐끗하길 바랐다. 아주 살짝. 카펫에 하이힐이 걸리는 정도만 되어도 한번 논쟁해 볼 만했다. 리퀴를 사랑하지만 퀘소가 걸려 있다.

"리퀴애나 칼슨!"

리퀴가 무대를 가로지르기 시작했고 우리는 모두 일어서서 소리를 질렀다.

"리퀴! 리퀴!"

교장 선생님 비서의 나긋나긋한 목소리가 우리의 함성을 뚫고 나왔다.

"리퀴애나는 다가올 여름을 친구들과 퀘소를 먹으며 보낸 뒤 밴더빌트 대학에 진학해 정치학을 공부할 계획을 하고 있습니다."

"나 향 피우는 거 좋아하거든!"

내가 있는 힘껏 소리 질렀다. 리퀴가 걷다가 웃음을 터뜨리고 말았다. 몸이 앞으로 쏠리며 아주 살짝 뒤뚱거렸다. 하지만 그걸로 물고 늘어지면 그만이었다. 그 애는 얼른 자세를 바로잡더니 학위를 받고 서둘러 단상을 내려왔다. 리퀴가 자리에 돌아올 때까지 나는 "퀘소, 퀘소, 퀘소!"를 외쳤다. 호명이 이어지고 더위도 좀처럼 수그러들지 않았다. 끈적거리는 졸업식의 끝이 보이지 않았다.

마침내 내 이름이 호명되었다. LA 발런티어스가 슈퍼볼에서 득점이라도 한 것처럼 우레와 같은 함성이 터져 나왔다. 왈칵 눈물이 솟았지만, 관중석 어딘가에서 못마땅한 표정으로 앉아 있을 로든하우어 여사를 생각하니 웃음이 나왔다. 나는 무대로 걸어 나갔다. 심장이 쿵쾅대는 소리가 귀에 들릴 지경이었다. 손이 덜덜 떨렸다. 환호성이 멈추지 않았고, 나도 모르게 뒤를 돌아 눈앞에 있는 수백 명의 학생을 바라보았다.

박수갈채 때문에 이렇게 어색한 기분이 드는 건지도 모른다. 그래서 어색한 기분이 들지 않도록 사람들이 박수를 치는 이유를 생각해 냈는지도 모른다. 정확하게 말하면 이 박수갈채는 날 위한 게 아니다. 책을 위한 것이다.

나도 따라서 박수를 쳤다. 괴상하게 보였을지도 모르겠다. 자기 자신에게 박수를 친다는 게. 하지만 나도 거기에 합류하지 않을 수 없었다.

책은 빛이다. 무지와 혐오를 녹이는 빛. 새로운 길을 보여 주기도 한다. 혹은 누군가에게는 해결할 수 없는 망가짐의 심연을 보여 주기도 한다. 책은 우리 모두에게 다르게 빛난다. 책은 삶을 바꾸는 성냥이다. 세상의 웅장함, 타인의 깊이, 우리 자신을 바라볼 길을 보여 주는 불을 피우는.

그런 불은 쉽게 올 수도 있다.

어렵게 올 수도 있다.

우리를 더 강하게 만들어 줄 수 있다.

우리와 우리 주변 사람들을 희생시킬 수 있다.

우리를 더 용감하게 만들어 줄 수 있다.

우리가 반대하게 만들 수 있다.

우리를 더 가까워지게 만들 수 있다.

우리를 기분 나쁘게 만들 수 있다.

우리를 행복하게 만들 수 있다.

누군가를 아프게 할 수 있다.

우리를 자만하게 만들 수 있다.

우리를 혼란스럽게 만들 수 있다.

우리가 실제로 아는 것보다 더 많이 안다고 착각하게 만들 수 있다.

하지만 우리를 자유롭게 할 것이다.

이 세상이 그 불의 광채에서 멈추지 않고 돌아가길 바란다.

나는 언제나 사람들이 그런 광채에 둘러싸일 수 있는 선택을 할 수 있도록 투쟁할 것이다.

하지만 그보다 더 중요한 것이 있다.

나는 언제나 계속해서 그런 책들을 받아들이는 세상을 위해 싸울 것이다.

그런 불을 위해.

도미노는 계속된다

나는 졸업 가운을 벗어 던진 뒤 모호에서 친구들과 만나 며칠 굶은 사람처럼 부리토를 입이 미어지도록 집어넣고 있었다. 그때 에머슨 로든하우어가 우리가 앉은 테이블로 다가왔다.

잭이 어색하게 동생과 인사했다.

나는 어리둥절했다. 서로 친한가? 적인가? 아무 사이도 아닌가? 듣기로 에머슨은 잭과 거의 대화를 하지 않는다던데.

에머슨이 나를 쳐다봤다.

"누나, 잠깐 얘기 좀 할 수 있어?"

나는 놀라지 않을 수 없었다. 한 번도, 단 한 번도 에머슨 로든하우어와 얘길 나눠 본 적도, 5미터 이내에 가까이 간 적도 없기 때문이다.

나는 잭에게 '이게 무슨 일이지?' 눈빛을 보냈다.

잭이 고개를 끄덕였다.

나는 자리에서 일어나 에머슨을 따라 야외 테라스로 나갔다. 거기서도 사람들한테서 가장 떨어진 테이블로 갔다.

그 애가 손을 내밀었다.

"난 에머슨이라고 해."

"난 클라라야."

"알아."

"그래, 당연하지."

내 말이 얼마나 바보처럼 들릴지 깨닫고 잠시 말을 멈췄다.

"내 말은, 그러니까, 내가 잘났다, 그런 얘기가 아니야. 단지 니네 엄마가 날 무지 싫어하니까. 게다가…… 네 형 상황도 있으니까……. 아니, 내가 하려던 말은 이런 말이 아니야. 그러니까, 네 가족이랑 일이 얽혀……."

에머슨이 창을 통해 잭을 슬쩍 바라봤다. 그리고 감사하게도 내 말을 끊었다.

"도서관 내가 맡아서 해 볼게. 내가 비도 운영해 보고 싶어."

나는 잠시 그 애를 지그시 쳐다봤다. 그런 다음 웃음을 터뜨리고 그 애 어깨에 팔을 두르고 미소 지었다.

"어디 보자, 언제쯤 도미노가 쓰러지는 걸 멈출까?"

에머슨이 고개를 갸우뚱하며 의아하다는 표정을 지었다.

"너도 알게 될 거야. 곧 알게 될 거야."

감사의 글

이 책을 쓰기까지 정말 정말 정말 정말 정말 정말 많은 고생을 했다. 지금까지 해 온 창의적인 활동 중 아마 가장 힘든 작업이었을 것이다. 내가 무사히 해내기까지 수많은 사람으로부터 많은 도움을 받았다. 아래 목록에서 모든 사람을 열거하지는 못했다. 책 한 권을 쓰는 데는 우주가 소요되기 때문이다.

멋쟁이 클라라 : 당신이 없었으면 이 책은 존재하지 않았을 거야. 내가 글 쓰는 걸 그만두려고 했을 때 당신은 몇 번이고 "당신은 할 수 있을 거야. 당신은 결국 해 낼 거야."라고 용기를 북돋아 주었지. 지난 몇 년간 당신이 보여 준 사랑, 이해심, 희생, 용기가 나를 어떻게 살아 숨 쉬게 하고 전진할 수 있게 해 주었는지는 말로 옮기기조차 힘들어. 이건 우리의 책이야. 사랑해.

아사 : 이건 다른 책이지만 넌 아직 충분하단다. 사랑해, 딸. 네 아빠인 게 영광스럽고 남은 생도 네 아빠일 거라는 사실이 너무 기쁘구나.

에미 : 넌 햇살이란다. 사랑한다. 책에 이제 네 이름을 쓸 수 있게 되어 행복하구나.

엄마 : 어린 시절 항상 책과 함께 자라게 해 주시고, 도서관에 데려다주셔서 감사합니다. 연체료 걱정하지 않으신 것도 고맙습니다.

아빠 : 사랑해요. 보고 싶어요. 저의 이런 마음을 알아주시길 소망합니다.

디마스터 크루 : 날 항상 지지해 주어서 고맙고 작가랑 결혼하고 싶어 한 클라라에게 도망치라고 하지 않아서 고맙다.

찰리 : 항상 이해해 주고, 일이 잘 풀리지 않을 때도 장난치면서 용기를 주어서 고맙다. 아, 책이 출간된다는 소식에 무슨 말인지 알아듣지도 못하면서 신나 해 주어서도 고맙구나.

캐롤라인 : 친구가 되어 주어서, 날 생기 있고 근사하게 보일 수 있게 해 주어 고마워.

JM, 앤드루 : 변함없는 지지와 사랑에 고맙다. 망고 마르가리타 먹으러 가자꾸나.

맷, 크리스털 : 두 사람의 지지와 우정은 내게 큰 힘이 돼. 정말 고마워. 참, 이건 그냥 하는 얘긴데, 지난번 《아담의 유혹》이 출간 됐을 때처럼 1등 팬 자리를 유지하려고 이 책을 여섯 권이나 살 필 요는 없어. 그런데 산다면 그 자리에 해가 되진 않겠지.

에릭 스미스 : 이 책이 나오기까지 함께 기다렸지. 이 책을 출간 하려고 4년 이상 나랑 시간을 보낼 만큼 이 책을 사랑해 주어서 고마워. 더 많은 책이 나오기를. 그리고 걱정하지 마. 이 책이 나오 고 '자, 이제 우리 뭐할까?' 메시지 보내기 전까지 적어도 하루는 시간을 줄 테니.

클로디아, 스테파니, '더 캐서린 티건' 팀 : 나랑 이 책을 믿어 주어 서 고마워. 새로 쓴 원고를 보냈을 때 너무 놀라지 않아서 정말× 1000 고마워. 그때 그 원고는 정말 엉망진창이었는데 말이야. 내가 이 책을 쓰며 고군분투하는 사이 내게 보여 준 인내심과 친절함은 정말 잊지 못할 거야. 이런 기회를 주어서 정말 고마워. 이 책이 만 들어지는 과정에 사망한 모든 캐릭터에게 심심한 위로를 함께 표 해 주길 바라. 토퍼, 크리스, 탤리, 데리어스, 맨디, 조슈아, 맥스(클 라라의 남동생), 앤디 앨스케즈, 루이 앨스케즈, 그리고 리카르도 선생 영면하시기를.

C. J. 레드와인 : 당신은 찬란한 빛이야. 당신을 알고, 당신처럼

멋진 사람과 책을 쓰고, 삶을 살아가는 것이 얼마나 행운인지 몰라. 언제나 "당신은 할 수 있어. 당신은 끝까지 할 수 있을 거야."라고 말해 준 은혜 잊지 않을게.

맷 랜디스 : 난 네가 정말 싫어.

랫 맨디스 : 나사렛에서 예수님이 나오셨듯 넌 트위터에서 나왔지. 네가 있어서 정말 다행이야.

애덤 새스, 매슈 허바드 : 내가 끔찍한 인간인지 말할 용기를 내주어 고맙다. 네 통찰력, 보살핌, 애써서 얻은 지혜가 없었다면 이 책은 지금과 같은 모습을 갖추지 못했을 거야. 두 사람을 알게 된 건 영광이야. 그리고 두 사람이 함께 출판업계를 뒤흔드는 모습을 보는 건 큰 즐거움이었어.

칼로스 : 방과 후 남는 벌에 대한 모든 조언, 고맙게 생각해.

사서, 교사, 교육자들 : 당신들이 하는 일에 항상 경의를 표합니다. 감사합니다.

토드 볼 : 클라라의 꼬맹이 도서관은 당신과 당신이 하는 놀라운 일에서 전적으로 영감을 받아 탄생했습니다. 당신이 '작은 무료

도서관'과 함께 시작한 운동과 필요로 하는 사람들의 손에 불을 전달한 당신의 끝없는 헌신에 지금도, 앞으로도 경의를 표합니다. 당신이 그리울 겁니다.

글렌 콜, 케이티 맥개리, 브라이언 맥클라드, 토마스 헤이즈, 데이비드 노먼, 록 크릭 청소년 단체, 데이비드 아널드 : 내 하찮은 질문 '이게 어떻게 실생활에 쓰일까'에 답해 주고, 플롯에 관해 조언해 주고, 자기도 모르게 내게 갈등에 관한 아이디어를 주었으며, 그저 내게 용기를 북돋워 준 사람들. 그대들이 없었다면 이 책은 지금과는 다른 모습이었을 것입니다.

예수님 : 제게 글을 쓸 수 있는 말을 주시고, 그것들을 사람들과 나눌 수 있게 하시고, 내가 쓴 이름들이 내 인생에서 의미가 있게 해 주심을 감사드립니다. 예수님의 선의와 복음이 이 말들을 통해 빛나게 해 주십시오.